살면서 길을 묻다

살면서 길을 묻다

초판 1쇄 인쇄   2010년 10월 01일
초판 1쇄 발행   2010년 10월 05일

지은이 | 김종억
펴낸이 | 손형국
펴낸곳 | (주)에세이퍼블리싱
출판등록 | 2004. 12. 1(제315-2008-022호)
주소 | 서울특별시 강서구 방화3동 316-3 한국계량계측회관 102호
홈페이지 | www.book.co.kr
전화번호 | (02)3159-9638~40
팩스 | (02)3159-9637

ISBN 978-89-6023-428-4 03810

살면서 길을 묻다

김종억 지음

초등학교 졸업 학력으로 고군분투 끝에 공직에 입문한지 어언 25년,
지천명의 나이가 되어 되돌아본 지난 삶은 상처투성이지만
꿈이 있었기에 역경도 아름다웠다!

ESSAY

글머리에

세상은 누구나 평등하고 행복을 추구할 권리가 있다고 합니다. 그러나 태어나는 순간부터 누구나 평등할 수 없다는 것을 뒤늦게 깨닫게 되었습니다. 어떤 환경에서 어떤 부모를 만나는가에 따라 사람에 운명은 바뀌고 걸어가는 길이 달라집니다.

이러한 선택은 우리 스스로가 선택할 수 있는 문제는 아닙니다. 하지만 행복을 추구할 수 있는 선택. 그것은 누구라도 할 수가 있습니다. 저 역시 좋은 환경, 좋은 부모를 선택할 수는 없었습니다.

아무것도 가진 것 없는 노동자의 아들로 태어나 가난이라는 굴레 속에서 초등학교를 졸업하고, 미인가 중학과정을 다니다가 이마저 여의치 않아 열여섯의 나이에 생활전선에 나서게 되었습니다. 지금 와서 돌이켜 보면 그 시절 오로지 한 가지 목표가 있었다면 가난을 극복해야겠다는 생각뿐이었습니다.

성장해가는 과정 속에서 사회가 준 학력의 편견이 나로 하여금 배움에 대한 열망을 안겨주었고 직업의 변화도 가져 다 주었습니다. 뒤늦은 나이에 지방공무원시험에 합격해서 많은 사람들을 만나는 과정에서 나보다 더 어렵고 힘든 환경에서도 이를 극복하고 더 큰 목표를 성취한 분들도 보았습니다.

때로는 좋은 환경과 든든한 배경을 가지고 있으면서도 아무런 목표 없이 인생을 살아가는 사람들도 볼 수 있었습니다.

　이 글은 그동안 제 자신이 살아오면서 느꼈던 생각과 내 인생에 있어 지침이 될 만한 글들을 틈틈이 모아 지면에 옮겨 놓은 것입니다. 글의 내용 중 인용부분에 대한 기록을 제대로 하지 못해 일일이 출처를 명기하지 못한 점 넓은 아량으로 헤아려 주셨으면 합니다.

　우리의 인생은 선택과 도전의 연속이라고 할 수 있습니다. 매순간 순간의 선택 속에 자신이 추구하고자 하는 삶의 방향이 바뀌기 때문입니다. 부모님에게서 따뜻한 사랑 한번 제대로 받아보지 못했고 남들과 같은 정규학습과정도 받지 못했던 소년이 지천명의 나이를 먹은 후 풀어놓는 이야기들은 개인의 역사이기 전에 한편의 드라마일 수도 있습니다.

　아직도 배울 것이 많고 여전히 부족한 점이 많지만 가난하고 어렵던 시절을 잊지 않고 더 노력하고자 하는 마음을 담은 희망의 메시지일 수도 있습니다.

　내 자신이 무엇을 하느냐가 중요한 것이 아니라 어떤 사람이 되느냐가 더 중요한 것임을 잊지 않고 모든 일에 최선을 다해 왔지만 공직자로서는 많이 부족했던 것 같습니다. 때로는 상사, 동료, 후배들에게서 이유 없이 불편부당한 대우를 받았다고 생각해서 원망도 했고 순간, 순간 삶의 회의 속에 좌절도 했습니다.

　그러나 이를 극복할 수 있었던 힘의 원천은 내 자신이 최후로 선택한 공직자의 직업이 그 어느 직업보다도 해볼 만한 가치 있는 일이라는 데 있습니다. 저는 늘 직장은 오케스트라와 같다고 생각합니다. 왜냐하면 재능과 성품이 다른 사람들이 저마다의 빛깔과 소리로 하모니를 내는 곳이기 때문입니다. 즐겁게 하모니를 이뤄야 직장도 살고 나도 삽니다.

직장상사와 동료, 후배는 경쟁의 대상을 넘어 삶의 성공과 희로애락을 함께하는 인생의 동반자들입니다. 이것을 알면서도 실천하는 과정에서 미흡한 부분이 많았고 시행착오도 있었습니다.

산봉우리가 높은 곳에 계곡이 깊듯이 큰 강점을 지닌 사람은 언제나 커다란 단점도 지니고 있는 법입니다. 목적을 이루기 위해 견딘 시련들이야말로 우리가 얻을 수 있는 가장 커다란 승리인 것입니다.

종종 세상을 바꾸는 가장 큰 힘은 경험과 역경을 통해서 자란다고 합니다. 저의 진솔하고 체험적인 이야기들을 접하시는 분들이 제가 겪어왔던 고난의 세월 속에 위안을 삼고 변화를 통해 추구하는 목표를 이룰 수 있기를 바라는 마음 간절합니다.

2010년 10월
김 종 억

목차

2 아픔의 길에서

3 운명의 길에서

4 승리의 길을 걷다

1 새로운 길을 묻다

사람은 저마다 인생에 주어진 길이 있다. 어떤 이는 포장된 도로를 걸으면서 성공의
길을 가는 사람도 있는가 하면 어떤 이는 비포장도로를 걷고, 때로는 진흙탕
길을 걸으면서 실패의 길을 가는 사람도 있다.
그러나 걷는 중간 중간에 우리는 예기치 못한 새로운 선택의 길을 만난다. 이러한 길
목에서 성공과 실패의 길을 바꾸는 것은 오직 자신의 의지뿐이다. 자신이 지나온 길을
되돌아보면서 지금 나는 후회 없는 길을 가고 있는지 스스로에게 물어야 한다.

목적이 있는 삶은 행복하다

우리가 매순간의 선택하는 삶이 인생이란 긴 여울을 만들어 낸다. 그럼에도 막연하게 인생이란 무엇인지 모르고 그저 주어진 삶이 있으니 살아가고 그러다 보면 언젠가 죽음이라는 필연적 운명을 만나 하루아침에 실체가 없는 사람으로 모든 이들의 기억 속에 멀어져 간다.

어떤 사람은 태어나 부모를 잘 만나 아무런 부족함 없이 자신이 하고 싶은 대로 다 하면서 생을 마감하는 그날까지 잘난 인생을 살다가 간다. 이와는 다르게 어떤 이는 지지리도 복이 없어 그야말로 죽도록 이 고생 저 고생하다가 그것도 어느 날 아무도 거들떠보지 않는 산이나 도로 옆 가장자리 다리 밑에서 죽음을 맞이하기도 한다.

그러나 이 세상에는 전자와 같은 또는 후자와 같은 사람들은 그리 많지가 않다. 대개는 보통사람들이 그저 평범하게 자신의 주어진 환경에 순응하면서 살아가고 있다.

보다 나은 내일이 있을까, 하는 기대감을 가지고 그래서 목적을 가진 삶은 행복할 수밖에 없는 것인데도 우리는 아직도 많은 것을 소유하고 있으면서 높은 위치에 올라 자신만의 힘을 과시하면서도 늘 공허해하면서 행복감을 느끼지 못하고 있다.

이는 결국 자신의 내면에 자리 잡고 있는 자아를 정복하지 못한 우리들의 서글픈 자아상이다. 인생의 참된 의미와 인생에서 해야 했던 소중한 역할을 깨닫기 위해 죽음이 코앞에 올 때까지 기다리지 말자. 나보다 못한 사람들이 있다면 그를 사랑하고 아껴주고 나보다 더 잘난 사람들이 있다면 그들이 더 잘할 수 있도록 계속 밀어 주자. 그러다 보면 언제가 나도 그들과 같이 행복한 대열에 합류할 수 있을 것이다.

그리 높지도 않은 직책으로 사람을 무시하고 사람으로서의 본분을 다하지 못하는 편협한 우물 안 개구리 식 생각으로는 떠날 때 그 우물 속뿐이 더 있으랴! 행복이란 도달해야하는 장소가 아니라 함께 어우러져 만들어가는 창조하는 기쁨이라는 것을 생각하고 삶의 영혼의 가장 깊은 곳으로부터 타인의 삶을 변화시키는 목적에 자신의 가장 인간적인 재능을 사용해 헌신적으로 노력할 때 비로소 우리는 떠나는 사람들의 뒷모습을 보며 참 인생을 잘 마무리하고 가는구나, 하고 존경의 박수를 보낼 것이다.

변하지 않은 본질의 문제

역사에는 항상 결정적인 순간이 있게 마련이며, 그 결정의 중심에는 늘 사람이 있다. 1930년대 뉴딜정책을 통해 새로운 미국을 건설한 32대 대통령 프랭클린 루즈벨트, 남북전쟁을 승리로 이끌어 노예해방을 시킨 제16대 에이브러햄 링컨, 자신의 죽음까지 결정하면서 임진왜란을 승리로 이끈 조선의 명장 이순신 장군, 빠른 결단력으로 한국의 기업사를 일군 현대그룹의 고 정주영회장 등 이외에도 수많은 사람들이 순간의 결정을 통하여 새로운 변화의 틀 속에서 역시를 바꾸어 놓았고 우리의 삶을 바꾸어놓았다.

이처럼 개인이나 지도자의 선택이 한순간 나라의 운명을 바꾸고 세상을 바꾸는 일을 우리는 지나간 역사를 통하여 알 수 있고, 지금 이 순간에도 우리가 모르는 곳에서 변화를 위한 결정의 순간들은 계속되고 있다.

이러한 결정적인 순간에는 늘 사람이 있고 사람에 의해 그 결정은 좌우된다. 아무리 첨단의 문명들이 우리 삶을 풍요롭게 한다고 해도 그곳에는 사람이라는 존재가 있기에 가능한 것이며, 그러기에 우리에게 희망은 사람일 수밖에 없다.

급속한 발전으로 인하여 사람들이 모여드는 곳, 그래서 말도 많고 탈도 많은 용인이지만 이것이 행정을 하는 우리에게는 위기이자 동시에 기회로 다가오고 있다.

이 복잡 미묘한 갈등의 시기는 새로운 인재를 요구하고 있으며 기성세대는 이를 새로운 각도에서 해결하고자 하는 인재를 키우고 미래를 대비하도록 하여야 한다. 그것이 현재 용인시 행정의 충주적인 역할을 하고 있는 우리의 가장 중요한 자세라고 믿는다, 결국 변하는 모든 것들의 주체는 사람이며 최고경쟁력 원천 역시 사람이기 때문이다.

현재를 보면 미래를 알 수 있다

어느 지인이 한 말이 늘 생각난다. 한 개인의 미래를 그저 관상을 보는 사람이 아니어도 알 수 있고, 인생을 설계해주는 전문가가 아니라도 척 보면 알 수 있다고 한다.

누구나 평범한 사람이면 알 수 있는 것이 있다고 하니 그것이 무엇인가, 하고 궁금하여 나도 그 비결을 알려 달라고 했다. 왜냐하면 내가 타인의 미래를 들여다보는 것이 얼마나 흥미로운 일인가, 그것도 그저 만나서 척보면 알 수 있다니 이보다 빠른 성공의 지름길이 어디 있겠는가?

잔뜩 기대하고 물어보니 돌아오는 답은 간단명료하다. "현재 그 사람의 생활을 보면 미래가 보인다." 왜냐고 묻지 마라! 현재 충실한 삶을 살아가는 사람, 그는 분명 표현은 하지 않지만 늘 가슴속에 자신이 추구하고자 하는 이상을 실현시키고자 열정을 가지고 살아가는 사람으로 미래는 분명 성공이 보장될 수밖에 없다.

정말 그럴까, 하고 내 주위에 성공한 사람들의 면면을 뒤돌아보니 틀림없는 사실이다. 문득 시장바닥에서 야채장사를 하며 살던 박 씨 아주머니 생각이 났다. 처음 1987년도쯤에 용인에 와서 남편은 환경미화원을 했고, 아주머니는 아이 셋을 데리고 사글세방에서 생활했는데 몇 년 전 시장에서 우연히 그분을 만났을 때 반갑게 달려와 나를 알아보고는 당시의 고마움을 이야기하며 지금은 주택도 장만하고 1000평 이상의 토지를 구입했으며 자식들도 다 출가해서 남부러울 것이 없지만 아직도 자신은 시장에서 야채를 판다고 했다.

달라진 것이 있다면 나이를 먹었고, 과거에는 남이 농사지어 수확한 것을 받아 팔았지만 지금은 직접 농사를 지어팔고 있다고 했다. 토지가격도 많이 올라 20억 원대는 된다고 하면서 환하게 웃은 아주머니를 보니 나도 내 일처럼 기뻤다.

누가 비난의 소리를 해도 묵묵히 자신의 자리에서 늘 성실하게 최선을 다하는 사람들! 그들은 자신의 뜻하는 바를 이루고 지금도 모든 일에 열정적이다.

여기까지 생각이 미치니 나는 과연 현실에 충실하고 있는 건지 되돌아보지 않을 수 없다. 모든 것이 내가 원하는 대로 안 된다고 남을 탓하고, 나는 열심히 살고 있는데 왜 남들은 나를 그렇게 안 보는 것일까, 하고 얼마나 많은 시간들을 원망의 시간들로 허비했던지….

일순간 내가 잘살고 있다고 자부하던 자신이 부끄러워졌다. 이제부터라도 다시금 마음을 가다듬고 진실로 현실에 충실할 이다. 언제 어디서 누가 현재의 내 모습을 보고 미래를 점치고 있을지 알 수 없는 일 아닌가?

좋아서 하는 일이라면

누구라고 할 것 없이 사람은 자기가 좋아하는 일을 하면 에너지가 넘친다. 평소에는 마음은 있으나 용기가 없어 아무런 행동도 하지 못하는 사람이라고 해도 자기가 좋아하는 운동경기 이야기가 나오면 마냥 신이 나서 몸동작을 해가며 달변가가 되는 것을 본적이 있을 것이다.

자신이 좋아하는 일을 하면 그만큼 정신적으로 열정이 생기고 싫증이 나지 않기 때문이다. 시간이 얼마 지난 것 같지 않은데도 오전이 그냥 그렇게 정신없이 가고 굳이 누가 시켜서도 아닌데 스스로 노력하면서 다양한 생각을 하고 연구를 하게 된다.

타인의 입장에서 보면 매우 귀찮은 작업이거나 세밀한 작업처럼 보여도 당사자의 입장에서는 흥분돼 참을 수 없을 정도로 즐거운 일이다. 진정 좋아하는 일을 하기 시작하면 내면에 잠재해있던 재능이 자연스럽게 눈을 뜨기 시작하고 흥분과 의욕이 살아남으로서 엄청난 에너지를 발산시킬 수 있다.

에너지가 폭발하면 마치 활화산처럼 아이디어가 분출된다. 다른 사람에게 자기가 좋아하는 일에 관한 이야기를 하는 동안에 재미있는 아이디어가 잇달아 떠오르고, 끝없는 아이디어가 떠오르는 동안 머릿

속에는 물이 흐르듯 스토리가 자연스럽게 떠오르고 이런 설렘은 주위 사람들에게 전파되어 새로운 에너지를 만들어낸다.

정형화된 틀에서 시민들에게 공적서비스를 제공하는 우리조직 내부에 강력한 에너지를 발산할 수 있도록 만드는 단한 사람의 진정한 리더가 아쉬운 지금이다.

지금 나는 이런 좋은 에너지를 만들 수 있는 준비가 되어 있는지 내가 현재하고 있은 일이 진정 좋아서 하고 있는지 생각해볼 일이다.

빠른 변화, 더딘 변화

우리는 변화가 빠른 시대에 살고 있다. 빠른 변화의 시대인 만큼 사람의 생각과 결단도 시대의 조류에 따라 빨라야 남보다 앞설 수 있다. 물론 틀린 말은 아니다.

언제나 빠른 생각을 가지고 빠른 판단을 하는 사람이 더 많은 기회를 포착하고 자신의 목적을 달성하고 성공도 앞당기는 것을 우리는 주위에서 보았기 때문이다.

우리가 현실에 안주하고 있는 이 순간에도 지식과 정보는 끊임없이 만들어지고 사라지면서 새로운 것들을 추구하고지 히는 조직이나 개인들에게 유용한 자원으로 활용되거나 무의미한 것들로 소멸되어 버리기 때문에 변화하지 않은 모든 것은 무의미할 수 있다.

언제부터인가 우리 사회는 혁신이라는 화두를 가지고 변화하는 것만이 살길임을 외치면서 야단법석을 떨었고 지금도 그 짓을 하고 있다.

그런데 정작 변화하여야 할 대상들은 변화하지 않으면서 과거에 해오던 것들에 약간의 변형을 통하여 마치 모든 것이 변화하고 있는 것처럼 착시현상을 만들고 있다. 특히 일반국민들을 상대로 한 행정서비스 분야는 더욱 그러한 형태가 노골화 되어가고 있고 이로 인하여 추진하고 있는 부서나 이를 보고 있는 국민도 피로감을 느끼고 있는 것이다.

　그렇다면 변화해야 할 대상은 누구인가. 바로 우리 자신임에도 자신들은 변화하고 싶지도 않고, 변화할 생각도 없는데 위에서 자꾸만 변화하라고 하니까 마지못하여 변화하고 있는 것이다.

　그러니 주는 자보다 받는 자가 그 마음을 더 잘 아는 것처럼 변형된 서비스에 진정한 마음이 들어있지 않으니 이 변화를 국민이 감동으로 받아들이겠는가. 이제라도 다시 한 번 우리 자신을 돌아보고 진정 우리가 변화한 것인가에 대한 진지한 물음을 던질 때이다.

　르네상스가 낳은 천재 레오나르도 다빈치가 최초의 헬리콥터와 비행기모형을 설계한 후 실제로 인간이 하늘을 나는 데에는 약 500년 가까운 시간이 필요했다. 이처럼 변화는 더디게 오는 것이다.

　시대는 달라졌다고는 하나 결국 변화하고자 너무 서두른 탓에 설익은 변화로 인하여 부작용만을 초래하고 제자리로 돌아오는 어리석은 우를 범하지 않기 위해서라도 더딘 변화의 물결에 몸을 맡길 때가 되었다. 미래의 더 빠른 변화를 위하여 재촉하던 발걸음을 잠시 멈추는 지혜가 필요하다.

웃기고 있네

웃음에는 여러 종류가 있다. 소리를 내지 않고 빙긋이 웃는 미소, 알지 못하는 사이에 툭 터져 나오거나 참아야 하는 자리에서 터져 나오는 실소, 크게 입을 벌리고 떠들썩하게 웃는 웃음 홍소, 여럿이 폭발하는 갑자기 웃는 폭소, 쌀쌀한 태도로 업신여기며 웃는 냉소 등 다양하다.

웃음은 동물 중에서 유일하게 인간만이 지을 수 있는 아름다운 화장술이며, 인간관계를 가장 부드럽게 그리고 신뢰할 수 있게 해주는 평화의 메시지이기 때문에 의도적이라도 웃을 수 있는 준비를 하면서 일상을 살아가는 사람은 매우 행복한 사람이라고 할 수 있겠다. 이런 웃음 중에서 냉소로 인한 인간적 관계가 다툼으로 이어진 예가 있다.

봉팔 씨는 모 회사의 간부였다. 그는 자신의 업무에 대한 책임감과 우월감이 매우 강한 사람이지만 한편으로는 부하들에 대하여는 관대하지 않을 뿐더러 부서원들 간에도 융화를 잘하지 못하여 갈등이 늘 잠재해 있었다. 그 밑에서 근무하는 강철은 나름대로 자신의 업무에 매우 충실한 사람이었는데 자신의 상사가 자기가 없는 장소에서 늘 비난을 한다는 것에 대하여 다른 부서원들에게 익히 들어 알고 있었지만 참고 하루라도 빨리 다른 부서로 발령이 나기만을 고대하고 있었다.

그러던 어느 날 아침 업무결재 중 진행사항을 설명하고 있을 때 상사인 봉팔 씨가 "웃기고 있네" 하며 자신에게 조소를 던지는 것에 일순간 분노가 폭발했다.

강철은 결재서류를 들어 앉아있는 상사의 책상에 내리치면서 이렇게 외쳤다. "야! 내가 무슨 코미디언이냐, 웃기고 있게." 갑자기 일어난 상황에 부서 안은 소란과 함께 일순간 정적이 흘렀다.

순간에 미친놈처럼 소리치고 떠들어대는 강철을 진정시키는 것은 평소 어려움을 토로하면 잘 들어주던 옆 부서의 상사였고 직속상사인 봉팔은 그저 자신의 책상에서 목석처럼 앉아 있을 뿐이었다. 이 사건이 있고난 이후 강철은 다른 곳으로 날아갔으며 상사인 봉팔은 굳건히 그 자리를 유지하면서도 후일 승진까지 하였다.

오늘도 강철은 조직의 쓴맛을 알고난 후 "정말 내가 웃기긴 웃겼나봐" 하면서 변방에서 이렇게 외치고 있다. 웃기고 있네. 웃기고 있네. 웃기고 있네. 사람 사는 세상에서 누군가를 자신의 잣대로만 판단하고 그래서 타인에게 상처를 준다면 우리가 사는 세상은 얼마나 삭막할 것인가? 지금 내가 오늘 이 자리에 있기까지는 나 역시 강철과 같은 부하나 동료가 있었기에 가능한 것이 아니었나 하고 한번쯤은 되돌아보면서 "너나 제대로 해" 하는 냉소주의를 버리고 하루라도 빨리 서로를 격려하고 보듬어 줄 수 있는 아름다운 미소로 나를 만들어가야겠다.

- 바람둥이의 웃음 Girl girl girl(걸걸걸)
- 살인마의 웃음 Kill kill kill(킬킬킬)
- 요리사의 웃음 Cook cook cook(쿡쿡쿡)
- 남자 바람둥이의 웃음 Her her her(허허허)
- 여자 바람둥이의 웃음 He he he(히히히)
- 축구선수의 웃음 Kick kick kick(킥킥킥)
- 수사반장의 웃음 Who who who who who(후후후)
- 어린애들 웃음 Kid kid kid kid(키득키득)
- 악마의 웃음 Hell hell hell hell(헬헬헬)

· 화장실 청소부의 비웃음 Pee shit~(피싯~)

조직을 망하게 하는 보이지 않은 힘

일류대학이라고 자부하는 서울대 석·박사 대학원생 중에는 기업 조직 문화에 적응하지 못하고 어렵게 들어간 유명 회사를 과감하게 그만두는 사람이 많다고 한다.

김병도 서울대 경영대학장은 왜 그런 일이 생기는가 하고 학생들에게 그 사연을 물어보았다. 놀랍게도 속내를 들여다보니 사내에서 폭언이나 부당한 요구를 하는 한두 사람 때문에 회사를 그만두었다고 고백해가면서 얼굴을 붉혔다고 한다.

우리는 이러한 이야기를 들을 때 "배부른 놈이 어떻게 배고픈 심정을 알아! 일류대학을 나왔으니 그 회사가 아니라도 어디든지 취업할 수 있다고 생각하고 나오는 거지. 어디 세상 사는 게 제 비위에 맞게만 할 수 있나" 하며 비판을 할 것이다.

그러나 결코 비판할 일만은 아니다. 기업마다 신입사원의 조기퇴직과 이직률을 낮추고자 다양한 방안을 강구하고, 신입사원이 새로운 조직문화에 적응할 수 있도록 멘토를 지정해주고, 입사 오리엔테이션에 부모를 초청하여 평생을 할 수 있는 기업임을 강조하고 있다.

이러한 노력에도 불구하고 신입사원의 조기퇴직률은 감소할 줄 모른다니 참으로 딱한 일이다. 놀랍게도 어느 취업전문 업체가 조사한 바에 위하면 한국 직장인 스트레스 보유율은 선진국에 비해 두 배 수준이며 직장에서의 스트레스를 받는 최대요인으로 대인관계, 즉 상사와 동료 간 갈등을 꼽았다니 업무보다는 사람과 사람과의 관계에서 오는 스트레스가 결국은 사표를 던지는 요인이 된 것이다.

조직행동분야에 세계적인 권위자인 스탠퍼드 대학의 서튼 교수는 비열한 방법과 술수로 동료와 부하직원을 괴롭혀 조직의 건강을 해치는 골칫덩이에 관한 연구결과 발표에서 이런 종류의 인간을 X같은 놈(asshole)이라고 묘사했다. 그렇다면 이런 부류들이 조직에 어떤 영향을 미치는 것일까? 놀랍게도 이런 악질들은 보통 직접, 간접 또는 암묵적으로 조직 내 힘 있는 사람보다 힘없는 사람들을 대상으로 추악한 성질을 부리는데 그 실상들을 열거해보면 공개적인 모욕, 인신공격, 타인과의 비교, 성희롱 등과 배후에서 험담을 일삼는다.

이런 사람들과 대화를 하거나, 업무를 같이하게 되면 보통은 우울하고 기분이 나빠지고 모든 일들에 대하여 하고 싶은 의욕을 상실하게 된다. 결국 이러한 사람들은 조직에 막대한 경제적 피해를 주게 되는데 아쉽게도 이들로 인한 피해규모를 정확히 계산하는 일은 고려해야 할 요소들이 너무 많아 쉽지 않다는 데 있다.

다만 서튼 교수에 따르면 조직에 미치는 부정적인 요소들을 고려해볼 때 악질 한 사람이 조직에 미치는 피해는 최소 수십 억원에 이른다는 것이다.

조직이 제대로 잘 되어가고 생산성을 극대화 하려면 모든 구성원이 스스로 열심히 일하고 싶은 분위기가 조성되어야한다. 구성원 간 부정정인 갈등은 긍정적인 상호작용에 비해 그 영향력이 5배나 되고 이런 부류의 사람들에게 괴롭힘을 한번 당해 상한 기분을 회복하기 위해 상사에게 5번 칭찬을 받아야 한다니 칭찬에 궁색한 우리 조직 풍토 속에 평범한 사람들은 이래저래 남몰래 고통만 당할 뿐이다.

이러한 사람들을 색출하여 조직 안에서 힘을 행사하지 못하도록 하는 방법은 없는 것일까? 글로벌기업인 구글과 사우스웨스트 항공은 아예 악질 금지조항(No Asshole Rule)을 만들어 이를 어기는 종업원들에게 인사 상 불이익을 주고 있는데 직원을 평가할 때 개인 실적뿐만 아니라 다른 사람을 대하는 태도를 고려하고, 악질행동을 하면 바로 본인에게 반성하도록 하며 피해자에게 용서를 구하도록 만든다.

습관적으로 이런 행동을 지속적으로 행할 때에는 즉각 해고조치하고 아무리 일을 잘하는 사람이라도 다른 사람을 깔보는 사람은 조직 내에서 성공할 수 없도록 하고 있다. 잘 나가는 조직은 무엇이 달라도 다를 수밖에 없다.

근본적으로 사람의 인격을 중시하는 조직이야말로 미래에도 무한한 발전이 보장될 것이다. 사안이 이럼에도 사회 일각에서는 출세하려면 악질이 돼야 한다는 자조 섞인 말을 하는 것을 볼 때 우리 사회에서는 악질이 많고, 이들이 출세가도를 달리고 있기 때문일 것이다.

오죽하면 우리 조직에서도 상사에게는 잘하고, 동료들에게는 험담하고, 부하들을 많이 괴롭히는 사람들이 승진도 잘하고 업무도 잘한다는 말들이 나오겠는가? 정말이지 이제는 제도적으로 이런 부류의 사람들을 가려내고 색출하는 방안들을 한번쯤은 고민해볼 때이다.

서로의 신뢰와 믿음을 파괴하고 조직 내 보이지 않은 갈등을 조장하는 사람들을 지속적으로 방치해 둔다면 우리조직의 미래는 참담할 수밖에 없다.

생존의 문제

역사의 발전은 인간이 생존을 위해 필수적인 먹고사는 문제로부터 출발했다고 해도 틀린 말은 아닐 것이다. 위대한 제국을 건설한 역사 속 인물들은 하나같이 그들을 추종하고 따르는 사람들의 기본적인 문제에 충실했던 사람들이다. 과거나 현대에도 그 진리는 변하지 않았고 최근에는 의식주 문제의 해결을 넘어 풍요로운 삶을 누리고자 하는 열망으로 부를 창출하려는 노력이 더욱 커지고 있다.

내가 1985년 7월 중순쯤 공직의 첫 출발을 위해 용인정신 병원고개를 넘어올 때 가파른 언덕길 옆의 녹음은 유달리 푸른빛으로 물들어 있었다. 버스창 너머로 바라보던 그 시절의 용인에 대한 느낌은 여느 농촌과 다를 것이 없었고 당시 거주하고 있던 평택에 비하면 시골 같은 생각마저 들게 했다.

이십 오년이 지난 지금 뒤돌아보니 나도 이제 오십대 중년이 되었다. 그동안 나에게 삶의 터전을 마련해준 용인은 몰라보게 변했고 잠재력 있는 거대도시로 변모해가고 있다.

이제 세상은 한치 앞도 예측하기 힘들 정도로 빠른 속도로 변하고 있다. 예로부터 사람들은 분업과 교환을 통해 생존은 물론 경제적으로 보다 나은 생활을 할 수 있었는데 활동영역이 넓어지면서 교역로가 생겨나기 시작했다.

북방 유목민족이 동서를 왕래하는 일이 있었고, 그 후 기원전 4세기께 알렉산더 대왕의 동방 원정을 교역로의 시초로 보고 있다. 그러나 수천 년 전부터 동양과 서양을 이어온 대표적인 교역로는 실크로드와 차마 고도를 든다. 이중 차마고도는 중국의 차(茶)와 티베트의 말을 교환하기 위해 개통된 교역로로, 중국과 티베트, 네팔, 인도를 잇는 육상 무역 로로 세계에서 가장 높고, 가장 오래 되고, 가장 아름다운 길로 소개되고 있다. 이 길은 기원전 2세기 이전부터 존재했고 실크로드보다 200여 년이나 앞선 고대 무역로로 알려져 있다.

해발 4,000m가 넘은 험준한 길과 눈 덮인 5,000m 이상의 설산, 아찔한 협곡을 잇는 이 길을 통해 차와 말 외에도 소금, 약재, 곡식 등 다양한 물품의 교역이 이루어졌다. 실크로드는 문자 그대로 비단길이라는 뜻으로 동양과 서양을 잇는 교역과 문화교류의 대표적인 통로였다고 할 수 있다.

실크로드란 19세기 독일 지리학자 리히트호펜이란 사람이 중국에서 중앙아시아를 거쳐 인도로 이어지는 길을 따라 운반된 물품이 주로 비단인 것에 착안하여 붙인 이름이다.

중국 시안에서 시작해 중앙아시아와 서아시아를 경유하여 고대 로마의 수도 콘스탄티노플(지금의 터키 이스탄불)에 이르는 길로 거리가 7,000㎞에 달하는 길을 말한다. 실크로드는 처음부터 중국에서 로마까지 일시에 개통된 것이 아니라 세계의 지붕이라 불리는 파미르 고원 주변에는 기원전 6세기 이전부터 잘 정비된 교통로가 있었다고 한다.

그러다 기원전 2세기를 전후하여 중국이 한 무제와 장건 등의 노력으로 동방과 서방을 연결하는 길이 개척되고 그 이후 여러 왕조도 교역과 정치적인 이유 등으로 이 길을 이용하면서 오늘날의 실크로드가 완성되었다고 한다. 이 실크로드를 통해 동서양간에 문물 교역이 활발하게 이루어짐으로써 우리 인류의 생활수준은 크게 향상될 수 있었고 그 밖에도 고대 그리스와 로마제국에서 중국과 인도를 포함한 동아시아의 수많은 나라와 영웅호걸들이 실크로드를 중심으로 흥망성쇠를 거듭하며 역사의 바퀴를 굴러오게 하였다.

이 모든 것이 다 인간 생존의 욕구와 직결된 일이었기 때문에 가능한 일이었을 것이다. 과거에는 실크로드와 차마고도의 교역문화를 통하여 지구촌이 더욱 가까워지고 상품과 문명의 교류가 활발하게 이루어졌지만 지금은 육지와 바다는 물론 하늘길이 열리고 이에 더하여 빛보다 빠른 속도로 정보와 지식이 교환되고 금융거래가 이루어지는 시대가 되었다.

역사를 되돌아볼 때 예나 지금이나 변한 것이 없다면 삶의 가장 근간이 되는 경제적 문제는 더욱 중대차한 것으로 인식되고 있다. 그만큼 경제가 국민의 삶과 직결되어 있는 데다 세계화의 진전과 더불어 경쟁이 갈수록 치열해지기 때문이다.

사람이 모여드는 곳은 미래가 보장된 도시이다. 나에게 공직의 꿈과 희망을 준 용인을 위해 나는 무엇을 했는지 돌이켜보면 아무것도 이루어 놓은 것도 없고 특별히 시민들에게 보답을 한 것이 없어 참으로 송구스러운 마음뿐이다.

이제는 희망과 꿈이 있기 때문에 용인이라는 도시로 모여든 사람들이 그 견고한 뿌리를 내릴 수 있도록 행복한 도시를 만드는 데 남은 기간 한 알의 밑거름이 될 수 있기를 소망해본다. 시민들 모두가 생존의 문제를 떠나 풍요롭고 행복 한 삶이 보장되기 위해서 이제 경제는 선택이 아니라 필요조건이 되었기 때문이다.

나는 경찰이다

직업을 가지고 있다는 것은 얼마나 행복한 일인가? 그리고 그 직업 속에서 자신의 위대한 가치를 발견하고 그로 인하여 살아가는 자체가 해결된다는 것은 축복받은 일임에는 틀림이 없다.

지체장애자인 진성이라는 친구가 있다. 큰 키에 이목구비가 뚜렷한 그는 말을 잘 하지 못하지만 남의 말은 잘 알아듣는다. 하지만 진성이가 언제, 어떻게 태어났고 누구의 손에 자라서 이곳 장애우 시설에 들어왔는지는 모른다. 그리고 알 필요도 없다. 왜냐하면 진성이에게는 오로지 의식주만 해결 될 수 있다면 모든 것이 오케이기 때문이다. 그런 그에게도 한 가지 소망이 있었다. 경찰이 되고 싶은 것이다.

자신이 생활하고 있는 시설을 순찰하는 방범순찰차나 어쩌다 지나가는 경찰차만 보면 맨발로 뛰어나가 자신의 시야에서 사라질 때까지 거수경례를 하고 서 있다. 무엇이 그를 그토록 경찰차만 보거나 경찰들을 보면 열광하게 만드는가? 그 이유 역시 모른다. 왜냐하면 말을 하지 않고 학습능력이 없어 제대로 자신의 이름초자 쓰지 못하기 때문이다.

그렇지만 마음만은 너무 순수하고 착하기만 해서 그 시설에 일어나는 궂은일을 도맡아서 한다. 드디어 그에게 도 경찰이 될 수 있는 기회가 왔다. 진성이의 마음을 잘 알고 있는 시설 후원자가 경찰로 근무하는 후배에게 사정 이야기를 하고 경찰복을 준비했다.

비가 오는 6월 어느 날 한 대의 경찰차가 진성이를 찾아 왔고 그는 자신이 과거 입었던 경찰복을 그에게 입혀주었다. 경찰복을 입은 진성이는 연신 거수경례를 하면서 진짜 경찰이라도 된 양 잔뜩 폼을 잡고 시설 내부를 왔다 갔다 했다. 그를 보고 있는 다른 장애우들 눈에도 진성이가 좋아하는 모습이 보였고 누군가 와! 하며 손뼉을 치자 모두들 따라서 손뼉을 치기 시작했다.

진성이가 드디어 시설 내부에서 경찰이 되는 순간이었다. 내리는 빗속으로 사라져가는 경찰차의 뒷모습을 보면서 진성이는 부동자세를 취한 채 거수경례를 하고 있었다. 누가 시켜서도 아닌데 한참을 그렇게 서있는 진성이의 진지한 모습에 잔잔한 빗소리가 마음에 하모니를 이룬다.

나를 향한 외침

매일아침 기대와 설렘을 안고 하루를 시작할 수 있게 하소서. 항상 미소를 잃지 않게 하시어 나로 인하여 남들이 얼굴 찡그리지 않게 하소서. 상사와 선배를 존경하고 아울러 동료와 후배를 사랑할 수 있게 하시고, 아부와 질시를, 교만과 비굴함을 멀리하게 하소서. 작은 일에도 감동할 수 있는 순수함과 큰일에도 두려워하지 않는 대범함을 지니게 하시고, 적극적이고 치밀하면서도 다정다감한 사람이 되게 하소서. 자기의 실수를 솔직히 시인할 수 있는 용기와 남의 허물을 따뜻이 감싸줄 수 있는 포용력과 고난을 끈기 있게 참을 수 있는 인내를 더욱 길러 주옵소서.

이 글은 나 자신이 한때 상사와의 갈등 때문에 이를 극복하기 위하여 아침 출근 후 책상 앞에 붙여놓고 마음속으로 몇 번씩 되뇌던 것이다.

직장생활은 복잡하다. 그러기에 별별 일이 다 벌어진다. 형편없는 상사를 만나는 경우도 있고 회사의 방침이 자기의 신념과 맞아 떨어지지 않을 수도 있다. 불합리한 인사로 인하여 불이익을 당하는 경우도 있고, 재주는 곰이 부리고 실익은 엉뚱한 사람에게 돌아가는 수도 있다.

　　업무량이 공평하지 못해 늘 과다한 업무에 시달릴 수도 있고, 예고 없는 야근으로 개인적 생활을 포기해야 하는 경우도 있다. 직장생활을 해보면 성질이 괴팍한 사람들이 있다. 사소한 일에도 신경질을 부리고 핏대를 세운다. 특히 부하인 경우 참을성 없는 성격 때문에 결국 낭패를 보기 십상이다. 그럼에도 불구하고 당신이 불합리와 불공정을 참지 못하고 저항하며 독립군처럼 행동한다면 결국 독립하게 된다. 직장을 떠날 수 없다면 참을 수밖에 다른 방법은 없다. 인내할 수 없는 사정은 가지각색이요 복잡다단하다. 직장생활이 견디기가 어렵고 그래서 정말 사는 것조차 힘들다고 생각이 들면 자신을 되돌아보라! 이 세상에 유일한 존재임을 자각하고 외쳐보라! 아직도 세상은 충분히 살만한 가치가 있다고….

듣는 연습이 필요하다

나는 1977년 당시 20살의 나이로 전라남도 광주 북구 정수장 설치공사에 용접공 조장으로 일을 하고 있었다. 당시만 해도 근로자들의 환경여건이 열악하여 지금처럼 근로계약을 하면서 일을 한다는 것을 생각도 못할 때이다.

그저 사용자가 시키면 시키는 대로 밤과 낮을 가리지 않고 일을 할 때였다. 한낮에는 뜨거운 태양의 열기로 인하여 작업을 제대로 하지 못하기 때문에 업무량을 채우기 위하여 새벽에 작업을 하는 것이 관례로 되어 있었다.

그날도 여느 때와 같이 나는 어둠이 가신 다섯 시가 되어 조원들을 깨우기 시작했다. 조원들은 모두가 서너 살 위이거나 많게는 열 살 이상의 차이가 나는 사람들이다. 그날은 모두 5명이 한조가 되어서 높이 8미터, 직경 10미터 정도의 물탱크를 설치하는 작업의 마지막 단계인 지붕을 덮는 작업을 하는 날이었다.

그 어느 작업보다도 위험이 있는 작업인지라 사전에 조원들에게 안전수칙을 말하고 세 번째 철판을 체인 블록에 걸어 내리던 중 직감적으로 나의 입에서 "조심해"라는 소리가 뛰어 나왔고 그 순간 "악" 하는 외마디 비명소리와 함께 조원 한명의 손가락 두 마디가 철판과 철판 사이로 떨어져 나가면서 잠시 후 붉은 피가 떨어지기 시작했다. 실로 눈 깜짝할 사이에 일어난 일에 나는 순간 당황하였지만 이내 조원들에게 작업을 멈추게 하고 사태를 수습했다.

그날 넷째와 다섯째 손가락 중간부분을 잘리게 된 사람은 다름 아닌 오현석 씨로 사고당일 날 나가기가 싫다고 하면서 자신 대신 다른 사람으로 대체해 달라고 하는 것을 전후사정 이야기를 들어보지 않고 무조건 나오게 한 것이 화근이었다.

군에서 제대를 하고 입사한지 한 달도 채 안 되는 사람이었다. 상대방의 말은 아랑곳하지 않고 일방적인 의사표시로 일을 강행시킨 나의 무지가 한 사람을 장애자로 만들었던 것이다. 당시 내가 상대방의 말과 행동에 잘 집중하여 상대방이 얼마나 소중한 존재인지를 인정하고 진정한 마음의 소리를 들었다면 이러한 불상사는 없었을 것이다.

우리는 자녀든 부하 직원이든 상사든 한 인격체로 상대방을 인정하고 그들의 말에 귀 기울여야 한다. 자신의 말을 하는 데만 신경 쓰지 말고 상대방의 말을 잘 경청해 들음으로써 나의 마음속에 있는 판단과 선입견, 충고하고 싶은 생각들을 모두다 비워내야만 한다.

사운드박스가 텅 비어있듯, 텅 빈 마음을 준비하여 상대방과 나 사이에 아름다운 공명이 생기도록 하여야 한다. 상대를 인정하고 겸손하게 이해하면서 말하기를 절제하고 그리고 온몸으로 응답해주어라! 경청은 귀로만 하는 것이 아니라, 눈으로 하고, 입으로도 하고, 손으로도 하는 것이다.

상대의 말에 귀 기울이고 있음을 계속 표현하면서 몸짓과 눈빛으로 반응을 보이고 상대에게 진정으로 귀 기울이고 있다는 신호를 온몸으로 보낼 때 진정 우리는 훌륭한 자질을 갖춘 대화자로서 성공적인 삶을 살 수 있을 것이다.

자신을 바로 세우자

생활의 즐거움을 얻고자 한다면, 바로 자아를 지키는 일이 가장 중요하다는 사실을 명심하라! 당신은 자신만의 노래를 부를 수 있고 자신만의 그림을 그릴 수 있다. 당신은 자신만의 경험과 성장환경, 유전인자를 통해 완성된 존재일 뿐이다.

그러므로 좋고 나쁨을 떠나서 오직 당신만의 작은 화원을 가꾸며, 생명이라는 교향악단 속에서 오직 당신만의 작은 악기를 연주해야 한다. 모든 사람은 무엇인가를 추구하는 과정에서 성장과 도약, 그리고 완벽함을 얻는다. 이렇듯 무엇인가를 추구하려는 욕구의 원동력은 현 상황에 대한 불만족에서 나온다. 이것이야말로 과학, 사회, 그리고 인류가 끊임없이 성장하고 발전하면서 완벽함을 일궈내는 가장 큰 원인일 것이다.

의복의 화려함은 부유함을 나타내줄 수 있고, 옷차림의 우아함은 그 사람의 취향을 보여줄 수 있다. 그러나 영혼의 건강함과 강인함을 식별하기 위해서는 또 다른 표지가 필요하다. 훌륭한 성격을 배양하고 자신의 처세 원칙을 세워야만 우리는 활기 넘치고 강한 추진력을 지닌 존재가 될 수 있다. 때로는 우리가 선택할 수 없는 삶이 있지만, 삶에 대한 태도는 우리가 선택할 수 있다. 적극적인 사람은 자신이 지니고 있는 조건들을 최대한도로 활용할 줄 알기 때문에 겉으로 보기에는 아무것도 없는 곳에서도 기회를 발견하여 자신의 사업을 완성시킨다.

진정한 중용의 도는 표현상의 중립에 머무는 것이 아니다. 사물의 본질에 대한 이해와 관계의 협조이고, 균형 속에서 발전을 추구하는 일종의 문제 해결 방법이다. 중용의 도는 철학적인 명제이면서도 현실적인 명제이다.

중은 천하의 바른 도이며 용은 천하의 정한 이치이다. 중용은 소극적인 유지 상태를 의미하는 것이 아니라 적극적인 개입을 뜻한다. 그래서 사물이 발전하는 여러 가지 방면을 전체적으로 고찰하고, 대립을 이루는 양쪽의 관계를 깊이 분석하여 우리가 더욱 객관적이고 총괄적으로 사람과 사물을 대할 수 있도록 만들어준다.

인생은 수많은 선택으로 이루어진다. 성공하고 싶은가 아니면 실패하고 싶은가? 부자가 되고 싶은가 아니면 가난뱅이가 되고 싶은가? 일단 선택을 하면 당신의 인생 역시 변화한다. 지금 당신 앞에 가로놓인 커다란 담장이나 혹은 널따란 강을 어떻게 넘어가야 할지는 당신이 심사숙고해야 할 문제이다.

만일 무리하게 뛰어든다면 부딪쳐 머리가 깨져 피를 흘리거나 아니면 물에 빠진 생쥐 꼴이 될 것이다. 융통성을 발휘하도록 하자. 좀 더 합리적인 길을 선택하여 걸어 나가는 것이다. 용모, 옷차림, 장식 등의 아름다움은 사람들에게 쾌감을 준다.

그러나 영혼의 아름다움, 지혜의 아름다움, 행위의 아름다움이 사람들에게 일으키는 쾌감은 전자보다 훨씬 강렬하다. 외적인 아름다움의 결함은 내면적인 아름다움으로 보완할 수 있지만, 너절하고 추악한 영혼은 외적인 아름다움으로 보완할 수 없다. 진정한 삶을 살기 위해서는 적합하고 현실적인 자신만의 개성을 지녀야 한다. 그것을 기지고서 있는 그대로의 자신을 받아들이고 신뢰하며, 거리낌 없이 자아를 표현할 줄 알아야한다.

성공하기를 원한다면 지속적인 노력을 통해 자신의 개성을 만들고 배양하며, 끊임없이 스스로 변화하며 자신을 초월할 수 있어야 한다. 창조적인 개성이 없다는 것은 생명력을 상실한 것과 마찬가지다.

삶속에는 최고 절정으로 치달을 때가 있고 까마득한 밑바닥으로 곤두박질 칠 때가 있으며, 얻는 것도 있고 잃는 것도 있다. 이러한 성패와 득실에 대해 활달한 태도를 유지하면서 합리적인 시각으로 문제를 직시하고 긍정적으로 수용한다면 좌절감은 줄어들고 삶은 더욱 가볍고 유쾌해질 것이다.

걱정할 필요가 없다

누구나 알게 모르게 고민과 걱정거리를 안고 살아가고 있다. 저 사람은 행복할거야! 가진 것이 풍부하니. 내가 저 사람이라면 아무 걱정도 안할 텐데 하며 자신만이 불행한 것처럼 생각하지만 사실은 누구나 그 나름대로 고민이 있다는 것이다.

물론 아무런 생각 없이 하루, 하루를 그저 그렇게 살아가는 사람이라면 고민이나 걱정 때문에 불면의 밤을 보내지는 않을 것이다. 그러나 우리는 앞으로 일어나지도 않을 일 때문에 살아있다는 그 자체만을 가지고도 고통이라고 생각하며 인생이라는 무거운 짐을 혼자만이 짊어지고 마치 죽음을 앞당기려고 하는 사람처럼 앞을 향하여 질주하고 있다.

나 역시 지나온 길을 되돌아보면 얼마나 자신이 어리석은 생각들로 고민하며 무수한 시간들을 쓸데없는 일로 에너지를 소비하고 그것도 모자라 자신을 자학하여 몸과 마음을 망가뜨렸는지 모른다. 승진이 왜 나만 안 될까? 남은 잘도 되는데. 나는 백이 없어서 안 되는 거야! 돈이 남들처럼 많으면 좋을 텐데 하는 것 등의 불만으로 현실을 원망했다.

이러한 과정 속에서 타인과 현실을 비판하고 불평과 불만을 하다 보니 나중에는 내 자신 스스로가 황폐해짐을 느끼게 되었다. 그런데 어느 순간 나를 지탱해준 힘이 있었다. 그것은 바로 스스로에 대한 사랑과 긍지였다. 그것은 아주 오래전부터 내가 소중하게 생각한 내 자신에 대한 무한적 신뢰였다.

자신을 믿고 그냥 마음 편히 현실을 받아드리고 당장 해결할 수 없는 일에 고민할 필요 없이 지나간 일들은 쓰레기통에 던져버리자, 라고 생각하는 순간 마음에 평온이 찾아왔다. 당신도 해결 안 되는 고민이 있는가? 그렇다면 조급하고 두려움에 떨지 말고 자신이 잘 될 것이라고 믿어보라! 마음에 긍정의 메시지를 보내는 순간 이미 모든 것은 해결되어 있을 것이다.

변화는 새로운 도전

각자의 위치에서 다양한 가치관을 가지고 자신이 추구하고자 하는 삶을 살아가는 가운데 세상이라는 거대한 해일과 마주치며 실패와 성공을 경험하면서 나름대로 삶의 이치를 배우고 있다.

이러한 가운데 변화하고 싶지 않은 사람, 변화하고 싶은 사람, 변화하고 있는 사람이 있을 때, "우리는 이미 변화하고 있는 사람이다." 왜일까? 우리 자신은 고정되어 있는 것 같지만 우리가 느끼지 못할 뿐 이미 세상은 쉴 새 없이 변화를 추구하고 있고, 우리는 오늘도 싫든 좋든 그 변화의 길을 가고 있는 것이다. 전혀 변화하고 있다는 것을 느끼지 못하는 사람에게 "어느 날 다가가서 무엇인가에 도전하고 싶으냐"고 물었을 때 열이면 열 "NO"라고 말한다.

그러나 변화를 느끼고 있은 사람에게 그 방법을 이야기하면 상대방은 관심을 가지고 귀를 기울인다. 상대방은 마른 장작이 되어 불을 붙여주기를 고대하고 있는데 정작 나 자신은 불쏘시개가 될 준비가 되어 있지 않다면 그 결과는 어떻게 될까? 장작은 타오르지 못할 것이다. 변화를 느끼지 못하는 사람에게 변화의 메시지를 주는 것은 나도 같이 변화하고 있음을 자각하는 길이다.

2005년도 봄 나는 대학 2학년에 재학 중인 아들에게 학군단에 지원할 것을 권유했다. 여러 가지 집안 사정을 고려했고 아들이 군 생활을 잘할 것이라는 막연한 기대감도 있었다.

처음에는 머뭇거리면서 "그냥 때가 되면 군에 입대할 겁니다" 하는 아들에게 "이왕 군 입대를 한다면 병보다는 장교로서 복무하는 것이 네 자신의 미래에 많은 도움이 될 것이다. 특히 학사장교가 되는 것은 아무나 하고 싶다고 되는 것이 아니고 너같이 잘생긴 외모에 신체조건이 맞는 사람만이 가능하다. 학점이 문제될 것은 없다, 너는 해낼 수 있다"라고 용기를 주며 강한 도전의욕을 심어주었다.

결국 아들은 내 말에 고무되어 학사 장교지원서를 내게 되었다. 결과는 다소 의외의 불합격이었지만 새로운 경험을 통하여 아들은 변화되기 시작했고 무엇이든 두려움 없이 시작하는 자신감을 가지게 되었다.

사오정은 되지 말자

세상은 하루가 다르게 변하고 있는데 과거 생각만 하고 현실에
안주하는 사람들이 많다. 정작 자신은 세상이 어떻게 변화되어 가
는지 모르면서 남이 자신을 몰라준다고 불평만 한다. 어느 날 손오
공과 사오정이 입사시험을 치르게 됐다. 치열한 경쟁을 뚫고 마지
막 관문인 면접을 마친 손오공은 우쭐했지만, 아직 면접을 보지 않
은 사오정은 더욱 초조하기만 했다.

보다 못한 손오공은 안절부절못하는 사오정에게 면접문항을 모
두 가르쳐줬다. 첫째 질문은 좋아하는 운동선수가 누구인가였는데,
옛날엔 차범근이었는데 요즘엔 박지성이라고 답했어. 둘째 질문은
산업혁명이 언제 어디서 일어났느냐였는데 18세기 영국이라고 했
어, 마지막으로 과학 문제였는데UFO를 믿느냐고 묻더라고. 남들
은 다 그렇게 말하지만 과학적 근거가 없어 안 믿는다고 했지.

답안을 열심히 외우고 면접장에 들어간 사오정은 첫 질문을 받았
다. 이름이 뭐죠 옛날엔 차범근이었는데 요즘엔 박지성입니다. 어
그래요? 언제 어디서 태어났지요? 18세기 영국입니다. 이쯤 되니
면접관이 화를 냈다. 큰소리로 당신 좀 이상하다고 생각 안 하십니
까? 남들은 다 그러는데 과학적 근거가 없어 안 믿습니다.

(정갑영, 〈열보다 큰 아홉〉에서 인용).

우리가 사오정의 대답에 그냥 웃어넘기지 못하는 이유가 있다. 면
접관의 질문은 손오공과 별반 다른 것이 없다. 그럼에도 사오정의 답
은 면접관이 요구하는 물음에 손오공의 답을 그대로 인용했다. 사오
정은 물음에 대한 상황이 변하였음에도 그저 자신이 외운 과거의 말

만 되풀이했을 뿐이다. 이러한 일이 단지 사오정에만 국한되지는 않을 것이다. 우리 주변에는 의외로 사오정이 많다. 엄마는 말하나 마나 똑같은 이야기야, 아빠는 늘 술만 먹으면 반복하는 말 듣지 않아도 뻔하지. 과장님 하는 소리, 사장님 하는 소리 만날 그 소리가 그 소리지 뭐. 자신이 이와 같은 행동이나 언어를 반복하고 있다면 이미 사오정이라고 보면 된다.

최근처럼 변화무쌍한 상황에서 현실을 제대로 알지 못하면 사오정과 같은 태도를 면하기는 어렵다. 갈수록 살기가 어려운 세상이다. 사오정을 면하려면 급격한 변화에 신속하게 대처할 수 있는 삶의 지혜와 혜안이 필요하다.

제대로 알고 악수하자

나는 만나는 사람들과 약간의 친분이 있으면 먼저 손을 내밀어 악수를 청한다. 나로서는 너무 반갑고 친밀감의 표시이며 자연스러운 행동이다. 그런데 아내는 이런 내 행동을 항상 못마땅해 한다.

그 이유는 여성들에게 먼저 손을 내밀어 악수를 하는 것과 또 시도 때도 없이 어른, 아이 할 것 없이 손을 내미는 것이 잘못된 것이라는 지적이다. 아내는 내 행동에 대하여 이해를 하지만 정작 상대방도 이해할지는 의문이 된다고 말한다. 처음에는 그냥 뭐 괜한 걸 가지고 못마땅해 하나 하고 생각했는데 아내의 반복되는 말에 어느 때부터인가 상대방에게 악수를 청할 때 내가 지금 옳은 행동을 하고 있는가 하는 의문을 갖기 시작했다. 그러던 중 우연히 어느 잡지에서 악수하는 방법에 대한 글을 읽고 아내의 지적이 옳았다는 것을 알게 되었다. 여기 그 악수론에 대하여 일부를 옮겨보았다.

악수는 대등한 관계의 남녀 사이라면 여성은 앉은 상태 그대로 손을 내밀어도 결례가 되지 않는다. 그러나 오체만족의 남성이라면 무조건 일어서는 게 원칙이다. 또 엄동설한에 비슷한 연배의 남녀가 만나 악수를 나눌 때도 남성들은 장갑을 벗어야 예의다. 그러나 여성들은 장갑을 낀 채로 손을 내밀어도 그다지 실례가 되지 않는다. 물론 고무장갑이나 빨간 페인트를 덧댄 목장갑은 예외다. 우리나라 사람들은 대체로 악수 매너에 서툴다. 그 이유는 아마도 악수가 물 건너 온 인사법이기 때문 아닐까?

일반적으로 정착성 농경생활을 영위해 온 문화권에선 권력과 서열이 중시되기 마련이다. 그리고 이러한 사회에서는 절로 대표되는 수직적인 인사법이 발달한다. 반면 수렵목축의 문화권에서는 대개 평등과 결속이 강조되고 이러한 사회에서는 키스나 포옹이니, 악수니 하는 수평적 인사가 발달 한다는 게 학자들의 공통된 견해다.

우리나라는 알다시피 전문용어를 빌리자면 철저히 짬밥 과 위계질서가 강조되는 나라다. 다양한 형태의 절이 발달 한 것도 실은 그 때문이다. 수직적 인사가 몸에 밴 이들에겐 수평적 인사가 자칫 싸가지 없는 행동으로 치부되기도 하고, 때로는 심각한 오해를 불러일으키기도 한다.

이외수, 김씨, 배철수와 더불어 우리 시대 마지막 기인으로 꼽히는 김용옥 선생이 털어놓는 애기가 그것을 웅변으로 보여준다. 김용옥 선생은 동내 목욕탕에서 조우한 젊은이가 자신을 알아보고 반가운 나머지 다짜고짜 악수를 하자고 덤빈 사실을 자신의 한 저서를 통하여 공개하고, 당시의 울분을 통렬하게 토로한바 있다. 짐작하겠지만 김 선생의 사회적 지위를 감안하지 않더라도 이 철없는 젊은이는 하늘이 두 조각 나는 한이 있어도 손을 내밀어서는 절대로 안 되는 일이었다.

간혹 남정네들 중에는 안면 정도만 있는 사람이 악수를 청하며 가운데 손가락으로 손바닥을 살살 긁어주는 사태를 경험한 이들이 적지 않을 것이다. 이때의 그 불쾌한 느낌은 아마도 당해 보지 않은 사람은 모를 것이다. 더욱이 이 신호가 한때 동성연애자의 사인으로 쓰였다는 정보를 접하고 나면 머리에 쥐가 나기도 한다. 또 악수를 하면서 남자가 여자의 손바닥을 긁는 행위는 성적인 초대를 의미한다니 긁을 때는 아무쪼록 주변 상황이나 여건을 세심하게 살피고 헤아리기 바란다.

악수를 하면서 엉뚱한 데를 쳐다보거나 손에 전혀 힘을 주지 않는 사람도 불쾌감을 주기는 마찬가지이다. 한국인과 악수 경험이 많은 외국인들이 이구동성으로 썩은 생선토막을 잡는 느낌이라며 악담을 퍼붓는 경우가 적지 않음을 감안하면 이 문제가 예사로운 사안이 아님을 실감할 수 있다. 수상학의 대가인 이벳 그레디는 악수할 때 쥐는 힘은 그 사람의 정력과 비례한다는 다소 충격적인 주장을 펼친바 있다. 이 주장의 진위는 차치하고 여성들은 남성들과 악수를 할 때 넌지시 그 힘의 크기를 가늠해 보면 어떨까. 물론 상대방의 손아귀에 혹 전혀 힘이 느껴지지 않으면 인도주의적 관점에서 마음속으로 불쌍하게 여겨야 할 것임은 말하나 마나다. 이러한 남자라면 일생에 도움이 안 되는 유형일 가능성이 크기 때문이다. 여기까지 읽고 내심 앞으론 악수할 때는 젖 먹던 힘까지 써야겠다며 벼르는 순진한 남성들이 있을지 모르겠다. 이런 이들이 있다면 아예 엄두도 내지 말기 바란다. 왜냐하면 이런 사람은 또라이(편집증) 기질이 있다니 말이다.

그렇다면 올바른 악수법은 무엇일까. 정답은 따뜻하고 보송보송

한 손으로 상대방의 손을 가볍게 쥐고 적당히 흔드는 것이다. 그렇다면 손을 흔드는 횟수는 과연 얼마나 좋을까? 한번, 두 번? 정답은 상황에 따라 다르다. 참고로 비즈니스의 경우라면 두 번이 적당하다. 단호하고 결연한 자세로 두 번 흔드는 악수는 상대방에게 신뢰감을 심어주기에 충분하기 때문이다.

그렇다면 친구나 연인 사이라면 몇 번이 좋을까? 아무쪼록 고민하지 말기 바란다. 그저 시간되는 대로 흔들면 된다. 전문가들은 예닐곱 번이 적당하다지만 밤새워 흔들어도 체포되거나 구금된 사례는 아직 없다. 그리고 정치가와 유권자 사이라면 너덧 번 정도가 좋다는 게 정설이다. 악수를 나눌 때는 상대방의 눈을 그윽이 들여다보며 미소를 짓는다면 금상첨화다.

덴버포스트지의 악수 특집기사에 따르면 악수를 할 때 상대방의 눈동자 색깔을 구별할 수 있을 정도로 똑바로 쳐다보되 대략 0.5초 더 쳐다보는 것이 훨씬 호감을 준다고 한다. 기억하기 바란다. 시간은 딱 0.5초다. 계속 째려보면 건강과 안전에 심각한 문제가 생길 개연성이 있으니, 이 또한 과유불급이다.

악수는 원칙적으로 윗사람이 아랫사람에게, 여성이 남성에게, 성직자가 여성에게 먼저 신청하는 것이 정석이라는 사실도 알아두면 요긴한 정보다. 그렇다면 스님이나 목사님과 여성이라면? 성직자가 먼저 악수를 청하는 것이 원칙이다. 많이 아는 게 병이라는 말도 있다. 그러나 알고 행하는 것과 모르고 행하는 것에는 분명한 차이가 있다. 이제부터라도 제대로 손을 내밀어야겠다.

작은 것이 소중한 것

눈에 보이는 것보다는 보이지 않은 것들이, 소중하게 느껴지는 물건보다도 별의미가 없다고 귀찮게 여기는 물건들이, 때로는 의외로 자신의 인생을 바꾸어놓은 계기가 된다. 무슨 물건이든지 나에게 온 것은 그럴만한 가치가 있는 것이다. 미국의 루즈벨트 대통령은 지독한 근시였다. 그는 항상 두개의 안경을 주머니에 넣고 다녔다. 하나는 책을 읽을 때 사용하는 돋보기였고, 하나는 멀리 있는 물체를 바라볼 때 사용하는 안경이었다. 루즈벨트는 무거운 안경을 주머니에 넣고 다니는 것을 매우 귀찮게 여겼다.

한 번은 루즈벨트가 밀워키에서 정치 연설을 하고 있을 때 쉬렌크라는 청년이 그를 향해 총을 발사했다. 총알은 루즈벨트의 가슴에 정확하게 명중했다. 그런데도 루즈벨트는 약간의 부상만 입었고, 곧 정신을 차려 연설을 계속할 수 있었다. 그 이유는 괴한이 쏜 총알이 루즈벨트의 양복 안주머니에 있던 강철 안경집을 맞고 방향이 굴절됐다. 평소 그렇게 귀찮게 여기던 안경이 그의 목숨을 구한 것이다.

인생도 마찬가지다. 우리가 매우 짐스럽게 생각하던 것들이 때로는 소중한 자산일 수도 있다. 사람은 누구나 '루즈벨트의 안경' 같은 무거운 짐을 가슴에 간직하고 산다. 그러나 그 짐이 나를 위기로부터 구해내는 '감사의 조건'이 될 수도 있다. 늘 감사하는 마음으로 나에게 주어진 작은 것들을 소중하게 여겨야겠다. 작은 것이 우리의 인생에 큰 바다로 항해할 수 있는 나침반이 될 수도 있기 때문이다.

어디고 안전지대는 없다

보통의 평범한 사람들은 자신이 목표하는 바를 이루었을 때 이정 도면 되었지 하면서 더 이상 앞으로 나아가기를 두려워한다. 그것은 새로운 일을 시도할 때 실패할지 모른다는 두려움과 함께 지금까지 이루어놓은 자신의 성공이 하루아침에 물거품이 될 수 있다는 강박관 념에서 오는 것일 수도 있다.

그러나 이와는 반대로 그 이상의 꿈을 이룬 사람들의 면면을 보면 한 결 같이 실패의 두려움을 떨쳐버리고 자신 있게 새로운 것을 향해 도전했다는 사실이다. 어느 한순간 안전하다고 생각할 때 위험은 내 포되어 있다고 한다. 더 큰 꿈을 이룬 사람들은 한 결 같이 안전구멍 을 무서워하고 신경써다는 것이다. 쥐구멍 하나가 큰 둑을 무너뜨리 는 것처럼 별것이 아닌 것처럼 보이는 아주 작은 일들이 때로는 아주 치명적으로 큰 타격을 입히게 된다는 것이다.

이것을 영어로는 시큐리티 홀(security hole)이라고 한다.

이 시큐리티 홀에 무관심을 가질 때 지금껏 이루어놓은 성공의 기 반이 무너지고 어느 순간에 돌이킬 수 없는 일들로 재기할 수 없는 상태까지 이르게 된다는 것이다. 항상 내가 추구하는 성공의 길에 안 전구멍이 있는지 점검하고 대비해야 한다. 자신의 삶에서 안전구멍 이 생기지 않도록 꾸준히 배우고 노력하면서 타인과의 소통에 힘써 야 한다.

보이는 것에 안주하지 말자

내가 살고 있는 곳은 여기다. 그런데 이 문밖을 나가 다른 곳으로 가보고 싶다. 문을 열고 나가기만 하면 된다. 너무나 간단한 일지만 선뜻 그렇게 하려고 행동에 옮기지 않는다. 나서는 순간 낯선 것들과의 마주침이 두렵기 때문이다.

이곳에 있으면 안전할 텐데, 모든 것이 보장되어 있는데 굳이 나가서 불편함을 감수할 필요가 없기 때문이다. 이와 같은 현실속의 편안함에 안주하는 순간 안전지대라는 틀 안에서 머물고자 하는 욕구가 강해지고 다른 것들을 쉽게 받아들이기 위한 행동을 하지 않는다. 안전지대에 대한 욕구와 매너리즘은 인간 생명을 단축시키는 보이지 않은 질병이다. 28세의 조영일 씨는 요식업에 종사한다. 직함은 대리이다. 사실 그는 80평 규모 25명의 직원들이 일하는 설렁탕집 사장이다. 그는 원래 의대생이었다. 아버지를 포함하여 사촌 이내의 가까운 친척만 의사가 20명에 달하는 집안의 자손이다. 이 가운데 몇몇은 이름만 대면 아는 유명한 종합병원 원장 또는 이사장이다. 그는 다니고 있던 의대만 졸업해도 창창한 미래가 보장되어 있었던 것이다.

그럼에도 영일 씨는 메스 대신 식칼을 잡았다. 그가 의사로서의 길을 포기하고 설렁탕집을 통해 성공한 비결은 간단하다. 성실함과 직원들에게 자신의 허리를 낮추는 겸손함, 그리고 직원들보다 부지런한 사장의 모습을 잃지 않았다는 것이다. 더불어 중요한 것은 자신이 하고 싶은 일을 하면서 즐기는 자세이다.

정작 조 대리가 전하는 메시지의 핵심은 사업성공 비결이 아니다. 진짜 메시지는 현실의 한계, 즉 눈앞에 보이는 것에 갇혀 살지 말라는 것이다. 조 대리의 성공을 부러워하기 전에 의사의 길을 버린 용기,

자신의 일에 죽어라 미칠 수 있는 열정, 남몰래 땀 흘릴 각오가 되어 있는지 자신에게 물어봐야 한다. 안전지대에 머물고자 하는 마음의 한계, 기득권을 버리지 못하고 유지하려고만 하는 것은 굳게 닫힌 문과 같다. 닫힌 문 너머 새롭게 열리는 세상을 향해 앞으로 나아가고자 하는 도전정신만이 인생을 풍요롭게 만들 수 있다.

변화는 선택이 아닌 필수

18세기 후반 영국에서 시작된 산업혁명은 교통혁명을 거쳐 20세기를 대량생산의 시대로 이끌었고, 이로 인해 전 세계는 유례없는 급속한 발전을 이룰 수 있게 됐다. 하지만 지금 21세기는 과거와는 확연히 구별되는 변화가 산업계 전반에서 일어나고 있다.

소품종 대량생산에서 다품종 소량생산으로, 지식경제의 시대에서 창의력경제의 시대로, 기술 중심에서 소비자 중심으로의 변화가 그것이다. 소비자중심의 산업에서는 창의적 디자인의 중요성이 더욱 중요시 되고 있다. 과거기술에 기반을 둔 사회의 시대는 종언을 고하고 문화서비스와 기술의 융합사회, 글로벌사회, 창의적 기술개발 사회로 세계는 급격히 변하고 있는 것이다.

이를 정확히 파악하고 이에 동참하며 대처하는 것만이 지속적으로 국가의 부를 창출하고 세계일류국가 대열에 합류하는 길이라고 한다. 21세기를 주도해나갈 바람직한 인재상은 창의성과 전문성을 필요로 한다. 여기에다 변화를 주도할 수 있는 역량과 도덕성 등을 꼽을 수 있다. 따라서 미래를 꿈꾸며 준비하는 자는 자기계발에 진력해야 할 때라는 생각이 든다.

이와 함께 다른 사람과 좋은 관계를 만들어갈 수 있는 인성이 무엇보다도 중요한 미래인재의 자질이라고 한다. 이들의 기본에는 논리성이 있어야 하고 남을 배려하는 따뜻한 인성이 있어야 한다는 것이다. 우리는 과거보다는 수많은 정보와 지식의 홍수 속에 살고 있다. 인터넷상에서 키워드만 치면 어떠한 지식도 쉽게 얻을 수 있는 시대가 됐지만 앞으로 누가 얼마나 많은 지식을 가지고 있는가의 중요성은 줄어들 것이라고 한다. 반면에 누가 가능한 많은 정보 제공처를 확보하고, 또 그 정보를 이해해 새로운 변화를 주도하느냐가 지도자의 중요한 역량이 될 것이라고 한다.

오늘보다 더 나은 내일을 위해 이 같은 사회적 변화가 요구하는 자질이 무엇인지를 정확히 이해하고, 집중과 선택을 통한 자기계발에 더욱 노력해야 한다.

관심을 가져라

인간관계의 기본은 상대방을 이해하고 배려하는 것에서부터 출발한다. 우리는 상대방 입장보다는 자신의 입장을 우선시 하여 상대방에게 강요하는 경우가 많다. 이러한 행동은 상대방을 불편하게 할뿐만 아니라 마음까지 상하게 만든다. 대다수의 사람들은 상대방이 얼마나 내게 관심을 갖는지 알게 되기 전에는 관심조차 갖지 않는다.

상대방이 자신에게 영향력을 행사하고 있다고 느끼는 것에 따라 영향력을 행사하려고 한다. 내가 상대방에게 얼마나 관심을 갖고 있는지 상대방이 알게 되었을 때 그는 놀라울 정도로 마음을 열게 된다. 이러한 이면에는 그 무엇과도 바꿀 수 없는 관심과 따뜻한 배려의 마음이 자리하고 있기 때문이다.

삶을 살다보면 뜻하지 않은 인생의 복병을 만났다고 생각되는 순간이 있다. 열심히 한다고 했는데 되는 일은 거의 없고, 새로운 일을 찾기에는 너무 늦었다고 생각되는 순간, 당신은 '왜 하필 나한테만 이런 불행이 생기는지 모르겠다.' 고 투덜거릴지도 모른다. 자신의 무능함을 탓하기 전에 주위를 한 번 돌아보라. 뜻밖에도 당신이 손 내밀어주길 기다리는 사람들이 많다는 걸 알게 될 것이다. 관심은 자신과 상대방을 이어주는 무지개다리와 같은 것이다.

동물에게서 배우는 지혜

손욱 농심 회장이 말하는 12지 경영학이라는 주제로 강연한 내용 중 일부를 옮겨보았다. 그는 직원들에게 위기에 대응할 수 있도록 잊히지 않은 이야기를 만들어야겠다고 생각을 하고 12간지에 주목했다. 띠 동물들에 대한 다양한 이야기들을 분석해서 이야기를 만들어 나가기 시작했다.

12간지의 첫 번째 동물은 쥐다. 쥐는 문제가 생겼을 때 가장 먼저 인식하는 동물이다. 중요한 것은 바로 변화를 빨리 읽어내는 것이다. 쥐가 첫 번째 동물이라는 것은 그런 상징성이 있다. 마지막 동물은 돼지이다. 돼지는 온갖 것을 다 베풀고 간다. 돼지머리는 고사지낼 때 쓰고 나머지 부위도 족발, 삼겹살, 곱창, 껍데기에 쓰이는 등 돼지는 온갖 것을 다 베풀고 간다.

기업도 사회를 위해 더 좋은 제품을 만들어 공헌해야 한다. 소는 끊임없이 문제를 되새김질해 진짜 원인을 찾는다. 세종대왕은 조세제도를 개혁하기 위해 계획을 세우고도 17년 동안 뜸을 들였다. 반대하는 사람들도 찬성하게 할 때까지 진짜 원인을 계속 찾고 풀었던 것이다. 호랑이는 새끼를 낳으면 절벽에 떨어뜨리고 올라오는 새끼만 키운다. 의사결정이라는 것은 그만큼 어려운 것이다.

기업에서는 10가지 분야가 있다면 보통 그 중에서 몇 가지를 골라 진행해야 한다. 다른 사업에까지 피해를 주는 사업 분야가 있다면 과감히 잘라야 한다. 토끼는 도망 갈 구멍을 다 찾아놓고 다닌다. 잠재적 문제에 대비하는 것이다. 실패할 때는 계획이 잘못돼서 그런 경우는 별로 없고 생각지도 않은 잠재적 문제로 인한 경우가 많다.

기업에서 가장 중요한 것은 잘하는 것을 벤치마킹 하는 게 아니라 잠재적 문제를 파악하는 것이다. 용은 핵심역량을 상징한다. 한 가지만 세계적으로 잘하면 된다. 뱀은 변화를 상징한다. 성공했다고 현실에 안주하면 안 된다. 뱀은 껍질을 안 벗으면 죽는다.

변화관리는 사실 매우 어렵다. 변화에 대한 인식이 바뀌지 않으면 절대로 성공할 수 없다. 말은 인재의 상징이다. 천리마와 같은 인재를 적재적소에 어떻게 찾는가의 문제다. 우리나라에서 제일 못하는 게 이것이 아닐까 싶다. 우리 기업의 경우 사람을 인사팀 한곳에서 뽑아 배분하니까 적재적소에 넣기가 힘들다.

양은 커뮤니케이션을 상징한다. 양은 배려의 동물이다. 배려의 정신은 경청이다. 세종의 리더십을 보니 하나의 뜻을 가지면 그것을 공론에 부친다. 모두의 뜻을 하나로 만든다. 모든 사람들이 한마음이 될 때까지 노력을 한다. 한마음 한뜻이야말로 한국적 리더십의 본질이다. 삼통일평의 리더십 여기서 평은 보람된 일로 올라가는 단계로 평화와 화합 등을 의미한다.

원숭이는 창의성의 상징이다. 모방을 하더라도 완벽하게 이해하고 해야 된다. 진짜 벤치마킹은 남의 것을 보고 플러스 알파를 추가하는 것이다. 기업에서도 리더는 자기가 성공하려 하면 안 된다. 조직이 성공하게 도와야 한다.

개는 신뢰의 상징이다. 세종대왕이 성공한 리더가 될 수 있었던 것도 신뢰를 기반으로 한 것이기 때문이다. 동물들이 가지고 있는 다양한 습성들을 통해 우리가 어떻게 사는 것이 올바르게 사는 것인지를 한번쯤 되돌아보게 된다.

관찰을 생활화 하라

문학경영연구원 대표 황인원 시인은 새로운 세상을 만드는 데는 두 가지 방법이 있다고 말한다. 하나가 발견이고, 다른 하나는 창조다. 발견, 창조가 뭘까. 그 개념부터 보자. 발견은 원래부터 존재하고 있었던 사실을 사람들이 전혀 모르고 지내다가 어느 때 갑자기 찾아내는 것이다.

17세기 영국의 과학자 아이작 뉴턴의 중력의 법칙이 대표적인 예다. 뉴턴이 살던 시대 이전에도 사과는 땅으로 떨어졌고 중력은 존재했다. 다만 그 현상이 중력이라는 이름으로 세상에 드러나지 못했던 것뿐이다. 이처럼 이미 존재하고 있었지만 사람들이 몰랐던 사실을 세상으로 드러내는 것을 발견이라고 한다.

반면 창조는 세상에 없는 것을 만들어내는 작업이다. 창조는 신이 우주의 만물을 만들 듯 처음으로 생긴 것을 말한다. 예를 들어 전화기가 처음 나왔다면 과거에 존재하지 않았던 제품이 사람에 의해 만들어진 것이다. 이를 창조라고 한다. 문제는 발견이나 창조를 위해서는 반드시 앞서 해야 할 일이 있다. 관찰이다. 관찰이 제대로 이루어지지 않으면 결코 어느 것도 할 수 없다. 우리가 관찰을 강조하는 이유가 여기에 있다.

발견을 위한 생각법이란 다른 말로 통찰이라고도 할 수 있다. 통찰이란 사물을 꿰뚫어보고 그 사물의 본질을 찾아내는 일이다. 따라서 사람들은 몰랐지만 사물 스스로는 원래부터 가지고 있었던 본질을 세상 밖으로 드러내는 일이다. 기존에 없던 것을 새롭게 만들어낸다고 통찰이라고 하지 않는다. 그렇다면 통찰은 발견을 위한 생각에 닿아 있는 셈이다. 통찰력이 있는 사람이 새로움을 찾아낼 수 있듯 세상 어느 사물이나 대상에서도 통찰이 가능하며 새 아이디어를 끄집어 낼 수 있다. 사물에 대한 작은 움직임과 미세한 부분까지도 놓치지 않은 관찰은 새로운 창조적 발상을 이끌어내는 기폭제가 된다.

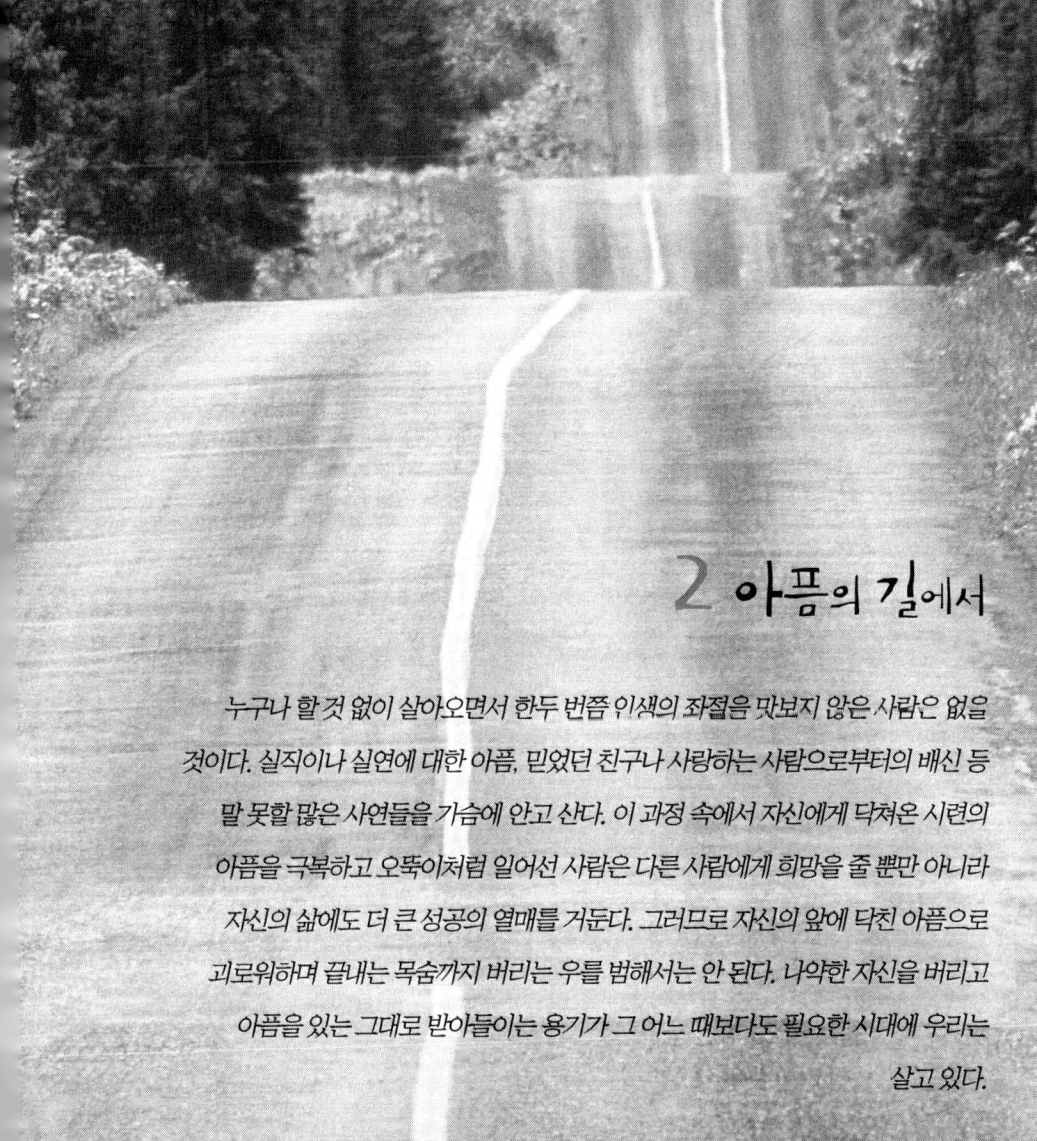

2 아픔의 길에서

누구나 할 것 없이 살아오면서 한두 번쯤 인생의 좌절을 맛보지 않은 사람은 없을
것이다. 실직이나 실연에 대한 아픔, 믿었던 친구나 사랑하는 사람으로부터의 배신 등
말 못할 많은 사연들을 가슴에 안고 산다. 이 과정 속에서 자신에게 닥쳐온 시련의
아픔을 극복하고 오뚝이처럼 일어선 사람은 다른 사람에게 희망을 줄 뿐만 아니라
자신의 삶에도 더 큰 성공의 열매를 거둔다. 그러므로 자신의 앞에 닥친 아픔으로
괴로워하며 끝내는 목숨까지 버리는 우를 범해서는 안 된다. 나약한 자신을 버리고
아픔을 있는 그대로 받아들이는 용기가 그 어느 때보다도 필요한 시대에 우리는
살고 있다.

학력이 문제라고요

대전 병무청 내 상설징병 검사장 안에는 많은 젊은이들이 팬티만 입은 채 나름대로 국가의 부름을 받고 징병검사를 받고 있다. 대한민국의 성인남자라면 누구나 한번쯤은 필히 거쳐야 하는 중요한 행사로서 신성한 국방의 의무를 다하기 위한 공간의 장이다. 모두들 자신의 운명이 어떻게 판가름날것인가 하는 긴장감 속에서 징병관들의 한마디 말들을 진지하게 듣고 있는 표정이 사뭇 비장하다. 단계별 심사를 거쳐 마지막 최종 징병검사관의 판결이 들린다.

4급보충역! 이것이 무엇인가? 내가 방위근무자로 판정받는 순간이다. 나는 당돌하게 징병관에게 되물었다. "저는 군대를 가고 싶은데요, 모든 신체적 조건이 맞는데 무엇이 문제입니까? 군대를 가게 해주세요." 나를 물끄러미 바라보는 징병관의 냉정한 단 한마디. "너는 학력미달이야, 초등학교 졸업으로는 군대를 갈 수 없다. 알았나." 그 말이 내 귓전을 울리는 순간 나는 풀이 죽은 채 더 이상의 말이 필요치 않아 징병검사장을 나왔다.

내 손에는 보충역 판정을 보증해주는 수첩이 들려있을 뿐이었다. 의식주의 해결조차 어려운 환경으로 배우고 싶어도 배울 수 없었던 나에게 사회는 학력이라는 굴레로 또 다른 아픔의 상처로 삶의 시련을 주고 있는 것이다. 그날 징병검사 판정을 받고 돌아오는 열차 안에서 나는 많은 것을 생각했다. 학벌이라고는 초등학력이 전부인 내가 앞으로 이 사회에서 어떻게 살아 갈 것인가? '언젠가는 학력으로 인하여 지금보다도 더한 사회적 무시와 천대를 받을 수 있을 텐데' 하는 생각을 하니 지나온 나날이 주마등처럼 떠오른다.

1972년 1월 중순 매서운 칼바람이 불던 그해 겨울, 모든 만물이 동면에 들어가 있는 시간, 새벽의 어둠을 가르고 열여섯 살의 소년은 낡은 자전거에 의지한 채 30여 리가 넘은 공사현장을 향해 자전거의 페달을 힘차게 밟고 있었다.

비포장도로의 자전거 뒤에는 어린 아들의 고단한 삶의 무게를 달래주기라도 하듯 노란색깔의 둥근 찬합에 어머니의 정성이 고스란히 담겨있는 보리밥 도시락의 따뜻한 온기만이 친구가 되어 함께 달리고 있다.

처음 출근한 공사현장은 허허벌판인 경기도 평택군 고덕면 해창리. 그곳은 이제 막 우리나라에서 최초로 볏짚을 가지고 종이재료인 펄프를 생산하고자 공장기초 공사를 하고 내부기계 설치를 하고 있는 삼정펄프 공사현장이다.

아무런 현장경험도 없고, 그렇다고 그 누구와 일면식도 없는 공사장에 도착했을 때 따뜻한 온기를 주는 태양은 빠끔히 먼 산에서 고개를 내밀었고 소년은 그저 무심코 타고 온 자전거를 건물밖에 세워둔 채 작업반장의 지시에 따라 기계 설치에 따른 용접을 했다.

점심때가 되어 소년은 건물내부에 타설된 콘크리트가 어는 것을 방지하기 위해 덮어둔 짚단더미 한곳을 헤집고 자리를 잡은 뒤 허기진 마음에 찬합의 뚜껑을 열고 입안 가득히 밥숟가락을 가져갔다.

그 순간 한나절 얼어붙은 보리밥 알갱이들이 소년의 입안에서 차가운 모래알처럼 흩어졌고 소년의 눈에서는 저 밑바닥에서부터 알지 못하는 서러움의 눈물이 얼굴을 타고 한없이 찬합 속에 담긴 보리밥으로 흘러 내렸다.

나는 1957년 9월 28일 충청남도 공주군 계룡면 내흥리 576번지에서 4남 2녀의 장남으로 태어났다. 어린 시절에 대한 특별한 기억은 없지만 아버지 말에 의하면 조부께서 나를 무척이나 아끼고 사랑하셨다고 했으며, 지금의 이름도 특별히 지어주신 것이라고 하는데 정작 나는 그렇게 생각지 않고 있다.

아버지는 오랜 군 생활 끝에 어머니와 결혼하신 후 고향에서 나무 땔감을 하여 내다팔아 근근이 의식주를 해결해야만 하는 빈곤한 삶을 영위하다가 나무장사만으로는 고향에서는 살아갈 길이 막막하여 내가 세 살 되던 해에 어머니의 고향인 입장으로 이사하면서 처가살이나 다름없는 생활을 하시게 되었다.

나는 이곳에서 초등학교를 다니게 되었는데. 없는 살림에 음주가무를 즐기셨던 아버지는 이곳에서 정착하지 못하셨고 그 뒤로도 여러 곳을 전전하게 되었다. 내가 경상북도 풍양에서 6학년 초에 전학하여 안성죽백초등학교를 졸업하기까지 거의 일 년에 한 번씩은 이사를 다녔으니 나의 유년생활은 그야말로 불안정했다고 할 수 있다.

아버지가 고단한 삶의 여로 속에서 마지막으로 정착한 곳이 지금은 평택이지만 당시는 안성군이 행정구역인 안성군 원곡면 죽백리 일명 '가내' 라는 마을이었다. 이곳에서 아버지는 이장이셨던 둘째 이모부가 운영하는 정미소에서 방아바리일(머슴)을 하셨고 어머님은 그 앞에서 선술집을 하셨다.

이토록 생활이 곤란했던 시기에 나는 초등학교를 졸업하고 당시에 중학과정을 가르치는 미인가 시설인 고등공민학교에 들어갔지만 이마저도 납부금을 제때 내지 못하여 3학년 초에 그만두게 되었고, 그길로 평택읍내에 있는 남흥철공소에서 농기계 수리기술을 배우게 되었다. 비록 어린 나이였지만 가난을 극복하기 위해서는 하루빨리 기술을 배워 돈을 벌겠다는 생각뿐이었다.

이렇게 시작한 농기계수리와 용접기술은 내 삶의 생존수단이었고 가족의 생계에 보탬이 되는 유일한 길이었다. 오로지 가난을 극복하고자 하는 문제에 매달려 앞만 보고 달려온 나에게 사회가 던져준 선물은 학력미달로 군대를 갈수 없다는 것이었다. 나는 절망할 수밖에 없었다. 남이 생각할 때 "뭘 그런 걸 가지고" 할지 모르겠지만 초등학교 시절 꿈이 장교가 되는 것이었는데 장교는커녕 군대도 못가는 신세가 된 것에 신세한탄이 절로 들었다.

다른 돌파구를 찾기에는 나의 경험이 너무 미천하였고 어쩔 수 없는 현실 앞에 무릎을 꿇은 채 학력 때문에 군에도 가지 못하는 내가 지금 할 수 있는 일은 무엇인가? 스스로의 처지를 비관도 해보고 한탄도 해보았지만 별 뾰족한 방도가 없었다. 그렇지만 학력 때문에 이대로 주저앉기에는 내 삶이 아직도 많이 남았다는 것이었고 나에게는 일찍이 내 또래의 친구들이 겪어보지 못한 삶에 대한 애착이 있다는 것에 위안을 삼으면서 다음과 같이 결론을 내렸다.

'그래 나와 같은 아픔을 대물려 주지 않기 위해서라도 지금부터라도 공부를 하자!' 결심을 했지만 막상 나에게 주어진 현실은 그렇지 못했다. 늘 마음 한구석에 배움에 대한 열정을 간직한 채 생업의 현장에서 그렇게 시간을 흘려보냈다.

다시금 주어진 환경에 순응하면서 일을 하고 있는 중에 단기사병 통지서를 받고 4주 훈련을 마친 뒤 아버지의 덕택으로 지역 예비군부대 행정병으로 보직을 받게 되었다. 이때 비로소 아침 8시 출근, 저녁 6시 퇴근의 새로운 생활이 시작되었으니, 뜻이 있는 곳에 길은 있다고 했던가?

단기사병근무 과정에서 배움에 목말랐던 나에게 우연한 기회를 통해 같이 근무하면서 마음을 주고받던 친구가 정규과정을 이수하지 않더라도 사회적으로 학력을 인정받을 수 있는 검정고시라는 학력인정제도가 있다는 것을 알려주었다.

이때부터 나는 〈완전정복〉을 가지고 틈만 나면 독서실로 달려갔다. 한번은 비상소집이 발령된 지도 모르고 집에서 책을 보다가 헌병대 차로 끌려갔다가 중대장님의 도움으로 무사히 풀려 난적도 있다. 이런 나를 보고 친구들과 주변 사람들의 비웃음이 있었지만 아랑곳하지 않고 배울 수 있는 시간이 주어진 데 늘 감사했다.

그 결과 나는 단기사병 근무가 소집해제 되던 해인 1980년 5월에 고등학교 인정 검정고시에 합격했고 사회에 나와 산업현장에서 일하면서 1982년 8월에 대학학력 인정 검정고시에 합격했다. 정식으로 사회가 나를 인정해주는 학력인정 합격 증서를 받던 날! 나는 내 자신에 대한 확실한 믿음이 생겼다. 그리고 학벌로 평가받는 이 사회에 무언의 도전장을 내밀었다. 무엇보다도 주경야독한 나의 노력이 한 장의 종이쪽지로 평가받아야 하는 데 대한 일련의 반항이었다.

내친김에 대학의 문을 두드렸으나 실력도 부족했을 뿐더러 경제적인 사정이 허락치를 않아 금성출판사 세일즈맨을 얼마간 하다가 지금의 쌍용 자동차 특수(레미콘차량) 생산라인에서 용접공으로 재취직을 했고 나중에는 집에 농기구 수리점을 열어 운영도 했었다.

이 모든 것이 다 가난을 극복하고자 하는 나의 집념과 가족을 위한 나대로의 희생이었다. 그러면서도 늘 삶에 지쳐 공부에 대한 자괴가 들 때마다, 징병검사관의 단 한마디 "너는 학력미달이야"가 나에게 배움을 통하여 성공을 하고 말겠다는 강인한 의지를 심어주었고, 변함없는 독서실 출입은 새로운 꿈에 눈을 뜨게 해주었다.

그 결과 공무원이 되고자 여섯 번 이상의 시험에 도전하여 29세의 나이로 임용장을 받고 공직에 처음 입문하게 되었다. 나는 이때 자신이 새로운 길을 개척해냈다는 자부심과 함께 인생의 중요한 전환점에 서게 되었다는 것에 이루 말할 수 없는 성취감을 느꼈다. 농기구수리센터에서 사회에 첫발을 내딛었고, 이를 기반으로 산업전선에서 용접 기능공으로, 다시금 스스로 새로운 직업을 선택한 것은 그동안 배우고자 하는 열망이 없었다면 이루어질 수 없는 일이었기 때문이다.

공직생활과 더불어 결혼을 하여 일남이녀를 둔 가장이 된 나는 공직에 들어와서 잠깐의 생활 속에 만족한 적도 있었지만, 곧 다시 수능에 도전하여 지역에 있는 강남대학 야간대학 법학부를 졸업하였고 아주대학 교통공학 석사를 마치고 현재는 박사과정도 수료했다.

이러한 일련의 과정 속에서 나의 삶이 그리 녹록한 것만은 아니었다. 원래 가진 것이라고는 없는 내가 가정을 꾸리면서 학업을 병행하기에는 많은 우여곡절이 있었고 남에게는 말하지 못할 가슴에 묻어둔 사연도 많다. 그래서 나는 가끔 가수 조항조의 '남자라는 이유로' 노래를 부를 때에는 눈물이 날 때도 있다.

오늘 이 순간이 오기까지 살아오면서 주위를 돌아보니 세상에는 나보다 불행하고 힘들게 살아왔던 사람들, 그리고 성공한 사람들이 수없이 많다는 것을 알게 되었다. 지난날 때로는 부모를 원망하고 내 처지를 비관도 했던 시간들을 돌이켜 생각해보니 '그래도 나는 행복한 사람이었구나!' 하는 것을 느끼면서 학사나 석사, 박사과정을 공부한다고 하여도 기초적인 실력이 미흡한 나는 늘 배움에 끝이 없다는 생각에 내 자신이 그 누구 앞에 내놓고 당당하게 말하지는 못하지만 자신 스스로에게는 너무나 자랑스럽다. 그 누군가 나를 알아주든 못 알아주든 내 삶에 충실하면서 오늘도 그저 주어진 환경에 최선을 다할 뿐이다.

급변하는 변화의 물결 속에서 한치 앞도 예측할 수 없는 파고를 넘기 위한 일환으로 부정한 방법으로 자신을 속이는 사람들, 특히 요즈음 들어 허위학력 등으로 사회적 지탄을 받으면서도 그럴 수밖에 없었노라고 하면서 자신들을 정당화 하는 사람들을 보면서 학벌지상주의의 벽을 극복하고자 정당하게 노력해온 나와 같은 수많은 사람들에게 그들이 무엇이라고 말할지가 궁금하다.

나라고 하여 왜 쓰러지고 싶은 날들이 없었겠는가. 맨몸뚱이 하나로 가장 밑바닥에서 부대끼면서 때로는 포기하고 싶었고, 쓰러지고 싶었고, 나 자신을 버리고 싶을 때도 있었다. 하지만 그때마다 나를 버틸 수 있게 했던 힘! 그것은 바로 내 자신 스스로에 대한 믿음과 무한한 사랑 그리고 신념이었다.

아주 오래 전부터 사회가 나에게 준 마음의 상처를 치유할 수 있는 유일한 방법은 배움을 통하여 학력미달을 극복하고자 하는 노력이었다. 결국 배움에 대한 열망은 나를 어둡고 험한 세상에서 빛으로 이끈 가장 큰 힘이었다.

누구나 한번쯤은 삶의 여정 속에서 신음처럼 토해내는 외마디 비명소리와 함께 그 자리에 그냥 팍 쓰러지고 싶을 때가 있다. 그래도 다시 힘을 내는 것은 본인만이 가지고 있는 꿈 때문이고 꿈이 있기에 다시 모든 고난과 역경을 딛고 일어설 수 있는 것이다. 그 꿈을 함께 하고자 하는 사람들이 있고 더 큰 꿈을 가지고 있기에 오늘도 남은 삶의 소중한 한걸음 한걸음을 앞으로 힘차게 걸어갈 수 있는 것이다.

남자이기 때문에

조항조라는 가수가 있다. 이 가수가 한때 유행시킨 노래 '남자라는 이유로'를 나도 한때는 기회가 있을 때마다 불렀던 기억이 난다. 그 당시에 마음과 몸이 무척이나 힘들었던 나로서는 '언제 한번 그런 날 올까요. 가슴을 열고 소리 내어 울어 울어 볼 날이' 구절이 상당히 가슴속에 여운을 남겼다.

사회생활을 하다보면 자신도 모르는 사이 남자는 눈물을 보이지 말아야 한다는 걸 알게 된다. 의리가 있어야 한다, 강인해야 한다, 등등 많은 이야기들을 듣다보면 남자는 마치 모든 것에 슈퍼맨이 되어야 제대로 구실을 하는 것처럼 각인되어 웬만한 일에는 감정을 표출시키려 하지 않는다. 여기다 강한 것에 대한 자부심이 남자의 중요한 부분 쪽으로 옮겨오면 물건이 큰 것이 강한 것으로 간주되곤 한다.

나 역시 대중목욕탕에 가면 상대방의 그것을 무의식적으로 보게 되는데 생각 이상으로 큰 것을 보면 스스로 위축이 되는 것을 느낀다. 18세기 프랑스의 한 남성은 로즈켈러라는 어린여성을 유괴해 채찍으로 때리고 그 상처에 촛농을 떨어뜨리는 등 가학행위를 저질러 감옥에 갔다. 그는 창녀와 아이들을 수주일간 고문하고 학대한 일에 가담해 투옥된 적도 있었고, 원래 수녀였던 그의 아내를 혼음파티에 끌고 가기도 했다. 또 독실한 수행생활을 하고 있던 체제와 누이 맞아 이탈리아로 함께 도피행각을 벌이기도 했다. 수차례 수감생활을 하면서 섹스파티를 즐겼으며 자신의 끔찍한 경험들을 책으로 남겼다.

그의 책은 1784년 모두 발매 금지를 당했다. 그의 이름은 마르키 드 사드였는데 지금도 가학성 변태성욕자를 지칭하는 사디즘이라는 용어에 이름을 남겼다. 사디즘은 성적대상에게 고통을 줌으로써 성적

쾌감을 얻는 변태성욕, 즉 성적도착증의 하나다. 우리가 흔히 말하는 변태라는 말 대신에 정신의학에서는 성도착증이라는 용어를 사용하는데 성도착증은 사디즘과 마조히즘, 물품음란증, 그리고 노출증과 관음증 등을 포함한다.

레드리히와 프리드먼은 성도착증을 정상적인 성행위에서 만족할 수 없는 성적 욕구를 만족시키려는 습관적인 행동양식이라고 정의한 바 있다. 그러나 어디까지를 정상정인 행위로 볼 것인지를 정의하는 것은 쉽지 않다. 일탈된 성적행동을 판단하는 기준은 시대와 문화에 따라 달라질 수밖에 없기 때문이다.

프로이트는 인식하지 못하지만 짧은 기간에 우리 모두가 사디즘을 경험한다고 밝혔다. 사드와 같이 정도를 크게 벗어난 범죄수준의 경우를 제외하면 어느 정도의 성도착증은 거의 모든 남성의 성적환상에 나타나며, 언제든 깨어날 수 있는 잠자는 욕망이다. 흥미롭게도 성도착증은 성적피학증을 제외하면 여성에게서는 거의 나타나지 않는다.

대부분 18세 이전에 시작하며 절반 정도는 결혼한 남성이다. 보통 15~25세에 발병률이 가장 높고 이후에는 감소한다. 남성이 여성에게 고통을 주면서 성적쾌감을 얻는 것은 남성이 강하기 때문에 아니라 약하기 때문이라고 한다. 섹스에 있어서 여성은 있는 그대로 보여주면 되지만 남성은 남성다움을 입증해야 한다. 자신은 결코 약골이 아니며 크고 강한 남자이어야만 하고 자신의 쾌락보다 상대여성이 만족하는지에 대항 항상 불안해한다.

섹스는 어떻게 보면 남자에게 있어 전쟁터라고 할 수 있다. 벌거숭이 상태에서 그동안 모아놓은 재산, 학식, 인맥도 이 전쟁터에서는 아무런 힘이 되지 못한다. 아무리 비싼 옷도 최고급 자동차도 여기서는 쓸모가 없다. 남성이 사회로부터 강요당해오던 잘못된 남성상은 이토록 성생활에 있어서도 투사가 되어야 한다는 강박관념을 갖게 해 주었다.

여자아이가 남자처럼 행동하면 그리 흉이 되지 않을 뿐더러 나무라는 경우는 흔하지 않다. 그러나 남자의 경우는 허용되지 않는다. 여성과 차별화돼 있는 자신의 역할을 엄격히 지켜야 하며 그 경계선을 넘어서는 안 된다. 만일 그가 선을 넘는다면 자신의 이미지에 먹칠을 하는 것이고 또래 집단으로부터 따돌림을 받을 것이며, 전통사회에서 그런 일은 사회적 죽음을 의미한다. 남자는 어떠해야 한다는 강요된 남성상은 어떻게든 불안을 은폐하도록 만든다.

내 삶에 있어 가장 힘들었던 2000년 봄에 ‘남자라는 이유로’ 라는 노래를 부르면서 속으로 울면서 말없이 볼을 타고 흐르던 눈물에 위안을 삼으며 강한 남자라고 자부했던 내가 어리석다는 것을 한참이 지난 후에 깨달았다. 남자도 울고 싶을 땐 어디서든 목 놓아 울어야 한다. 그래야 마음의 병이 생기지 않는다.

어머니의 독설

"어머니 도대체 새벽마다 왜 그러세요. 무엇 때문에 저를 이렇게 힘들게 해요."

아내의 큰소리에 잠에서 깨어 일어났다. 부모님이 아무런 상의 없이 거취를 옮긴 뒤 어느 순간부터 큰소리 나면 잠에서 깼다. 시계를 보니 새벽 다섯 시다.

아내는 방 한구석의 화장대 위에 있는 전화를 붙잡고 금방이라도 옆에 어머니가 있으면 대들 기세로 얼굴에 성난 핏발을 세우며 전화를 움켜진 손에 힘이 들어간 채 맞대응을 하고 있다. 그 모습을 바라보는 나는 너무나 어이가 없어 냅다 소리를 질러댔다. "당신 무엇 하는 사람이야!" 남편의 소리에도 아랑곳하지 않고 한손으로 나를 오라는 손짓을 했다.

새벽부터 아내의 전화 받는 태도에 기분이 상한 나는 마지못해 아내가 이끄는 대로 가까이 다가갔고 아내는 기다렸다는 듯이 전화를 내 귀에 바짝 갖다 댔다.

돌연 어머니의 특유의 성난 목소리로 ○○○년 등 상상도 못할 육두문자가 거침없이 쏟아져 들어왔다. 일순간 내 귀를 의심하면서 언제까지 욕을 해대는지 들어볼 요량으로 멍청하게 앉아서 듣고만 있었다. 아마도 어머니는 아들이 받고 있는 줄은 생각하지도 못하고 당신의 며느리인 줄로만 알고 퍼부어 대고 있는 것이다.

표현조차 할 수 없는 어머니의 독설은 10분 이상 지속되었고 나는 더 이상 참을 수가 없어 소리를 쳤다.

"어머니 정말 이게 무슨 막말입니까. 다시는 전화하지 마세요!"

전화를 끊고 아내를 보니 한쪽 구석에서 아내는 흐느껴 울고만 있을 뿐이다. 너무나 어처구니없는 전화를 받고나니 아내 보기가 너무나 염치가 없고 얼굴이 확 달아오름을 느꼈다. 멍하니 바라보고 있는 나를 향하여 아내가 던진 말에 나는 더 충격을 받았다.

"오늘까지 벌써 일주일째 저러시니 이제 내가 어떻게 할 수가 없네. 정말이지 당신 어머니 도저히 이해하려야 이해할 수가 없어. 이제는 당신하고 살지 않는 것이 내가 택할 수 있는 최선의 방법인 것 같아!" 하고는 거실로 나가버렸다.

그 순간 또 전화벨이 울렸다. 분명코 어머니의 전화일 것이 틀림없어 받지를 않고 거실로 나와서는 아내에게 화를 냈다.

"그런 일이 있었으면 진작 나에게 말을 했어야지 왜 혼자 당하고만 있다가 지금에 와서 그런 이야기를 해!"

아내는 어이없는 표정을 짓고는 아무 말도 하지 않았다. 아마도 '그 어머니에 그 아들이니 별 수 있겠어!' 하고 내심 생각하고 있는 것 같았다. 어머니가 이토록 심한 욕설로 새벽마다 전화를 하게 된 사건의 내막은 이렇다.

우리는 두 사람 모두 어려운 가정에서 태어나 부모 밑에서 제대로 사랑을 받지 못하고 자랐을 뿐만 아니라 지독한 가난 때문에 정상적인 공부도 하지 못하고 일찍이 객지생활을 하면서 칠남매의 막내인 아내는 미용기술을 배웠고 나는 용접기술을 배웠다.

이런 동병상련 때문이었는지 아내는 주위에 좋은 남자들을 마다하고 육남매의 장남인 나를 선택했다. 인연은 내가 공무원시험을 합격하고 난 후 잠시 선배가 운영하던 철공소에서 일을 하고 있을 때로 거슬러 올라간다. 친구 보석가게에서 스테인리스 진열장을 설치해달라는 주문이 들어와 이틀째 작업을 하고 있을 때였다. 같은 건물 내 미용실에 보기만 해도 남자들의 마음을 설레게 할 아가씨가 있다고 해서 작업복을 입고 기웃거린 순간 요즈음 흔한 말로 필이 꽂혔다. 틈만 나면 미용실로 달려가 공을 들인 탓에 장인의 무지막지한 반대를 무릅쓰고 결혼까지 하게 된 것이다.

장인의 결혼 반대는 분명한 이유가 있었다. 장남인 나는 키도 작을 뿐만 아니라 가정생활 형편도 녹록치가 않았기 때문이다. 그런데 아내는 배움이 부족한 것 말고는 165cm의 키에 모델 같은 몸매로 진주보다 더 영롱한 미모를 갖춘 21살의 피어나는 꽃이었다.

당시에 아내의 오빠나 언니 누구도 결혼식을 정식으로 올리지 않고 살고 있었는데 더 중요한 것은 아내가 그동안 보내는 돈으로 장인, 장모 생활비와 막내처남의 학비가 해결되었는데, 장인으로서는 돈줄이었던 막내딸이 어린나이에 결혼을 한다고 하니 한순간에 배신감과 함께 살아나갈 걱정이 앞섰던 것이었다. 사유야 어찌되었든 결혼식 날 장인, 장모를 비롯한 일가친척 없이 아내는 고아 아닌 고아가 되어 눈물 젖은 면사포를 써야만 했다. 너무나 가슴 아픈 결혼식이었다.

모든 사람의 축복과 격려 속에 치러져야 할 결혼식은 한쪽만의 잔치가 된 채 인생일장의 막을 내렸고 이 결혼식은 아내와 내가 살아가는 동안 부메랑이 되어 많이도 가슴 아프게 했다. 아내는 자신의 부모형제가 반대한 결혼이었기에 정말이지 오직 남편과 시집식구들을 믿고 열심히 살아왔다. 내가 옆에서 지켜보아도 아내는 1인 4역을 소화해내는 원더우먼이었다. 그럼에도 나의 부모님들은 무슨 일만 있을 때면 아내의 고향을 들먹이며 마음의 상처를 주곤 했고 이에 편승하여 나 역시 아내에게 가슴 아픈 소리를 많이도 해댔다. 견디다 못한 아내는 부모님을 모시면 자신의 마음을 조금이라도 아시겠지 하고 그동안 모은 돈으로 토지를 구입하여 집을 짓고 모시게 되었는데 이것이 또 화근이었다. 아내의 생각과는 달리 어머니는 우리와 일 년을 채 살지도 않으시고 어느 날 갑자기 큰 여동생에게 연락하여 월세 방을 구한 후 일방적으로 이사를 가겠노라고 통보해왔다. 이때 나는 아내보다도 더 큰 충격을 받았다.

어머니가 막무가내로 이사를 하는 날은 구정을 일주일 앞둔 2월 초였다. 그날 아내와 나는 이삿짐을 챙기는 어머니를 만류했지만 결정하신 일을 강행하셨고 우리는 마음을 진정시키고자 밖에 나와 처음 뒷산을 오르기 시작했다. 산을 오르면서 아내와 나는 아무 말도 할 수가 없었다. 두 시간이 지나 집에 오니 어머니는 모든 짐을 정리하고 차가 오기만을 기다리고 계셨다. 잠시 침묵이 흐른 다음 내가 말문을 열고 어쩌면 이럴 수가 있느냐, 우리한테 한마디 상의도 없이 우리가 무엇을 그렇게 서운하게 했느냐고 언성을 높였다. 그러자 옆에 있던 아내가 너무하신다고 하면서 이제 얼마 안 있으면 구정인데 이사 가는 것이 무엇이 그리 급하시냐고 하면서 머리 빗던 빗으로 상을 가볍게 두 번 두드렸다.

일순간 막내 동생이 거친 소리로 형수가 그렇게 부모님들한테 행동을 하니까 그런 거 아닙니까, 라고 말하자 어머니와 아버지의 큰소리가 났고 어머니가 집안에서 기물을 부수기 시작하자 밖에서는 아버지가 항아리 등을 깨기 시작했다. 일순간 집안은 안과 밖으로 난장판이 되었다. 나는 막내 동생에게 화풀이를 했고 그야말로 집안은 일순간 가족 간의 전쟁터로 변했다. 한바탕 전쟁 중에 화물차가 도착해서 어머니는 짐을 싣고 돌이킬 수 없는 깊은 상처를 우리에게 남긴 채 그렇게 우리 곁을 떠나가셨다. 떠나는 차량 뒤로 음력섣달의 겨울바람이 불고 가느다란 실눈이 휘날리고 있었다. 가신 그날부터 새벽마다 어머니는 당신 스스로 분에 못 이겨 며느리에게 폭언을 해댔고 무심한 남편은 시간이 가면 모든 것이 다 해결되겠지 하고 안일한 생각으로 일관한 것이다. 결국 어머니의 폭언은 아내와 큰 여동생 간에 극심한 불화로 이어졌고 형제의 갈등도 깊어졌다.

이후로 아내는 점차 자신이 왜 이런 남편을 만나 가정을 이루고 살아야 하는지에 대한 심한 마음의 갈등을 겪으며 번뇌의 밤을 보냈고 어느 날 아내는 별거 선언과 함께 집을 나가버렸다. 너무나도 견디기 어려운 현실 앞에서 아내는 몸과 마음을 의지할 곳 없이 별거라는 결정을 일방적으로 통보해 왔다.

결국 나는 어머니라는 혈연의 벽을 넘지 못하고 가정을 지키지 못하였고 아내가 떠나버린 후에도 나 자신의 어리석음을 탓하기보다도 어머니에 대한 원망보다도 이를 견디지 못하고 떠난 아내에 대한 원망과 분노에 수많은 불면의 밤을 보내야했다. 이후로 아내는 시부모와 의절했고 나 역시 부모형제와 타인의 관계로 돌아섰다.

별거가 시작된 이후 결국 아내는 나와의 모든 인연을 마무리 지었다. 이후 나는 견디기 힘든 고통의 시간을 보냈다. 한때는 계절이 바뀔 때마다 동가식서가숙하면서 떨어지는 낙엽만 봐도 마음이 아리고 부는 바람에도 그리움보다는 원망과 절망의 고통이 심했건만 세월이 흐르고 점차 내 자신의 자리로 돌아왔고 나는 혼자가 되었다.

그리고는 차츰 시간과 공간의 간격이 멀어질수록 떠나간 아내가 어린나이로 부모형제 그리고 자신의 생활해왔던 모든 것을 저버린 채 무적자의 몸으로 나를 선택해 와서 고생했던 그 삶의 일부분 속에서 단 한 시간도 행복하게 해주지 못한 내가 얼마나 이기적인 사람이었나 하는 생각을 하면서 아내가 새로운 생활 속에서 진정 행복한 삶을 살아가기를 기도하기 시작했다.

상처가 아물어 새살이 돋기까지 인내했던 시간들을 지금 돌이켜 생각해보면 모든 것이 나로부터 시작된다는 지극히 평범한 진리를 나는 너무나 늦게 깨달았던 것이다. 그래서 나는 말하고 싶다. 늘 긍정적인 마음으로 세상을 바라볼 때 매일 매일 인생은 한편의 감동 드라마로 연출되고 이것이 인생역전을 위한 시발점이라는 것을 생각하라고. 자신 스스로가 남을 탓하거나 부정적 생각으로 일관하기 시작할 때부터 인생은 꼬이기 시작한다.

진정한 용서는 나를 버리는 것

우리 모두는 누구나 할 것 없이 자신이 가장 신뢰하거나 믿었던 사람으로부터 인간적인 배신이나 모멸적인 비인간적 대우를 받을 때 쉽사리 상대방을 용서하거나 이해하려 하지 않는다. 특히 어느 누구에게도 말하지 못한 자신의 진솔한 마음을 전하였음에도 이를 받아들이지 않고 역으로 곤경에 빠뜨리는 사람에게는 더욱더 깊은 분노와 적개심을 느낄 수밖에 없다.

그것도 직장생활을 통해 믿었던 상사로부터 인간적인 배신을 당하고 자신 스스로가 '이런 인간하고는 더 이상 내가 마주치거나 같이 생활한다는 것이 얼마나 어리석은 짓인가' 하고 그를 생각하면 화가 나고 늘 비난하고자 하는 마음을 갖게 됨으로써 상대방과의 관계는 더욱 악화되게 된다.

그러나 자신을 먼저 용서하고 진심으로 다가갈 때 모든 것은 전보다 더 나은 상태로 유지될 수 있다는 것을 알아야 한다. 상사와의 많은 마찰들 중에서도 정말이지 생각지도 못한 일들이 일어나서 관계를 악화시키는 상황이 발생하기도 하지만 때로는 자신도 모르는 사이에 상사의 지속적인 험담으로 피해를 보는 일이 발생했을 때에는 속수무책 당하고 나서야 진위를 알 수가 있지만 알고 난 후에 별 소리를 다해 본들 이미 그때는 되돌릴 수 없는 일이기에 자신만 더 추해질 뿐이다.

어느 날 아침 부서장이 회의를 주재할 때 예기치 못한 일이 벌어졌다. 평소 그 부서장은 부서원들로부터 반감을 많이 사고 있었는데 그날도 어김없이 회의 도중에 자신의 뜻대로 관철이 안 되자 욕설을 했고, 부서원은 자리에서 일어나며 소리를 쳤다. 어디다 대고 욕지거리야! 그 순간 부서장이 자리를 박차고 일어나며 주먹을 들이댔고 회의장은 아수라장이 되었다. 부서원들이 그 사이에 끼어들어 사건은 겨우 수습이 되었지만 부서장은 얼굴에 상처를 입었고 부서의 분위기는 그야말로 험악해졌다. 이 일이 있고난 후 얼마 지나지 않아 상사와 다툼이 있던 부서원은 다른 곳으로 발령이 났고 이를 말리던 선임 부서원은 다른 곳으로 좌천되었다. 그러나 부서장은 굳건하게 그 자리를 유지하고 있었다. 아무런 이유도 알 수 없이 타 부서로 밀려난 선임 부서원은 이 사건이 있고 난 후 그 부서장에게 전화를 해서 "차를 한잔 마시러 가도 되겠습니까?"라고 했을 때 부서장은 "무슨 일 때문이냐"고 반문을 했다고 하면서 다음과 같이 그때의 상황을 전했다.

"나는 말했습니다. 꼭 용건이 있어서가 아니고 본지도 오래된 터이라 그냥 만나 차 한 잔 나누고 싶다고. 그러자 그 부서장은 달갑지 않은 투로 '알았노라' 고 하더군요. 전화 통화를 하고 난 후 저는 정성이 담긴 마음의 선물을 준비하고 약속된 시간이 조금 지나서 그를 만났을 때 그는 겸연쩍어 했습니다.

나는 준비한 선물을 전달하면서 '같이 근무하는 동안 내가 역량이 미흡한 탓에 제대로 보좌하지 못하여 미안하였노라' 고 하였더니 그도 자신의 부족함 것이 더 많다고 하면서 이해하여 달라고 했습니다.

우리는 서로 웃으면서 지난날의 서운했던 감정들은 잊어버리고 앞으로 더욱더 좋은 관계를 유지할 것을 약속하면서 헤어졌습니다. 이후로 나는 이 부서장과 지금까지 좋은 관계를 유지하고 있습니다."

당신이 만일 선임 부서원이었다면 이 상황을 어떻게 이해 할 것인가? 우리는 살다보면 자신과 무관한 일로 야기된 황당한 결과로 괴로움을 겪어야 하는 일이 생긴다. 당신이 직장을 그만둘 생각이 없다면 이럴수록 이를 악물고 조직을 탓하거나 부서장을 원망하기 전에 자신의 처신이 무엇이 문제였는가를 생각해보고 그 상사의 입장에 서서 고려해볼 만한 가치가 있는 것인지 충분히 심사숙고해야만 한다. 그렇지 않으면 힘 있는 자만이 살아남는 정글 속에서 호랑이의 밥이 될지도 모르기 때문이다.

정말 잘 났어

무척이나 자신이 업무를 최고로 잘한다고 착각하는 유필이라는 사람 있다. 그는 그 부서에 상당히 오래 근무했고 처음 회사에 입사해서 다른 부서에서 근무한 적 없이 똑 같은 일만 해왔다. 조직의 생리상 이곳저곳을 옮겨 다닐 만도 하건만 유필은 누가 뒤를 봐주는 사람이 있는지 몇 년을 한 부서에서만 있다 보니 흔한 말로 그 일에는 도사가 다 되었다.

어느 날 이곳에 새로운 신입사원 병구 씨가 발령받아 왔고 이 부서에서 가장 오래 업무를 해왔던 유필 씨 밑에 배치되었다. 사람들은 병구 씨가 성격도 별로이고 부서원들 간의 관계도 원만하지 못한 유필 씨에게 마음의 상처를 입지 않을까 하고 무척이나 병구 씨에 대한 측은한 마음을 가지게 되었다.

병구 씨는 매우 성실해서 남들보다 일찍 출근하여 부서 내 청소를 하고 자신의 일에 대한 열정을 가지고 매사에 열심히 업무를 하고 있었지만 유필 씨의 눈에는 모든 것이 탐탁지 않았다. 아니나 다를까 유필 씨는 그 신입사원인 병구 씨의 일처리 하나, 하나가 못마땅하여 늘 부정적인 태도로 그를 대하였다. 그러던 어느 날 모두가 염려했던 일이 발생했다. 물품구매와 관련한 협조 건에 대하여 병구 씨가 어찌하여야 하나 하고 고민하던 중 이를 본 유필 씨가 대뜸 신경질적으로 큰 소리로 말을 했다.

"야! 너 그런 것 하나 제대로 즉시 처리 못하면서 어떻게 공무원 들어왔냐. 참 대학을 나온 게 용하다, 용해. 요즈음 대학은 돈만 주면 다 졸업장 주는 모양이지."

이 말을 듣는 순간 병구 씨는 얼마 되지 않은 동안 무시와 경멸을 당했던 생각에 어찌할 줄 모르고 자신의 분노가 표출되어 몸이 떨림을 느꼈다.

그러나 병구 씨는 아무런 행동 없이 묵묵히 고개만을 떨어뜨리고 있을 뿐이었다. 주위에 다른 부서원들이 그를 바라보고만 있을 뿐 아무도 그를 위하여 말 한마디 해주는 사람이 없었다. 그만큼 유필 씨는 그곳에서 독보적인 존재였고, 특히 상사한테 잘 보인 탓에 그의 말이라면 절대적이었기 때문이다.

그날 저녁 병구 씨는 집으로 돌아와 자신만의 공간에서 소리 없이 흐느끼며 그는 이렇게 중얼거렸다.

'이 ○○같은 놈아! 내가 너한테 이런 대우받으려고 공무원을 택한 것은 아닌데, 이게 뭐야. 지가 잘났으면 얼마나 잘 났어. 저도 처음에는 나처럼 제대로 못했을 거 아냐. 그럼 이제 갓 들어온 사람하고 10년 이상 한 부서에서 일한 사람하고 어떻게 똑같을 수가 있어. 그래 나도 너 정도 근무하면 너보다 훨씬 더 잘 할 수 있다. 이 잘난 놈아! 넌 너무 잘 났어 정말.'

그 일이 있는 후 병구 씨는 유필 씨가 말만 하면 속으로 이렇게 대답했다. '그래 너 잘났어! 정말.'

동전 백 원이 주는 의미

겉으로 행복해 보이는 사람도 그 내면의 진실 속에는 근심과 함께 말 못할 사연을 간직하고 사는 수가 많다. 오죽 하면 불가에서 살아있는 자체가 고행이라고 했겠는가? 그만큼 산다는 것이 만만한 게 아니라는 것이다. 오늘의 슬픔이 있으면 내일은 기쁨이 있으리라는 기대감 때문에 우리는 오늘을 그토록 열심히 살고 있는지도 모른다.

아침에 일어나 깨어있던 육체가 어둠과 함께 잠이라는 죽음의 여행 속에서 영혼을 잠시 휴식의 공간으로 몰아가고 우리는 그것이 마치 지난 삶의 고통을 순간적으로 잠재우는 것처럼 착각하며 살아가고 있는지도 모른다. 그러나 어쩌랴. 우리는 영원히 이세상과 이별하지 않은 한 깨어나면 다시금 현실 앞에서 몸부림쳐야 하는 것을….

어차피 우리는 마주한 삶을 포기하지 않는다면 가능한 좋은 생각으로 하루하루를 살아가야 하지 않겠는가? 다음은 월간 〈좋은 생각〉에 있는 내용이다.

큰 백화점 입구에 거지 한 명이 구걸을 하고 있었다. 그는 예순 살이었지만 백 살도 넘어 보였다. 어깨까지 내려오는 흰 머리는 헝클어져 있었으며 심지어는 지난밤 길바닥에 누워서 잤는지 잡초가 붙어 있기까지 했다. 여러 겹 껴입은 옷은 모두 낡았으며 그에게서는 술 냄새가 섞인 고약한 냄새가 났다. 그는 얼굴에 미소를 띠고 두 손은 앞으로 펼치고 구걸을 하고 있었다. 그는 날마다 그 자리에서 똑같은 모습을 하고 서 있었다.

수많은 사람들이 그를 스쳐가고 스쳐왔지만 아무도 그의 존재를 눈여겨보지 않았다. 사실은 사람들이 애써 그를 피해가고 싶었는지도 모른다. 어느 날 여섯 살 정도의 한 어린 아이가 거지에게 다가와 옷자락을 잡아당겼다. 거지가 내려다보니 예쁜 꼬마 아이가 조그마한 손을 내밀고 있었다. 거지가 키를 낮추어 그것을 받아들었다. 거지의 손바닥에는 100원짜리 동전 하나가 놓여 있었다. 거지는 얼굴 가득히 주름을 만들어가며 환하게 웃었다. 그리고는 주머니에게 무엇인가를 꺼내 돌아서려는 아이 손에 쥐어 주었다. 아이는 기뻐서 어쩔 줄 몰라 하며 저만치서 기다리고 있는 부모에게 팔랑팔랑 뛰어갔다. 그런데 아이의 부모는 깜짝 놀랐다. 딸의 손에는 100원짜리 동전 두 개가 쥐여져 있었던 것이다. 엄마는 거지에게 다가와서 말했다.

"저, 우리 아이가 준 것은 겨우 백 원짜리 하나인데, 그걸 도로 돌려주셨더군요. 오히려 당신이 하나를 더 보태서 말이에요. 이러면 안 될 것 같아 다시 가져왔어요."

아이의 엄마는 동전을 그의 손에 올려놓았다. 그러자 거지는 그 동전을 다시 아이 엄마에게 건네며 이렇게 말했다.

"그건 간단하게 생각해 주세요. 아이에게 누군가를 도우면 자신이 준 것보다 더 많은 걸 돌려받는다는 걸 가르쳐 주고 싶었거든요."

사람은 각자 자기 방식대로 다양한 생각을 가지고 살아간다. 돈

많은 사장에, 권력을 가지고 있는 정치가, 명예를 중시하는 교수, 백수건달로 남을 등쳐먹은 사람, 많은 사람들에게 구걸을 하는 사람이든 결국은 먹지 않고는 생존할 수 없다. 그만큼 먹는 문제는 절박한 것이다. 자신이 먹고사는데 문제가 없다고 해서 남도 같을 것이라는 생각을 버리고 우리 주변 사람들의 삶에도 관심을 가졌으면 한다.

어린아이의 손에 동전 백 원을 더 보태여 건네주며 남을 돕는 일이 결국 자신에게는 더 큰 도움으로 돌아올 수 있다는 것을 일깨워주는 구걸하는 자의 마음이 더욱 마음에 와 닿는다.

잘난 네가 존재하는 이유

산다는 것은 곧 타인과의 관계 속에서 살아간다고 해고 과언이 아니다. 가진 자나 못가진자나 권력과 명예가 있는 자나 없는 자나 아무리 잘난 체해도 자신을 둘러싸고 있는 많은 사람들 속에 있기 때문에 본인의 모습이 확연히 드러날 수가 있는 것이다.

아무도 없는 무인도에서 자신 혼자만 있다고 생각해 보라. 아무리 혼자 잘난 체한들 그 누가 알아주겠는가? 아마도 밀려오는 파도소리나 주변에 있는 모래들, 가끔씩 흔들리는 나무들만이 그에게 속삭일 것이다. 멍청한 짓 그만두고 빨리 네 갈 길을 가라고.

요즈음 사회는 너무나 잘난 사람들이 많다. 그러다보니 웬만한 지식 가지고는 대화를 하기조차 어려운 세상이 되었다. 하긴 초등학교 아이들도 기성세대들이 생각조차 할 수 없는 이야기의 주제를 능숙하게 논리적으로 하는 것을 보면 참으로 대단하다고밖에 할 수 없다.

사회를 구성하고 있는 사람들의 의식이 높다보니 못난 놈은 어디에 머리를 내밀고 살아가야할지 난감할 때가 한두 번이 아니다. 그래도 생명이 존재하는 그날까지는 살아남아야 하기에 오늘도 나는 힘껏 발을 내딛는다. 이렇게 외치며 말이다. 잘난 네가 존재하는 이유를 아는가? 바로 우리같이 못난 사람들이 있기에 가능하다는 사실을.

과거를 생각하자

산업혁명은 18세기 중엽 이후 영국과 서유럽을 중심으로 기계의 발명과 기술혁신에 의해 야기된 사업상의 큰 변화를 말한다. 즉 가내 수공업 생산방식이 기계 설비를 갖춘 공장제 기계공업방식으로 바뀌면서 농업중심 사회가 현재와 같은 산업사회로 바뀌게 된 것이다.

영국에서 먼저 시작된 산업혁명은 이후 유럽 미국 일본 등 여러 나라로 확산됐으며 우리나라는 1960년대 이후 본격적으로 산업화 과정을 겪었다. 우선 경제적으로 생산능력이 크게 늘어나면서 경제가 급속히 성장하는 계기가 되었다.

지금은 우리가 당연한 것으로 받아들이는 경제성장 개념도 산업혁명 이후에 생긴 것이라고 할 수 있다. 우리나라도 단군 이래 1960년대 초까지는 연평균 경제성장률이 거의 0%라 할 수 있다. 최근 TV 등을 통해 보는 고구려나 발해시대의 일반시민들 생활수준을 우리나라의 광복 직후와 비교해 본다면 쉽게 이해할 수 있을 것이다.

또한 산업혁명의 결과 시민들 생활수준도 향상됐고 이러한 경제적 기반을 바탕으로 인구증가와 도시화가 급격히 진행되었다. 19세기 한 세기 동안 영국은 3배 이상, 유럽은 2배 이상 인구가 폭발적으로 증가했다. 이들은 주로 도시공장 근처로 모여 노동자로 생활하게 됨으로써 자본가와 노동자라는 새로운 사회계층이 생겨나게 됐다.

산업화의 진전으로 자본가들은 더욱 많은 부를 축적하면서 자본주의는 나중에 원자재를 확보하고 상품을 수출하는 데 필요한 시장개척을 위해 식민지 쟁탈전으로 발전하게 되었다. 특히 영국과 프랑스를 중심으로 유럽 여러 나라들은 제국주의 정책을 추진한 결과 세계 여러 곳에서 식민지를 두게 되었다. 이렇게 해서 잘사는 나라와 못사는 나라의 격차는 더욱 벌어지게 되었다. 이렇게 산업혁명은 대량생산과 생산성 향상을 바탕으로 많은 변화를 가져왔지만 경험하지 못했던 새로운 문제점들도 생겨나게 되었다.

그동안 지주와 농민을 주축으로 한 신분질서가 자본가와 노동자로 바뀌면서 계층 간 격차도 확대됐다. 도시인구는 급격히 늘어났지만 위생시설이나 주거환경은 형편없는 수준이었고 도시 노동자들의 삶은 비참하기 짝이 없었다. 영국의 소설가인 찰스 디킨스가 쓴 〈올리버 트위스트〉라는 소설은 산업혁명이 한창 진행 중이던 영국을 배경으로 한 것으로 고아 소년 올리버의 삶을 통해 산업화로 인한 도시빈민 및 범죄의 증가, 아동노동력 착취, 자본가와 노동자간의 갈등 등 여러 문제점들을 잘 보여주고 있다.

우리나라에서는 서울 청계천 평화시장의 피복 공장 근로자였던 전태일을 통해 산업화가 한창 진행 중이던 당시 우리나라 근로자들의 실상을 짐작할 수 있다. 1970~1980년대 청계천 주변에 있는 평화시장은 옷 공장이 밀집돼 있었다. 전태일은 당시의 극심한 노동력 착취를 비판하며 근로기준법을 준수하라는 주장을 하고 분신자살을 한 청년 근로자였다. 당시 평화시장 근로자들은 새벽부터 밤늦게까지 일하고 받았던 임금이 겨우 커피 한잔 마실 수 있을 정도였다면 얼마나 근로자들의 삶이 고달팠을지 상상할 수 있을 것이다.

지금 우리가 이토록 자유로움 속에서 먹고살 만큼 된 것은 한 국가를 경영하는 지도자의 리더십에 기인한 것이지만 열악한 근로현장에서 말없이 일해 왔던 수많은 근로자들의 노력이 있었음을 부인할 수는 없다. 개구리가 올챙이 적 생각을 하지 못하듯이 흥청대는 이 시대의 흔들림이 후손들에게 부끄러운 역사로 남을까봐 두려움이 앞선다.

다시 한 번 자신의 위치에서 과거를 되돌아보고 자성하는 시간을 가져 보았으면 한다. 앞만 보고 달려온 우리 앞에 문명의 발달로 인한 계층 간 빈부격차나 양극화 문제는 지금도 여전히 숙제로 남아 있다.

대화가 없는 위험한 현실

다른 사람과 좋은 관계를 만들기 위해서는 말과 글, 독서와 토론, 대화와 소통이 중요하다. 이들의 기본에는 논리성이 있어야 하고 남을 배려하는 따뜻한 인성이 있어야 한다. 우리는 정보와 지식의 홍수 속에 살고 있다. 키워드만 치면 어떠한 지식도 쉽게 얻을 수 있는 시대가 됐다. 마치 혼자서도 무엇이든지 할 수 있는 시대인 것 같은 착각을 느끼게 한다. 또 저 출산, 핵가족화로 개인주가 팽배해지면서 사회는 물론 가정에서도 대화가 없는 사회가 되어가고 있다.

산업의 발전에 필요시 되는 인간관계와는 다른, 오히려 반대 방향의 또 다른 사회적 환경이 전개되고 있는 것이다. 최근대학에서는 학문의 소통, 학제 간 융합과 같은 기존의 학문간 경계를 넘어서는 소통에 대한 시도가 한창이다. 전공을 두 개씩 가지고 공부할 수 있게 제도를 마련하고 있는 대학도 있다. 기본적 전문지식을 바탕으로 다양한 학문을 습득하는 것은 창의성과 변화에 대한 적응성 등을 키워줄 수 있다는 점에서 바람직한 변화라 할 수 있다.

앞으로는 누가 얼마나 많은 지식을 가지고 있는가의 중요성을 줄어들 것이다. 이러한 면보다는 누가 가능한 많은 정보 제공처를 확보하고, 또 그 정보를 이해해 새로운 변화를 주도하느냐가 지도자의 중요한 역량이 될 것이다. 이 같은 사회적 변화가 요구하는 자질이 무엇인지를 정확히 이해하고, 방향성 있는 자기계발에 매진해야 할 때이다. 대화가 없는 위험한 사회에서 갈수록 직업에 대한 위기위식이 느껴진다.

혼자만 떠들지 마라

우리는 종종 자신만의 이야기로 타인의 마음을 불편하게 하여 반감을 불러일으킨 경험이 있을 것이다. 또한 상대방의 이야기는 무시한 채 자신 스스로가 일방적으로 대화를 주도해서 귀중한 시간을 낭비한 적도 있을 것이다. 그러나 정작 자신은 모른다.

우리는 상대방의 이야기에 귀를 기울이는 것보다 내가 이야기를 하는 것만이 모든 사람들에게 훌륭한 인격을 갖춘 사람으로 인식된다는 착각을 한다. 정작 대중에게 다가가는 길은 그들에게 혀를 내미는 것이 아니라 귀를 내미는 것이다. 상대방에게 어떠한 달콤한 말을 해도 그는 이야기의 절반도 흥미를 갖지 않는다는 놀라운 사실이 입증되고 있다.

왜 무엇 때문에 우리의 입은 하나지만 귀는 둘이겠는가? 이는 곧 내가 말하기보다는 상대방의 말을 듣는 데 더 많은 시간을 내주어야 한다는 것이다. 직장에서 훌륭한 동료가 되고 싶다면 상대방의 말에 항상 귀 기울이고 공감을 표시하여야 한다. "세상에 그래서", "더 이야기 해봐"라고 말이다.

잘 듣는 것은 잘 말하는 것보다 효과적이고 힘이 세다. 흔히 커뮤니케이션에서는 듣기, 읽기, 쓰기, 말하기의 순서로 중요하다고 한다. 그렇지만 듣기가 중요하다고 해서 무작정 아무런 의미 없이 듣기만 하면 모든 게 만사형통일까? "그래 너는 떠들어라! 나는 그냥 듣기만 하고 있을 테니, 너 잘 났어" 하며 속으로는 부글부글 속을 끓이면서 겉으로는 아무렇지도 않은 표정을 짓는 것은 차라리 상대방의 말을 듣지 말고 자신이 말을 하는 것이 낫다고 할 수 있다.

바로 여기서 말하는 듣기란 상대방을 이해하려는 의도를 가지고 내가 먼저 상대방을 이해하는 것이자 다른 사람의 관점을 통해서 사물을 보는 것, 즉 그들이 세상을 보는 방식에 입각해서 세상을 바라보는 공감적 경청을 말하는 것이다. 주변에 문제가 있는 사람들을 보면 "우리는 서로 말이 안 통해요 안 통해"라고 말하거나 극단적으로 "서로 얘기도 하지 않는다고" 말하는 경우를 종종 볼 수가 있는데, 이렇듯 커뮤니케이션의 문제는 결국 인간관계에 있어 근본적인 문제를 일으키는 큰 원인이 되기도 한다.

많은 사람들이 누군가 자신의 이야기를 진심으로 들어주기를 바라면서 자신의 이야기에 상대방이 주의를 기울여 들어 줄때 자신이 인정받는 느낌을 갖게 되기 때문이다. 다른 이들에게 긍정적인 인상을 주고 싶다면 아픈 자식의 쾌유를 바라는 부모의 마음처럼 애정을 담아 잘 들어주어야 한다. 미국의 하원 의원이었던 리처드 게파트는 자신의 성공비결에 대해 "상대방의 입장이 되어라. 네가 듣기에 좋은 말은 상대방에게도 해라. 대화를 나눌 때에는 질문을 많이 하라. 상대방은 자신에게 질문해주기를 바라고 자신에 대해 알아주기를 바란다"라고 자신의 어머니가 항상 말한 것을 실천해 왔다고 한다.

경상남도 산골의 한 절에는 사람들의 이야기를 잘 들어주는 스님이 한 분 계셨다. 그 분은 법명대신 '맞다' 스님으로 불린다고 한다.

이 맞다 스님은 커다란 금강보좌에서 불법에 대해 말씀하시거나 특별한 능력을 발휘하지도 않고 단지 텃밭 일을 하시면서 사람들의 말을 조용히 들어주고 가끔 맞다 하고 맞장구만 쳐주시곤 한다.

그런데도 많은 사람들이 그 스님의 말씀을 듣기 위해 줄을 잇고 있다. 그래서 그 스님은 각지에서 몰려드는 사람들을 사찰이 아닌 밭에서 만날 때가 더 많은데 그럴 때면 사람들은 하루 종일 밭을 가는 맞다 스님 옆에 앉거나 서서 자신들의 고민을 털어놓는다고 한다. 그들이 하는 이야기는 각양각색으로 다양하다. 부모 속 썩이는 자식 문제, 바람피우는 남편이나, 사기치고 달아난 친구 이야기, 시부모와의 갈등, 평생을 바쳐 일한 자신을 갑자기 해고시킨 회사 이야기 등등. 그렇게 오랜 시간 이야기하다가 분이 풀린 사람들은 누구나 "스님! 그 사람이 그렇게 하는 데는 자기 나름대로 고민이 있었겠지요." "스님 그래도 제가 참아야겠지요." "스님 제가 먼저 화해해야겠지요"라고 말한다고 한다. 그때 스님은 마지막으로 "맞다. 맞다. 네 말이 맞다"라고 말씀하시는 게 전부이다.

스님 옆에서 시간 가는 줄 모르고 이야기한 사람들은 스님에게 "맞다"라는 말만 들었을 뿐 별반 신통한 답변은 듣지 않았는데도 속이 후련하고 마음이 편해져 돌아가면서 참으로 훌륭하신 스님이라고 마음에 담고 가서 이웃사람들에게 아주 사람 마음을 그렇게 잘 알고 계시는 용한 스님이 계시다고 입에 침이 마르도록 홍보를 한다. 참으로 대단한 스님이시지 않은가?

말 없는 말이 천리를 가는 세상에 말 있는 말의 속도는 얼마나 빠른지 짐작이 가실 것이다. 이렇다보니 많은 사람들이 다음에 무슨 일이 있으면 또다시 맞다 스님을 찾아오게 된다는 것이다. 이렇듯 누구나 자신의 마음에 있는 고민을 털어놓고 이야기를 하고 싶어 하는 강한 욕구를 갖고 있으며 이러한 욕구를 잘 채워주는 사람이 인기 있는 사람이 되는 것은 당연한 것이다.

공감적 경청이란 내 안의 감정과 의견을 참고 침묵으로 들어옴을 표현하는 개념이다. '착하게 살자' 만큼이나 실천하기 쉽지 않아 보이지만 모든 일이 그렇듯 한 번 하고 두 번 하고 몇 번 하다 보면 점점 의식하지 않고도 습관화 될 것이다.

경청과 침묵의 근본도 상대방에 대한 애정이며, 애정을 가지고 상대방의 말을 들어줄 때 상대방의 마음의 문도 점점 열리게 된다. 떠드는 것보다는 듣는 것이 더 어렵다. 우리는 누구나 하고 싶은 말이 너무 많기 때문이다. 그렇다고 혼자 떠들지 마라! 어느 날 당신 주변에는 아무도 없을 것이기 때문이다.

왜! 믿지 않는가?

한 자루의 촛불이 횃불이 되고 그 횃불이 불화산이 되어 우리 마음속에 큰 재를 남겨놓은 사건이 있다. 바로 미국산 쇠고기의 광우병에 대한 공포였다. 우리는 무엇 때문에 많은 시간들을 소비하면서 그토록 아우성을 쳤을까? 그것은 다름 아닌 프리온이라는 물질 때문이라고 한다.

프리온은 사람이나 동물 뇌 속에 존재하는 정상 단백질로 1997년 캘리포니아주립대 스탠리 프루시너 교수가 변형 프리온을 원인체로 지목하면서 광우병의 실체가 드러났다. 실제 발병확률은 수억 분의 1로 낮지만 잘 모르는 질병에 대한 공포감이 더 크다. 처음 광우병이 사회적인 이슈로 부상할 때 과학적인 사실을 근거로 했다는 정부의 주장 중 하나가 바로 광우병의 낮은 발병확률이었다.

실제로 일본의 어떤 과학자는 이 확률을 40억 분의 1로 계산했다. 한국에서의 광우병을 둘러싼 논란이 점점 확대된 것은 위험을 계산하는 과학자들의 계산법에 있지 않았다. 일반 국민들이 느끼는 위험성에 대한 인식은 확률의 논리를 뛰어넘는 것이라는 사실을 정부의 정책 당국자들이 간과했기 때문이다.

1960년대 실제로 미국의 엔지니어 차운시 스타는 일반인들이 위험하다고 심각하게 느끼는 사안과 과학자들이 위험성을 계산해 객관적으로 제시한 사안 간에 인식의 격차가 존재한다는 사실을 발견했다. 사냥을 하거나 스키를 타는 것처럼 자발적으로 위험을 감수하다가 사망할 확률이 원자력발전소 사고로 인해 사망할 확률보다 훨씬 높지만 사람들은 인근에 들어선 원자력발전소를 더 위험하게 느낀다는 것이다.

이후 사회학자인 슬로빅은 위험의 인식에 대한 연구를 통해 위험의 정도가 과대평가되고 있는 사안은 지금까지 잘 알려지지 않은 새로운 것인 동시에 통제할 수 없으면서 비자발적인 특징이 있다는 사실을 밝혀냈다. 결국 광우병은 프리온이라는 변형단백질 때문에 발병한다는 사실이 추정될 뿐 정확한 발생메커니즘이나 감염 경로에 대해 알려진 것이 없는 것으로 이런 사안에 해당된다는 것이다.

한 해에도 수만 명이 암으로 죽어가고 있지만 아직 정확한 발생경로나 잠복기에 대해 파악하고 있지 못한 광우병이 주는 공포심이 암에 대한 두려움을 뛰어넘는 현상이 일어난 것이다. 과학적인 근거조차 믿지 못하는 현실이 안타깝다.

아이의 눈물

요즈음 아이들은 자기중심적으로 생각하고 행동한다. 과거와는 달리 핵가족화 되면서 부모들에 대한 자기 자식의 사랑이 도를 넘어 과잉보호가 되었고, 결국 이러한 아이들은 무조건으로 자신만 생각하고 행동하게 된다. 한 여자 아이가 저녁준비를 하고 있는 엄마에게 부엌으로 들어와서 자기가 쓴 글을 내밀었다. 거기에는 이렇게 적혀 있었다.

이번 주에 내 방 청소한 값→ 2,000원
가게에 엄마 심부름 다녀온 값→ 1,000원
엄마가 시장 간 사이에 동생 봐준 값→ 3,000원
쓰레기 내다 버린 값→ 1,000원
아빠 구두 4켤레 닦은 값→ 4,000원
마당을 청소하고 빗자루질 한 값→ 2,000원
전부 합쳐서→ 13,000원

엄마는 기대에 부풀어 있는 딸아이의 얼굴을 쳐다보았다. 그리고는 연필을 가져와 딸아이기 쓴 종이 뒷면에 이렇게 적었다.

너를 내 뱃속에 열 달 동안 데리고 다닌 값→ 무료!
네가 아플 때 밤을 세워가며 간호하고 널 위해 기도한 값→ 무료!
널 키우며 지금까지 여러 해 동안 힘들어하고 눈물 흘린 값→ 무료!
장난감, 음식, 옷, 그리고 심지어 네 코 풀어 준 것까지도→ 무료!
이 모든 것 말고도 너에 대한 내 진정한 사랑까지 전부→ 무료!

여자아이는 엄마가 쓴 글을 다 읽고 나더니 갑자기 눈물을 뚝뚝 흘리며 엄마에게 말했다. "엄마 사랑해요!" 그리고는 연필을 들어 큰 글씨로 이렇게 썼다. "전부 다 지불되었음."

두 평의 공간, 그들만의 희망

인간의 탐욕은 끝이 없는 것일까? 지금 인류 문명은 속도를 따라 잡을 수 없을 정도로 빠르게 발전하고 있다. 자원의 무분별한 착취, 초고층빌딩으로 상징되는 도시화는 재난 극복의 노력을 추월해가고 있다.

재난은 어느 누구도 예측할 수 없는 상황에서 발생한다. 지난 2008년 7월 25일 새벽 용인시 김량장동에서 발생한 고시텔 화재사건도 예외는 아니었다. 이날 용인사거리 하나은행 9층 고시텔에서 화재가 발생한 시간은 새벽 1시 25분! 고시원 관리자의 신고를 받고 출동한 소방관들이 화재를 진압한 시간은 새벽 2시 7분이었다. 신속한 대처로 빠른 시간에 화재는 잡았지만 7명의 사상자와 14명의 부상자가 발생하는 등 인명 피해가 컸다. 다행히 7명의 부상자는 가벼운 경상으로 나타나 간단한 병원 진료 후 귀가할 수 있었고 더 이상의 사망자도 발생하지 않았다.

용인시는 전담공무원을 배치하고 유관기관들과 공조체제를 통해 조기 수습에 노력했다. 뜻하지 않은 변고를 당한 사망자들의 명복을 빌고 부상자들의 조기 쾌유와 유가족들의 슬픔을 위로하기 위해 온힘을 쏟았다. 공직자들의 노력은 많은 난관과 부딪쳤다. 외국 체류 중인 고시텔 소유주와는 연락이 닿지 않았고, 그 외 건물 소유자들은 법을 앞세운 완강한 논리로 유족들과 대립각을 세웠다.

용인시는 유가족의 아픔을 같이하는 심정으로 유가족들에게 재정적인 지원 방안을 강구했고 이에 따라 사망자 유가족 한 가구 당 천오백만 원, 부상자 한 사람 당 일백만 원의 위로금을 지급하기로 결정했다. 그러나 일부 유족들이 도움을 주고자 애쓰는 공직자들에게 적대적인 모습을 보이는 등 용인시의 순수한 위로금을 격하하기도 했다. 우여곡절 끝에 위로금을 전달받은 유가족들은 병원 측과 장례비 문제를 매듭짓고 나서 장례절차를 이행할 수 있었다.

이번 화재로 우리는 뼈아픈 경험을 했다. 고시텔이라는 장소가 어려운 사람들의 불법 주거공간으로 사용된다는 사실을 외면한 채 살아왔다는 게 필자의 소견이다. 특별한 법 규정이 없어서 세무서에 사업자 등록만으로 쉽게 시설을 설치할 수 있기에 너도 나도 적은 돈을 투자해 우후죽순 고시텔을 운영하고 있었던 것이다. 그러나 하루하루를 힘겹게 살던 사회적 약자들에게는 피곤한 몸을 누이며 희망을 다질 수 있는 공간이기도 했다.

화마로 귀중한 생명을 잃어버린 희생자들을 생각하면 지금도 가슴이 저미어 온다. 사회적 빈곤, 약자에 대해 우리 모두 얼마나 무지했던가를 돌아보게 된다. 지금도 학생, 노동자, 거주 외국인 등 우리의 이웃들이 2평도 채 안 되는 고시텔 방 안에서 얇은 합판 벽을 사이에 두고 각자 나름대로 주어진 현실을 이기며 삶의 희망을 다지고 있다.

다시 한 번 화마 속에 꿈과 생명을 잃어버린 고인들의 명복을 빈다. 재난극복을 위한 노력은 인간의 예지능력과 기술발전에 달려있다.

그러나 자연과 인간의 본성을 무시한 무분별한 이기심은 인간의 모든 노력을 헛되게 만들 것이다. 고시텔 운영자 및 소유주들이 남은 유족들의 아픈 마음을 위로하고 이들로 하여금 하루빨리 정상적인 삶에 복귀할 수 있도록 해 주었으면 하는 마음이다. 더불어 이번 참사를 계기로 고시텔이 상징하는 우리 사회의 어두운 문제점들이 낱낱이 드러나고 고시텔에 대한 법적인 대안이 마련되기를 희망한다. 이러한 문제점을 근본적으로 해결하기 위해서는 개인과 사회, 그리고 국가의 노력이 동시에 필요할 것이다. 우리 주변의 외롭고 어두운 이웃은 우리와 한 배를 탄 공동체이기 때문이다.

어느 어머니의 발

어머니들은 어느 시대를 막론하고 위대한 사람들이다. 자신을 희생하면서도 가족과 자식들에 대한 애정은 변함이 없기 때문이다. 그러나 이와는 반대로 자식들은 어머니의 사랑을 당연한 것으로 받아들이고 때로는 어머니의 마음 한곳 깊은 곳에 목직한 돌덩이를 달아 놓기도 한다. 〈살아 있는 동안 꼭 해야 할 49가지〉라는 책에서 어머니의 발에 대한 글을 통해 자신을 다시 한 번 되돌아보는 계기가 되어 옮겨 보았다.

일본의 어느 일류대 졸업생이 한 회사에 이력서를 냈다. 사장이 면접 자리에서 의외의 질문을 던졌다. 부모님을 목욕시켜드리거나 닦아드린 적이 있습니까? "한 번도 없습니다." 청년은 정직하게 대답했다. "그러면, 부모님의 등을 긁어드린 적은 있나요?" 청년은 잠시 생각했다. "네, 제가 초등학교에 다닐 때 등을 긁어드리면 어머니께서 용돈을 주셨죠." 청년은 혹시 입사를 못하게 되는 것은 아닐까 걱정되기 시작했다. 사장은 청년의 마음을 읽은 듯 "실망하지 말고 희망을 가지라"고 위로했다. 정해진 면접 시간이 끝나고 청년이 자리에서 일어나 인사를 하자 사장이 이렇게 말했다. "내일 이 시간에 다시 오세요. 하지만 한 가지 조건이 있습니다. 부모님을 닦아드린 적이 없다고 했죠? 내일 여기 오기 전에 꼭 한 번 닦아드렸으면 좋겠네요. 할 수 있겠어요?" 청년은 꼭 그러겠다고 대답했다.

그는 반드시 취업을 해야 하는 형편이었다. 아버지는 그가 태어난 지 얼마 안 돼 돌아가셨고 어머니가 품을 팔아 그의 학비를 댔다. 어머니의 바람대로 그는 도쿄의 명문대학에 합격했다. 학비가 어마어마했지만 어머니는 한 번도 힘들다는 말을 한 적이 없었다. 이제 그가 돈을 벌어 어머니의 은혜에 보답해야 할 차례였다. 청년이 집에 갔을 때 어머니는 일터에서 아직 돌아오지 않았다. 청년은 곰곰이 생각했다. '어머니는 하루 종일 밖에서 일하시니까 틀림없이 발이 가장 더러울 거야. 그러니 발을 닦아드리는 게 좋을 거야.'

집에 돌아온 어머니는 아들이 '발을 씻겨드리겠다'고 하자 의아하게 생각했다. "발은 왜 닦아준다는 거니? 마음은 고맙지만 내가 닦으마." 어머니는 한사코 발을 내밀지 않았다. 청년은 어쩔 수 없이 어머니를 닦아드려야 하는 이유를 말씀드렸다. "어머니 오늘 입사 면접을 봤는데요. 사장님이 어머니를 씻겨드리고 다시 오라고 했어요. 그래서 꼭 발을 닦아드려야 해요." 그러자 어머니의 태도가 금세 바뀌었다. 두말없이 문턱에 걸터앉아 세숫대야에 발을 담갔다.

청년은 오른손으로 조심스레 어머니의 발등을 잡았다. 태어나 처음으로 가까이서 살펴보는 어머니의 발이었다. 자신의 하얀 발과 다르게 느껴졌다. 앙상한 발등이 나무껍질처럼 보였다. "어머니 그동안 저를 키우시느라 고생 많으셨죠. 이제 제가 은혜를 갚을게요." "아니다. 고생은 무슨…." "오늘 면접을 본 회사가 유명한 곳이거든요 제가 취직이 되면 더 이상 고된 일은 하지 마시고 집에서 편히 쉬세요."

손에 발바닥이 닿았다. 그 순간 청년은 숨이 멎는 것 같았다. 말문이 막혔다. 어머니의 발바닥은 시멘트처럼 딱딱하게 굳어 있었다. 도저히 사람의 피부라고 할 수 없을 정도였다. 어머니는 아들의 손이 발바닥에 닿았는지조차 느끼지 못하는 것 같았다. 발바닥의 굳은살 때문에 아무런 감각도 없었던 것이다. 청년의 손이 가늘게 떨렸다. 그는 고개를 더 숙였다. 그리고 울음을 참으려고 이를 악물었다. 새어나오는 울음을 간신히 삼키고 또 삼켰다. 하지만 어깨가 들썩이는 것은 어찌할 수 없었다. 한쪽 어깨에 어머니의 부드러운 손길이 느껴졌다.

청년은 어머니의 발을 끌어안고 목을 놓아 구슬피 울기 시작했다. 다음날 청년은 다시 만난 회사 사장에게 말했다. "어머니가 저 때문에 얼마나 고생하셨는지 이제야 알았습니다. 사장님은 학교에서 배우지 못했던 것을 깨닫게 해주셨어요. 정말 감사드립니다. 만약 사장님이 아니었다면, 저는 어머니의 발을 살펴보거나 만질 생각을 평생 하지 못했을 거예요. 저에게는 어머니 한 분밖에는 안 계십니다. 이제 정말 어머니를 잘 모실 겁니다."

사장은 미소를 지으며 고개를 끄덕이더니 조용히 말했다. "인사부로 가서 입사 소속을 밟도록 하게."

지금 생각해보면 내가 초등학교 시절 내 어머니는 가족들에 입에 풀칠을 하기 위해 생선광주리를 머리에 이고 이 동네 저 동네로 팔러 다니셨다. 지금은 70의 노인이 되어 고왔던 얼굴 세월의 주름만이 가득한데, 지금껏 단 한 번도 어머니에 발을 씻어드리지 못했다. 내 마음 한구석에는 그저 어머니는 나를 낳아 제대로 길러주지 못한 분이라는 생각뿐이었고 발을 씻어드려야 할 이유를 찾지 못했기 때문이다.

지금이라도 더 늦기 전에 내 마음을 담아 어머니의 발을 씻어드려야겠다. 어떤 이유에서든 우리들의 어머니는 오늘도 위대한 이름으로 바람 부는 언덕에서 큰 나무가 되어 서있다. 모진 세파에 시달리면서도 오로지 자식을 위하는 마음으로 이 세상의 모든 고단한 삶을 지고 계시는 어머니에게 죄스러운 마음이 드는 것은 왜일까?

이름이 많아 슬픈 여자

결혼한 사람이면 누구나 알고 있는 여자가 있다. 우리는 그를 아내혹은 부인 여보, 높여 부르면 여사님, 아무렇게나 편하게 부르면 누구엄마, 집사람 심하면 여편네라고 부르기도 한다. 그밖에도 사람마다취향이 달라 부르는 것이 천자반별이다. 그런데 유독 나는 여보라는말이 좋다. 불러도 또 불러도 언제나 불러보고 싶은 아름다운 당신의이름 여보! 이 세상에 그 어떤 화려한 말을 다 동원하여도 이토록 사랑스러운 말이 있을까? 그런데 받아들이는 쪽은 영 아닌 것 같다.

언제인가 교육수료장에서 아내에게 그동안 못한 이야기를 즉석에서 편지로 쓰고 낭독할 기회가 있었다. 무엇을 쓸까 곰곰이 생각하다가 나는 다음과 같은 글을 낭독한 기억이 난다.

여보! 정말 아주 오랜만에 당신의 이름을 공개적인 자리에서 불러봅니다. 살아온 세월의 뒤안길에서 가슴에 아픈 삶을 스스로 치유하고 남몰래 수많은 날들을 되돌아 숨죽이며 울어야했던 당신! 그 흐느낌 속에는 자신의 운명에 대한 억울함보다 가족들에게 좀 더 잘해주지 못한 미안함과 죄스러움에 대한 자학의 몸부림이었다는 것을 내 스스로가 알면서도 따뜻하게 감싸주지 못했습니다. 나와 당신 주변의 가족들이 행복함을 느낄 때마다 당신의 육신은 자꾸만 지쳐가고 늘어난 주름만큼이나 그 이름은 멀어져 아무도 당신의 이름을 기억하는 사람이나 불려주는 사람이 없어 이제는 이름조차 잃어버린 당신! 당신은 위대한 어머니의 이름으로, 한 남편의 아내로, 한 집안의 맏며느리로, 오늘도 꿋꿋이 가정의 버팀목으로 모진 바람이 부는 언덕에 서 있습니다. 세월은 흘러 또다시 꽃피는 봄이 왔건만 당신의 가슴에 그 언제쯤 따뜻한 봄날이 오려는지….

이 순간 오늘 모처럼 시간을 내어 반백인 된 흰 머리에 염색을 하고 남편의 기를 살려주기 위하여 한껏 우아한 멋을 내고 이 자리에 와 있는 당신! 그대 이름은 진정 무엇인가요!

이제 오십이라는 세월의 나이테를 먹고 아직도 철없이 무엇인가 해보려고 몸부림치는 나라고 하여 왜 쓰러지고 싶은 날들이 없었겠습니까? 남자인 나도 맨몸뚱이 하나로 가장 밑바닥에서 부대끼면서 때로는 포기하고 싶었고, 쓰러지고 싶었고, 나 자신을 버리고 싶을 때도 있었는데 당신은 전혀 그런 모습이 보이지 않아 나는 당신이 철인인 줄만 알았는데 어느 날 새벽 잠에서 깨어나 보니 당신은 식은땀을 흘리며 아픔을 참고 견디고 있었지요. 나는 그때 알았습니다. 당신도 쓰러지고 싶었고, 자신을 버리고 한번쯤 신음처럼 토해내는 외마디 비명소리를 내며 그 자리에 그냥 팍 쓰러지고 싶을 때가 있었겠지만 그래도 당신이 다시 힘을 내고 오늘을 견디어온 것은 가족에 대한 사랑의 꿈이 있었기에 가능했을 것이라는 것을 말입니다.

자신보다는 가족들이 모두 행복해질 수 있는 꿈을 이룰 수 있도록 하기 위하여 오늘도 다시 일어나 한 걸음 더 앞으로 힘차게 걸어갈 수 있는 당신이 너무 존경스럽습니다.

　오늘 이시간이 지나면 나는 또다시 당신의 그 위대한 사랑을 표현하지도 못한 채 마음으로만 감사하고 있을지도 모릅니다. 또한 나만의 꿈 때문에 당신은 지금보다도 어둡고 험한 세상에서 더 많은 시간들을 인내해야할지도 모릅니다. 지금껏 살아오면서 내가 힘들어하는 고비마다 나를 버틸 수 있게 했던 힘, 모든 사람들이 나를 향한 편견과 철저한 짓밟음이 있을 때마다 나를 오늘이 있게 하여준 그 위대한 힘은 돈도 명예도 아닌 그것은 바로 당신이 나를 믿고 신뢰하며 조건 없이 주는 사랑과 긍지의 대가였기에 나는 믿습니다.

　당신의 위대한 사랑을 그래서 지금 이 순간에 '정말 고맙다', '감사하다'고 말하기에는 그 사랑의 크기가 너무 커 표현한다는 자체가 이제는 정말 웃기는 이야기가 돼 버렸습니다. 그러나 이렇게 다정하게 불러보고 싶습니다. 당신의 그 잃어버린 이름을 되찾아 주기위해서라도.

　여보! 사랑합니다. 사랑합니다. 당신은 이 세상에 단 하나뿐인 나의 위대한 아내입니다.

　그때 아내의 눈에서 가느다란 경련과 함께 눈물이 볼을 타고 말없이 흘러내리고 있었다. 지금도 나는 그 눈물의 의미를 잘 모르고 있다. 그래서 아마 나는 아직도 아내 앞에서는 철부지 소녀인가 보다.

대화의 단절을 주목하라

폭력을 막는 단 하나의 훌륭한 해독제는 대화이다. 서로서로 자신의 두려움을 이야기하고 타인의 두려움에 귀를 기울이며 서로의 연약함을 나누면서 새로운 희망을 발견하는 것이 대화이다.

세계화 시대는 이 세상을 낯선 자의 사회로 바꾸었다. 우리 모두가 저마다의 종교적이든 세속적이든 전통 안에서 다른 사람들에게 귀를 기울이고 그들의 모습을 보고 놀랄 준비를 해야 한다고 생각한다.

우리의 이야기와 심각한 충돌을 빚을지도 모르는 다른 사람들의 이야기에 마음을 열어야 하고, 그들이 생각하는 우리와 우리가 스스로 생각하는 우리가 다르다는 사실도 인정할 줄 알아야 한다.

그러기 위해서 우리는 대화의 기술을 배워야 한다. 그러나 그것은 오류에 대한 논쟁에서 나오는 대화가 아니라 우리와는 전혀 다른 방식으로 생각하고 행동하며 세상을 해석하는 타인들을 용인하는 과정을 통해서만 배울 수 있다.

20세기 최고의 지성 가운데 한명인 존 폰노이만(John von Neumann)이 1944년에 수학의 새로운 분야인 게임 이론을 창안했다. 그것이 도전의 시작이었다. 헝가리에서 성공한 은행가의 아들로 태어난 그는 1930년에 미국으로 건너갔고 수소폭탄, 탄도마사일, 핵 억지 이론의 발달에 주도적인 역할을 했다. 그런데 어릴 적 기억 하나가 그의 머릿속에서 떠나질 않았는데 얼마쯤 시간이 흐른 후에 그는 경제적 분석은 인간의 결정과정에 내재한 중요한 측면을 제대로 평가하지 못한다는 결론을 내렸다. 결과를 계산할 수 있을 때는 몇몇 대안들 중에서 최고를 선택하면 되지만, 삶은 그렇게 단순하지 않다. 내 선택은 다른 사람의 반응에 따라 결과가 달리 나오게 마련이다. 이것은 예측이 불가능하다.

게임이론은 불확실한 조건에서 벌어지는 행동의 수학적 모델을 만들려는 시도였다. 6년 후에 가장 유명한 응용모델이 나왔는데, 이른바 죄수의 딜레마다. 죄수의 딜레마가 가정하는 시나리오는 다음과 같다. 경찰이 심각한 범죄용의자 두 명을 체포한다. 그러나 그들의 유죄를 입증할 만한 분명한 증거는 없다. 경찰은 경미한 범죄를 입증할 만한 정보만 확보했을 뿐이다. 경찰 입장에서는 적어도 한 명이 다른 한 명의 범죄사실을 말하게 해야 한다.

경찰은 용의자를 각각의 격리된 방에 가둬 대화를 단절시키고 다음과 같은 거래를 제안한다. 한 명이 밀고하고 다른 한 명은 침묵하면 밀고자는 자유를 얻게 되고 다른 한 명은 침묵하면 밀고자는 자유를 얻게 되고 다른 한 명은 10년형을 받는다. 둘 다 상대방을 밀고하면 둘 다 5년형을 받는다. 둘 다 침묵하면 경미한 범죄에 대해서만 유죄를 선고받고 1년만 감옥에서 보낸다. 두 용의자는 이내 상대방의 범죄사실을 고지하는 게 가장 나은 선택이라는 판단을 내린다.

그러나 둘 다 침묵하면 1년 만에 석방이 되겠지만, 이 경우에는 각자 5년형을 받아야 한다. 물론 이런 선택을 하는 것은 둘 다 상대방을 믿을 수 없기 때문이다. 죄수의 딜레마는 단지 흥미로운 수학적 퍼즐로 보이지만, 그보다는 훨씬 중요한 의미를 지니고 있다.

그것은 애덤스미스 경제학의 중요한 전제조건, 즉 각자가 이기심을 추구할 때 모두에게 이익이 되는 결과가 나온다는 전제조건에 도전한다. 죄수의 딜레마는 두 사람이 모두 합리적으로 행동하지만 둘 다에게 나쁜 결과를 초래하는 경우다.

'차이의 존중'에서 일부 인용

애정을 갖자

사랑하는 누군가를 꼭 껴안아 주시기 바란다. 마음속에 굳게 닫혀 있던 행복의 문이 저절로 열리게 된다. 물론 아무나 껴안다 보면 오해를 받을 수도 있다. 가능한 한 가족들부터 안아주는 연습을 했으면 한다.

우리는 언제부터인가 자기중심적인 이기주의로 인하여 타인을 생각할 마음의 여유조차 잃어버렸다. 이런 가운데 사람들은 저마다 살아있는 것조차 너무 힘들다고 하면서 모든 것을 사회의 탓으로 돌리고 급기야는 스스로 목숨을 포기하는 이들을 우리 주변에서 많이 보게 된다. 돈 때문에 멀쩡한 집에다 방화를 해서 가족을 죽이는가 하면, 집안청소를 하는 아버지를 시끄럽게 군다고 흉기로 살해하고도 태연자약한 사람도 있다.

그뿐만이 아니다. 자신의 불만을 표출하기 위하여 아무런 이해관계도 없는 사람들의 생명을 난도질하고 사회를 공포로 몰아넣고도 태연자약한 사람들도 있다. 모두가 가슴에 사랑이 메말라 있기 때문이다. 프리허그(Free hug)라는 용어를 들어보았을 것이다. 나와 아무관련이 없는 사람들을 길거리에서 만나 포옹하기 시작한 운동이다. 처음 프리허그는 2005년도에 후안 맨이라는 이름의 호주청년이 처음 시작해 화제를 모았다. 후안 맨이 이 운동을 처음 시작한 계기는 삶에 지치고 힘든 이들에게 때로는 100가지 말보다, 조용히 안아주는 것이 더 위로가 된다는 사실을 체험하면서부터라고 한다. 이후 프리허그는 일종의 캠페인으로 발전돼 전 세계로 퍼져나가고 있는 것이다. 프리허그의 시작 취지는 한 사람, 한 사람 모두 사랑받아야 하는 사람이라는 걸 알게 해주자는 취지이다. 한 개인 개인은 하나의 소중한 인격체로 존중받아야 마땅하다는 인식에서 비롯한 것이다.

프리허그 운동은 포옹에 큰 의미를 두지 않는다. 많은 사람들에게 소망과 사랑을 나누고 힘과 용기를 북돋게 하는 것에 목적을 두고 있다. 얼마나 아름답고 소중한 운동인가?

모든 일은 반드시 그 원인에 따라 결과가 생기는 것이다. 그럼에도 많은 사람들이 모든 잘못을 사회에 대한 원인으로 돌릴 것은 바로 애정의 결핍에서 오는 것이다.

어렵고 힘든 현실이지만 서로의 관심 속에서 마음 밭에 사랑으로 심은 행복, 성공, 기쁨의 씨앗을 잘 가꾸고 키워서 모두가 성공과 행복한 인생의 열매가 열리도록 해야 한다. 그러기 위해서는 타인을 조건 없이 마음으로 안아주는 프리허그 정신이 이 시대에 필요하다.

진심으로 도와라

반에서 허구한 날 꼴찌만 하는 아들을 둔 아버지가 있었다. 어느 날 아버지가 말했다. 기말고사 때에는 꼴찌에서 벗어나야 한다. 그렇지 않으면 부자간의 인연을 끊겠다. 기말고사가 끝나고 아들이 집에 돌아오자 시험이 어떻게 되었느냐고 아버지가 물었다. 그러자 아들이 말했다. 누구시더라? 부자간의 대화 속에 한 토막의 유머라고 하기에는 나름대로 많은 것을 생각하게 한다.

우리는 심은 것을 거두는 인과응보의 진리를 마음속에 새겨보아야 한다. 인생은 자신이 목표를 가지고 걸어가는 대로 원하는 지점에 도착하는 것을 진리로 하고 있기 때문이다. 우리가 이 세상을 살아 갈 때에 좋은 일을 하면, 비록 그 당시에는 무슨 기쁨이 없더라도 훗날에는 반드시 좋은 결과가 있다는 것을 알아야 한다.

영국 런던에 살던 한 소년이 가족과 함께 시골로 여행을 떠났다. 소년이 어느 조용한 마을에 도착하는 순간, 도시에서 보지 못했던 아름다운 호수를 발견했고 너무도 기쁜 마음에 호숫가로 달려갔다. 그러다 뜻하지 않게 그 소년은 미끄러지며 물에 빠지고 말았다. 헤엄도 칠 줄 몰랐던 이 소년은 계속 물속에서 허우적거렸고 누가 도와주지 않으면 영락없이 죽을 수밖에 없는 급박한 상황이었다. 이때 마침 호숫가를 지나던 한 시골 소년이 용감하게 호수로 뛰어들어 소년을 구해 주었다.

잠시 후 물에 빠졌던 그 소년은 정신이 돌아왔고 자신을 구해준 시골 소년에게 고맙다고 말했다. 물에 빠졌던 도시 소년은 자신을 구해준 시골 소년에게 무언가 고마움의 표시를 하고 싶어서, 아버지에게 달려가 자신을 구해준 시골 소년에 대해 말했다. 소년의 아버지는 아들의 생명의 은인에게 보답을 하기 위해 그 소년을 집으로 불러 시골소년에게 "애야 너의 꿈은 무엇이냐?" 물었다. 소년은 "의사가 되는 것입니다"라고 말했다

하지만 시골 소년은 집이 가난해 대학에 갈수 없는 형편이었다. 그 사실을 알게 된 도시 소년은 자신의 생명의 은인인 시골 소년이 대학에 갈수 있게 도와 달라고 아버지에게 간청했다. 시골 소년은 도시 소년의 도움으로 인해 마침내 런던의 의과대학에 입학했고 결국 소년은 꿈에 그리던 의사가 되었다.

그 후 1940년 5월 독일군이 영국을 침공하였을 때 수상인 처칠은 중동 지방을 순시하러 갔다가 뜻하지 않게 폐렴에 걸리고 말았다. 고열에 시달리며 심한 고통 속에서 죽을 지경에 처한 처칠, 하지만 당시

는 폐렴에 대한 치료약이 없었다. 이때 처칠을 살려낸 사람이 바로 플레밍이다. 처칠의 도움으로 의사가 된 플레밍은 기적의 약 페니실린을 발견해냈고 그 페니실린으로 처칠은 목숨을 구할 수 있었다.

친구의 도움으로 의사가 된 그 시골 소년이 바로 알렉산더 플레밍이고 시골 소년에 의해 구출된 도시의 소년은 후에 영국 수상이 된 윈스턴 처칠인 것이다.

이 두 사람의 길고도 아름다운 인연은 서로가 서로를 위해 주면서 결국은 둘 다 서로의 은혜를 받는다는 사실에서 더욱 감동을 느끼게 한다. 익사 직전의 처칠을 구해 준 플레밍은 처칠에게서 의과대학에 가는 도움을 받았고 플레밍을 도와준 처칠은 결국 폐렴으로부터 자신의 생명을 구하는 도움을 받았으니 자신이 뿌리대로 열매를 거둔 것이다.

이것은 곧 남을 진심으로 돕는 것은 결국 자기 자신을 돕는 것이라는 아름다운 결론을 말해주는 것이다. 우리는 누구나 서로 도움을 주고받으면서 산다. 자신의 도움이 필요한 사람을 도와주면 언젠가 자신도 남의 도움을 받게 되는 것이다. 이렇게 따뜻한 마음으로 도와줄 수 있을 때가 사람 사는 맛이 나고 행복한 것이다.

변하지 않은 사랑

역사와 시대가 바뀌어도 변하지 않는 것이 있다면 그것은 어머니의 사랑이다. 우리가 오늘 관심을 가지고 함께 생각해보는 진정한 애정은 곧 어머니가 가지고 있는 무한한 사랑일 것이다. 모든 사랑이 가치 있고 귀한 것이지만 자신을 향한 부모님의 보살핌의 사랑만큼 절대적인 사랑은 없다. 이사랑에는 어떤 조건도 붙지 않기 때문이다.

어느 날 한 성인이 제자들과 함께 길을 걸어가고 잇는데 사람들이 뼈가 산처럼 쌓인 곳을 지나게 되었다. 갑작스런 재난이 닥쳐 많은 사람들이 죽은 곳이었는데 그곳에는 살아 있을 때 부귀영화를 누리던 사람, 고생하던 사람, 예쁜 사람, 미운 사람 등 갖가지 사람의 뼈가 다 모여 있었다.

누군가가 말했다. "삶이란 참 무상한 거로구나. 죽으면 누구나 뼈다귀만 남는데." 그때 성인은 제자들에게 물었다. "너희 중 누가 여기서 여자의 뼈를 가려낼 수 있겠느냐?" 모두 얼굴만 서로 마주 보고 있는데 성인은 뼈 하나를 쳐들고 말했다. "여기 이 뼈는 여자의 것이다."

"선생님! 어찌 그것을 아십니까?" "여자의 삶을 생각해 보아라! 어려서는 여자이기 때문에 남자보다 늘 못한 대접을 받는다. 결혼하여 아기를 가지면 온몸의 양분을 아기에게 주게 된다. 아기를 낳을 때 몸속의 많은 피들을 아기를 위해 흘린다. 젖을 먹이며 또한 자기 몸의 일부를 주는 것이다. 그러다 보면 여자의 살과 피뿐만 아니라 뼛속에 든 양분도 남아 있지 못한다. 쓰디쓴 여자의 삶은 그 뼈를 이토록 가볍고 또 검게 만들지 않느냐?"

제자들은 스승의 이야기를 들으며 자기 어머니의 고난에 찬 삶을 생각하고는 그 자리에 주저앉아 뜨거운 눈물을 흘렸다.

위대한 어머니의 사랑과 희생은 끝이 없는 것이다. 모든 것을 아낌없이 주시는 분이다. 부모님은 어렵고 힘들 때 아무 말 없이 기댈 수 있는 버팀목이므로 우리가 받는 사랑의 몇 분의 일이라도 부모님께 사랑을 드려야 한다. 우리가 부모님에게 드리는 사랑의 씨앗은 다음에 자신의 자녀에게 열매로 맺어 자신에게 그대로 돌아온다. 애정이란 결국 사랑의 힘이 원천인 것이다.

가장 귀중한 보물 그것은 물질이 아니라 사랑의 대상이며, 부모자식 간에 사랑을 줄 수 있고 받을 수 있는 사람들은 행복하고 부러운 것이 없을 것이다. 부모나 이웃에 사랑의 씨를 뿌린 사람은 큰 사랑의 결실 속에서 행복하고 서로 고마운 마음으로 아름답게 보람 있는 삶을 살 것은 당연하다.

이것은 모르는 사람뿐 아니라 가족 간에도 마찬가지이다. 사람은 사랑 속에서 태어나서 걸음마를 배우고 말하는 것을 배우며 오늘의 자신이 존재한다. 우리는 부모님의 은혜는 한없이 크고 고귀하다는 것을 잘 알면서도 종종 그것을 잊어버리는 경우가 있다.

숫자만 갖고 논하지 말라

사람들은 자기한테 유리한 것만 듣고 불리한 것은 듣지 않으려고 하는 속성이 있다. 소통의 중요성을 알면서도 일방적으로 자신의 주장만 이야기하고 타인의 이야기는 건성으로 듣는가 하면 무시하는 일도 서슴지 않는다.

파주시 시장을 역임했던 유화선 씨는 재임 당시 소통의 중요성을 이야기하면서 공직자들의 기본적인 자세에 대해서 자신의 확실한 의지를 피력했다.

그는 아웃소싱 문제에서 어떤 임무를 우리보다 더 적은 비용으로 더 좋게 더 잘할 수 있는 곳이 있으면 그쪽에다 일을 맡기는 게 합리적이다. 돈은 돈대로 써가면서 잘할 줄 모르고 잘할 수도 없는 일을 껴안고 있어 보았자 경쟁력이 높아질 리가 없다고 말한 바 있다.

파킨슨 법칙의 예를 들면서, 해야 할 일의 많고 적음에 관계없이 공무원 수는 항상 일정한 비율로 증가하는데 그이유로는 상사든 부하직원이든 숫자가 많아야 권위가 생긴다고 착각하기 마련이라는 것이다. 그래서 공무원 수를 늘리면서 쓸데없는 일을 만들어 낸다고 한다.

또 링겔만 효과라는 것에 대한 자세한 내용을 인용하기도 했다. 뉴욕대학 링겔만 교수가 줄다리기 실험을 했다. 청군, 백군 나누어서 한 사람씩 편을 만들어 줄다리기를 할 때에는 100%의 힘을 쓰는데, 두 사람씩 할 때는 93%의 힘만 쓰더라는 것이다. 세 사람씩 할 때에는 85%, 여덟 사람으로 편을 갈라 줄다리기를 했더니 그때는 49%의 힘밖에 쓰지 않았다고 한다. 이게 바로 링겔만 효과인데 왜 그런지 아는가? 권한과 책임감이 그만큼 적어지기 때문이다.

여덟 명이 줄다리기를 할 경우 지더라도 책임은 1/8로 나누어 갖기 때문에 100%의 힘을 다 발휘하지 않는다는 것이다. 링겔만 효과를 보더라도 부하직원만 많이 둔다고 일이 잘 되는 게 아니라, 권한과 책임을 넘게 주는 게 필요하다는 것이다. 다 넘겨주고 윗사람은 더 창의적이고 더 큰 일을 구상해야 한다고 역설한다.

하지만 현실은 그렇지 않은 데 있다는 것이다. 책임은 지지 않으면서 권한만을 행사하려는 윗사람이 많다는 것이다. 권한만 행사하는 상사 밑에서 일을 하는 아랫사람들은 피곤할 뿐만 아니라 어느새 피동적일 수밖에 없다. 책임질 일이 생길 때 윗사람은 슬며시 빠지고 아랫사람들만이 모든 책임을 지고 인사조치 등 불합리한 처벌을 받기 때문이다. 문제가 생기면 먼저 윗사람이 책임을 질 줄 하는 조직문화가 정착되어야 한다.

가슴이 뜨거운가

세월이 흐르고 시대는 바뀌어도 예나 지금이나 이 시대에 필요한 인재는 가슴이 뜨거운 사람이라고 한다. 차가운 인재보다 가슴이 뜨거운 사람이 집단의 반목과 갈등을 치유함으로써 더 큰 부가가치를 창출하기 때문이다. 실제로 최근 국제적으로 주목받고 있는 인재는 모두 대화와 통합의 기술을 발휘하는 사람들이다. 사람이라면 누구나 다 가슴속에 맑은 영혼의 샘물이 솟아나고 있기 때문에 곁에서 도와준다면 기대 이상의 향기를 발하게 된다. 가슴이 뜨거운 사람만이 슬픔을 느낀다. 슬픔을 정화할 줄 모르는 사람은 삶을 모르고 인생을 모른다. 생명의 공감을 느끼는 사람이 영혼의 상처를 어루만질 줄 알고 그 사람이 영원한 리더가 되는 것이다.

홍수환은 그의 저서 〈누구에게나 한방은 있다〉에서 이렇게 말했다.

"나에게 다운이 없었다면 두 체급을 석권했을 지라도 카라스키야와의 타이틀전을 기억하는 사람은 많지 않을 것이다. 내가 패배 없는 복서였다면 누군가의 앞에서 강의할 용기를 내지 못했을 것이다. 복싱을 그만두고 사회생활을 하면서 여러 번의 좌절이 있었고 그 좌절 속에서 다시 일어났기에 오늘의 내가 있는 것이다. 절망이 희망을 낳았고 희망이 더 큰 희망을 안겨 주었다. 홍수환이 복서로의 패배와 사회생활 속에서의 좌절을 이겨낼 수 있었던 힘 그것은 가슴속에 희망이라는 열정을 가지고 있었기 때문에 가능했다."

나에게도 청소년 시절에 서울 봉천동 달동네에서 생활하던 시절이 있었다. 현장소장 집에서 기거하며 건설현장을 다닐 때 골목길을 돌아서면 추운 한겨울에 호빵에서 나는 김을 보고 먹고 싶다는 생각을 해본 적이 한두 번이 아니었다. 다음에 돈이 생기면 꼭 사먹어야지

하면서도 막상 돈이 생기면 입에 털어 넣는 것이 아까워 못 사먹었다. 어느 날 내 마음을 알았는지 현장소장님이 나를 데리고 가서 마음대로 호빵을 먹으라고 했다. 부모 곁을 일찍 떠나 아버지에 대한 사랑을 느껴보지 못했던 시절에 현장소장님의 마음은 호빵만큼이나 내 마음을 따뜻하게 감싸주었다.

　이제 내 나이가 그 현장소장님의 나이가 되었지만 나는 단 한 번도 그분처럼 가슴으로 누군가를 생각해 본적이 없다. 가슴이 따뜻한 사람이 정말 이 사회에 필요한 사람이고 리더라는 것을 알면서도 이를 제대로 실천하지 못하는 것을 보면 나는 아직도 제대로 된 리더의 자격이 없는 사람 같다. 다시 한 번 내 자신의 삶을 되돌아보고 추슬러야 하는 이유가 여기에 있다.

관심은 돈 안 드는 사업

자신에게 무관한 다른 사람들에게 순수한 관심을 기울여 본 적이 있는가? 정작 나 자신은 무관심으로 일관하면서 그들이 나를 알아주지 않거나 아는 체를 하지 않는다고 불평과 불만을 털어놓은 적이 있을 것이다.

어느 날 열 살 정도의 소년가장이 시립병원의 복지병동에 입원해서 큰 수술을 받기로 되어 있었다. 아버지는 이미 돌아가셨고, 지병이 있는 어머니와 단둘이 어렵게 사는 관계로 어머니마저 병원에 올수 없는 상황이 되었다. 수술시간이 차츰 다가오자 그 소년은 고독감과 절망 그리고 수술에 대한 두려움과 공포에 떨어야 했다. 어느 누구도 그에게 관심조차 없다는 것을 알게 되었을 때 소년은 병실의 이불을 덮고 소리를 죽여 가며 흐느껴 울기 시작했다.

그때 한 젊은 수습간호원이 소년이 우는 소리를 듣고 병실로 와 이불을 걷고 우는 소년의 눈물을 닦아주었다. 그리고는 자기도 외로우며 당번이라고 하면서 소년과 함께 게임도 하고 이야기도 하면서 소년으로 하여금 고독감과 수술에 대한 공포를 잊게 해주었다. 그 소년은 수습간호원의 따뜻한 관심과 배려로 수술을 무사히 마칠 수 있었다. 이제는 성인이 된 그 소년은 당시의 기억을 회상하면서 다른 사람이 당신을 좋아하기를 바란다면, 또한 진실한 우정으로 그 사람을 도와주고 싶다면 자신 스스로가 먼저 관심을 표명해야 한다는 것을 알게 되었다고 말한다.

개라는 동물은 생존을 위해 일하지 않는 지구상의 유일한 동물이다. 닭은 알을 낳아야 하고, 젖소는 우유를 공급해야하지만, 개는 오직 인간에게 사랑을 바쳐 헌신함으로써 살아가고 있다. 우리 집의 개만 해도 그렇다. 내가 관심을 보이지 않아도 발걸음과 목소리만 듣고도 기쁨에 넘쳐 껑충껑충 뛰고 꼬랑지를 흔들며 좋아 어쩔 줄 모른다. 그러나 타인이 접근하면 갑자기 돌변하며 특유의 충성심으로 마구 짖어 댄다. 개에게 있어 주인은 어찌 보면 그저 맹목적인 관심의 대상일지도 모른다.

그러나 우리는 이성을 가진 인간이다. 결국 다른 사람들에게 관심이 없는 사람은 인생을 사는 데 굉장히 어려움을 겪게 되고, 다른 사람에게도 해를 끼치게 된다. 인간관계의 모든 실패는 바로 이런 유형의 사람으로부터 비롯된다는 사실을 직시하고 지금 이 순간부터 서로에게 관심을 갖도록 하여야 한다. 관심은 우리 모두에게 이익이 되는 돈 안 드는 큰 사업 중의 하나이기 때문이다.

한쪽 눈의 의미

어머니와 단둘이 사는 청년이 있었다. 어느 날 청년은 외출에서 돌아오다가 뜻하지 않게 교통사고를 당했다. 소식을 듣고 몹시 놀란 어머니가 가슴 졸이며 병원에 달려갔지만, 불행히도 청년은 이미 두 눈을 실명하고 말았다. 멀쩡하던 두 눈을 순식간에 잃어버린 청년은 깊은 절망에 빠져 자신에게 닥친 상황을 받아들이려 하지 않았다. 그는 어느 누구와도 말 한마디 하지 않고, 마음의 문을 철저하게 닫은 채 우울하게 지냈다. 곁에서 그 모습을 말없이 지켜보는 어머니의 가슴은 말할 수 없이 아팠다.

그렇게 지내던 어느 날, 청년에게 기쁜 소식이 전해졌다. 이름을 밝히지 않은 누군가가 그에게 한쪽 눈을 기증하겠다는 것이다. 하지만 깊은 절망감에 빠져있던 그는 그 사실조차 기쁘게 받아들이지 못했다. 결국 어머니의 간곡한 부탁으로 한쪽 눈 이식 수술을 마친 청년은 한동안 붕대로 눈을 가리고 있어야 했다. 그때도 청년은 자신을 간호하는 어머니에게 앞으로 어떻게 애꾸눈으로 살아 가냐며 투정을 부렸다. 하지만 어머니는 청년의 말을 묵묵히 듣고만 있었다. 꽤 시간이 지나 드디어 청년은 붕대를 풀게 되었다. 그런데 붕대를 모두 풀고 앞을 본 순간 청년의 눈에서는 굵은 눈물방울이 떨어지고 말았다. 그의 앞에는 한쪽 눈만을 가진 어머니가 애틋한 표정으로 아들을 바라보고 있었던 것이다.

어머니는 말했다. "아들아 미안하구나! 너에게 두 눈을 다 주고 싶었다. 하지만 그러면 네게 장님 몸뚱이가 짐이 될 것 같아서…." 어머니는 끝내 말을 다 잇지 못하고 눈물만 흘리고 있었다.

부모가 자식을 살해하고 자식이 부모를 살해하는 세상에 우리는 살고 있다. 가만히 그 속내를 들여다보면 모든 것이 물질 때문이다. 더 많이 소유하고, 더 많은 것을 갖고 싶은 부질없는 욕망이 인간을 추악하게 만들고 있는 것이다. 그러나 세상은 이런 사람들보다 한쪽 눈을 자식에게 주는 어머니 같은 사람들이 많기 때문에 충분히 살만한 가치가 있는 것이다.

엄마의 마지막 문자

이틀 후면 수학여행인데 엄마는 오늘도 아무 말이 없다. 중학생활 마지막 수학여행인데 평소에 쓰던 가방 가져가기도 민망하고 신발도 새로 사고 싶은 내 기대는 산산 조각이 나 버렸다. 기대했던 내가 바보였다. 생각할수록 화가 났지만 엄마에게 말은 못하고, 다른 때와는 달리 일찍 집을 나와 교실에 도착했다. 오늘따라 내 속을 긁기라고 하듯이 내 짝꿍이 용돈을 넉넉히 받았다며 친구들에게 자랑을 하고 있었다.

"나 내일 수학여행 때 가져갈 거 사러 갈 건데 같이 안 갈래?" 하는 친구를 따라 한창 신나게 아이 쇼핑을 즐기고 있을 때 마침 엄마에게서 전화가 왔다. 나는 괜히 화가 나서 전화를 받지 않았다.

한 30분 후 다시 벨이 울렸다. 엄마였다. 나는 핸드폰을 꺼버리고 배터리까지 빼 버렸다. 그리고 신나게 돌아다니다 집으로 돌아오는데 아침에 있었던 일이 떠올랐다. 괜히 엄마에게 집안 사정을 알면서도 화를 낸 것 같아 미안한 마음이 들었다. 생각해 보면 신발도 그렇게 낡은 것은 아니었고 가방은 옆집 언니에게서 빌릴 수도 있었던 것이었다. 집에 도착하면 제일 먼저 엄마에게 미안하다는 말부터 해야지 하고 집에 도착했다. 벨을 누르니 아무도 나오지 않았다.

엄마가 오늘 일 나가는 날인데 내가 착각을 했다. 집으로 들어가자마자 평소 습관대로 텔레비전을 켰다. 뉴스 속보였다. "어떤 남자가 지하철에 불을 냈다. 순식간에 불이 붙어 많은 사람들이 불에 타 죽었다"는 내용의 기사가 나오고 있었다. 이게 웬일인가! 평소 내가 자주 이용하는 대구 지하철이었다.

집에 도착해서 오랜 시간이 지났는데도 엄마는 집에 오지를 않았다. 텔레비전에서는 지하철 참사에 대한 방송이 계속해서 이어졌다. 갑자기 불길한 마음이 들었다. 혹시 엄마에게 무슨 일이 일어난 것은 아닐까? 마음을 졸이며 엄마에게 전화를 걸었다. 통화 연결음만 이어지고 아무런 응답이 없었다. 몇 번을 다시 걸어 봐도 마찬가지였다. 불안한 마음으로 수화기를 내리고 꺼버렸던 핸드폰 전원을 다시 켰다. 문자 다섯 통이 와 있었다. 그중 엄마가 보낸 문자도 두 통이나 있었다. 엄마가 보낸 첫 번째 문자를 열었다. "사랑하는 내 딸! 용돈 넉넉히 못 줘서 미안해, 쇼핑센터 들렀다가 집으로 가는 중이야! 신발하고 가방 샀어." 나는 첫 번째 문자를 들여다보며 눈물을 흘렸다. 다시 정신을 차리고 두려운 마음으로 두 번째 문자를 열었다.

"미안하다. 선영아! 가방이랑 신발 못 전해줄 것 같구나. 오늘 저녁엔 돈가스도 해주려고 했는데, 미안 내 딸아! 사랑한다."

대구지하철 참사는 2003년 2월 18일 오전 9시 53분에 일어났다. 대구광역시 중구 성내동의 중앙로역 구내에서 50대 남자가 휘발유를 담은 페트병 2개에 불을 붙인 뒤 바닥에 던져 총 12량의 지하철 객차를 뼈대만 남긴 채 모두 태워버린 대형 참사로 사고 원인은 50대 중반의 한 지적장애인이 자신의 신병을 비관하다 판단착오로 저지른 것으로 밝혀졌다.

이 방화범은 휘발유를 담은 페트병 2개를 가지고 대구광역시 중구 남산동의 명덕역에서 지하철 1호선의 제1079열차를 탄 뒤 경로석에 앉아 있다가, 열차가 성내동의 중앙로역에 정차하기 위하여 서행하는 도중에 갑자기 휘발유가 든 페트병에 불을 붙였다. 주위에 있던 몇몇 사람들의 만류도 소용없이 순식간에 불이 번졌을 때 제1079열차는 중앙로역에 정차중이어서 승객들이 대부분 빠져나갔으나, 제1079열차의 불길이 반대편 선로에서 진입하여 정차한 제1080열차로 옮겨 붙었다. 그리고 제1080열차의 기관사와 지하철 사령이 적절히 대처하지 못하는 동안 불은 맹렬히 번졌으며, 이 열차에서 대부분의 사망자가 발생하였다.

이 사고로 열차는 완전히 불에 타 뼈대만 남았고, 중앙로역 천장과 벽에 설치된 환풍기, 철길 바깥쪽 지붕들도 모두 녹아 내려 역 구내는 순식간에 아수라장으로 바뀌었다. 출근시간이 지나기는 했지만, 많은 시민들이 타고 있어서 인명피해도 엄청나 192명(신원 미확인 6명)이 사망하고 148명이 부상을 당하였다. 사고 다음날 정부는 대구를 특별재난지역으로 선포하였으나, 사고 직후 대구광역시와 지하철 종사자들이 사고를 축소·은폐하고, 현장을 훼손하는 등 부실한 대응으로 피해가 확대된 것으로 밝혀져 더 큰 충격을 주었다. 이로 인해 방화범과 지하철 관련자 8명이 구속 기소되었으며, 방화범은 무기징역을 선고받고 복역 중 사망하였다.

이 사고로 지하철 관련 기관 사이의 공조체제 구축, 사고현장 탐색 및 복구, 훼손된 시신의 개인식별, 유족지원 등 대형 참사와 집단사망에 따른 각 과정의 체계화에 대한 필요성이 대두되었다. 대구광역시에서는 이 참사를 교훈 삼아 재난에 대처하는 능력을 높이고 안전문화를 정착시키기 위한 대구시민안전테마파크를 건립하여 2008년 12월 개관하였다. 아직도 이 참사로 인하여 심적 고통에 시달리고 있을 희생자 가족들을 생각하면 마음 한구석에 찡한 여운이 남는다.

촛불은 자신을 태운다

아주 평범한 초 한 자루가 어둠을 밝히는 빛이 된다. 그러나 누군가 이 초에 불을 밝히지 않으면 우리는 어둠으로부터 자유로울 수가 없다. 모든 초가 자신을 불태울 수 있는 심지를 가지고 있지만 이 심지에 불을 붙이지 않은 한 그 초는 아무런 기능을 발휘할 수 없다. 우리도 이 초의 심지처럼 자신만의 고유한 가능성의 심지를 가지고 있다.

내가 누군가의 가능성의 심지에 불을 붙여주기 위해서는 나 자신의 가능성부터 키워야 한다. 초 하나만으로 어둠 전체를 밝힐 수 없듯이 우리 중 그 누구도 이 세상 전체를 변화시키거나 밝힐 수 없다. 우리 모두는 각자의 고유한 삶을 통하여 주변 사람을 변화시키고 강화시킬 수 있는 능력을 가지고 있다. 그것은 자신이 가지고 있는 능력을 한 자루의 촛불이 되어 타인에게 나누어 주는 것이다. 우리는 여기서 매우 중요한 사실을 깨달을 수 있다.

하나의 초가 또 다른 하나의 초에 빛을 나누어 주어도 자신의 불빛은 조금도 줄어들거나 소멸되지 않고 그대로인 것처럼 자신의 작은 나눔의 실천은 주변으로 확대되어 주변의 어둠을 밝히는 큰 역할을 하게 된다는 것이다. 이처럼 자신의 시간과 능력을 다른 사람의 발전을 위하여 사용한다 해도 그 능력은 줄어들거나 소멸되지 않고 더욱 강해진다는 것이다. 심지가 없는 초가 없듯이 가능성이 없는 사람은 이 세상에 아무도 없다. 촛불처럼 자신의 잠재된 능력을 발견해서 스스로를 태워보자!

3 운명의 길에서

　　사람들은 살면서 자신이 뜻한 바대로 일이 잘 안 될 때에는 곧잘 태어난 팔자를
탓한다. 우리는 이것을 운명이라고도 한다. 이러한 운명에는 자신의 의지대로 바꿀
수 없는 운명이 있고 내가 마음만 먹으면 바꿀 수 있는 운명이 있다.

　　전자는 나를 이 세상에 있게 만들어준 부모와 태어나는 순간 가지고 나온 외모적
신체조건이다. 그러나 후자는 살면서 자신의 노력 여하에 따라 나쁜 운명도 좋은
운명으로 바꿀 수 있다는 것이다. 정해진 운명이 나쁘다고 팔자만 탓하며 자포자기
하지 말고 주어진 현실에서 운명을 극복하는 노력으로 성공에 디딤돌을 만드는
것이 중요하다.

운명공동체

직장생활을 하다보면 자신의 의지와는 무관하게 발령장 하나로 여러 부서를 근무하게 된다. 이런 와중에 때로는 좋은 상사와 동료들을 만나 자신의 단점을 보완하고 새로운 업무를 익히며 자신만의 경력을 쌓아 승승장구하는 경우도 있지만 이와는 반대로 별 도움 안 되는 상사나 동료를 만나 마음고생만 죽도록 하고 무능력한 사람으로 낙인 찍혀 제대로 된 대접을 못 받고 매일 신세 한탄만 하게 되는 경우도 있다. 이처럼 사람은 누구를 만나서 어떤 대접을 받느냐에 따라 직장생활의 명암이 바뀌게 된다.

사실은 자세히 들여다보면 별 볼일 없이 윗사람들의 비위만 맞추는 사람들이 아랫사람들을 쥐 잡듯이 하는 경우가 많고 이런 상사일수록 독선적이며 자신만이 집단 내에서 최고로 업무를 잘한다는 자만심에 빠져 도통 아랫사람들의 말을 잘 들으려 하지 않는다. 그리고 무슨 일만 일어나면 규정을 따지며 제대로 공과 사를 구별해야 한다고 면박을 준다. 사실 자신은 뒷구멍으로 할 짓 못할 짓 다하고 다니면서 사람들 앞에서는 묵직하게 폼을 잡는 것이다.

이런 상사만 있는 것이 아니라 동료, 후배 중에는 사무실내에서 일어나는 잡다한 소리까지도 다 귀담아 듣고 악의적으로 상사에게 고자질하는 사람들도 있다. 이렇다 보니 어떤 때에는 직장이 아니라 그야말로 소리 없는 전쟁터에 와 있는 느낌이 들 때도 있다. 그렇다고 어렵게 들어온 직장을 그만둘 수는 없는 일이고 보면 이러지도 저러지도 못하는 어정쩡한 상태에서 그저 세월만 가서 다른 부서로 옮겨지기만을 기다리니 일은 점점 흥미를 잃게 되고 직장에 출근하기 싫어지면서 소심한 사람은 우울증으로 자살도 생각하게 된다.

이토록 한사람의 인생을 우리는 직장 내에서 망가뜨리고 있지는 않은지 한번쯤 되돌아보면서 같은 배를 탄 운명공동체라는 것을 생각하고 상대를 믿으며 서로 돕고 나누는 것이야말로 직장 내에서 순항하는 비결이다.

썩은 동아줄

강철은 어릴 때 할머니로부터 하늘로 올라가는 썩은 동아줄을 잡아 저승에 간 호랑이에 대한 전설 같은 이야기를 많이도 들었다. 지금 생각하면 허무맹랑한 이야기인 것 같지만 그때는 그 호랑이가 왜 그리 무서우면서도 썩은 동아줄이 고마웠는지 모른다.

세월이 많이도 흐른 지금 목구멍이 포도청인지 포청천인지 직장 생활을 하다 보니 때로는 동아줄 이야기가 허구인줄을 알면서도 현실 속에서 실감이 나기에 경상도 사투리로 된 이야기를 접해보면서 오늘도 제대로 된 동아줄을 잡아보려고 안간힘을 쓰고 있다

옛~날 옛날에, 어떤 오누이가 있었데이- 가들 엄마가 떡 파는 떡장수였는데, 언날 밤에 집에 오는 길에 고마 이따~마한 호랑이를 딱 만난기라! 그 호랑이가 "떡 하나만 주몬 안 잡아 묵으께" 카면서 떡을 달라고 협박을 해갖고 떡을 한개 뺏아가 먹디만- 또 한개 고마 막 뺏아 묵고 떡이 다~ 없어져 뿌니까 엄마를 잡아묵어 뺐단다. 근데 그 호랑이가 엄마까지 잡아 묵었으믄서 오누이를 잡아 물라꼬 가들 있는 데로 가드란다. 오누이는 호랑이가 엄만 줄 알았디만 호랑인 거 딱 알아차려 뿌고 뒷마당에 있는 크-다란 나무에 기올라가 숨었데이- 근데

동생이 고마 막 호랑이한테 나무에 우예 올라갔는동 다 말해뿐기라~ 그래갖고 호랑이가 막 올라온다 아이가~ 그래, 겁이나이(나니까) 하늘한테 딱 소원을 빌었데이. 그라니까 하늘에서 동아줄이 내려온다 아이가? 그래가 동아줄 꼬~옥 붙들고 하늘로 올라갔다. 호랑이가 그걸 봐뿌고 지도 하늘한테 살~살 소원 비니깐 하늘에서 동아줄이 하나 내려오드란! 그래가지고 호랑이 그놈아가 그 동아줄을 잡고 올라가는데 가다가 중간에 줄이 딱 끊어져뿌는기라. 아래로 뚜~욱 떨어지는데 수수밭에 쿡 처박혀갓고 고마 죽어뺏다. 알고 보니까네 그 동아줄이 썩은 밧줄이었든 기라. 우째됐든간에 하늘에 올라간 오누이는 마~ 오빠야는 햇님, 동생은 달님이 됐는데 동생이 밤은 무섭다 카면서 오빠야랑 바꿨단다. 그래가~ 동생은 햇님, 오빠는 달님이 됐드란다.

강철도 직장생활을 한지가 벌써 20년이 다 되어간다. 나이 50줄에 들어서면서 그 젊은 시절의 패기는 사라지고 아래, 위 눈치 보기에 급급한 현실이 달갑지만은 않다. 직장후배들 중에는 능력이 출중한 탓인지 아니면 그 무엇인가 노하우가 있는지는 모르겠으나 강철이 보기에는 저나 나나 별 볼일 없는 것 같은데 벌써 자신보다 승진을 빨리 하여 상사로 근무하는 사람들이 한둘이 아니다.

어느 후배는 고속승진을 하여 강철에 작은 어깨를 더욱 움츠리게 만들기도 한다. 생각이 이쯤에 미치니 그들이 어떤 경로에 의하여 어떤 능력이 탁월하여 승진을 하였는지 면면히 살펴보니 역시 결론은 썩은 동아줄이라도 잡아야 된다는 사실이었다. 강철은 결심을 하고 오늘도 제대로 된 동아줄을 잡아볼 요량으로 이곳저곳을 기웃거려 보지만 줄이 어디 있는지를 알지 못하니 답답하기만 하다. 그래서 이렇게 소리쳐본다. "거기 누구 동아줄 같은 것 가지고 있는 사람 있소. 가능한 튼튼한 것으로."

큰소리치면 장땡

세상은 변해도 너무 많이 변했다. 과거에는 농촌지역에서 면서기라면 동네 이장님들이나 유지들의 극진한 대우를 받아가며 행정업무를 수행해 왔는데 언제부터인가 시민봉사 최우선바람이 불고 나서부터는 면서기는 그저 시민이 시키면 시키는 대로 모든 것을 다 해주고 원하면 원하는 대로 다 처리해주는 종으로 생각하는 이상한 일들이 자주 벌어지곤 한다.

1994년 8월쯤으로 기억이 된다. 당시 본청에서 근무하다가 부친의 병수발 때문에 L면에 자진 근무를 요청하여 내려가 근무한지 얼마 안 되어서 일어난 일이다. 이쪽으로 전근한지 얼마 되지 않아 나이가 한 60대쯤 되어 보이는 사람이 사무실문을 들어서자마자 차마 입에 담지 못할 거친 욕설을 해가면서 입에 게거품을 물고 근무하는 직원들에게 소리를 지르는데 그 소리가 어찌나 큰지 사무실 안이 울릴 정도였다.

민원실 내에 있는 다른 주민들은 마치 면서기들이 큰 잘못이라도 한 것처럼 "공무원이 욕먹을 짓 해나봐" 하면서 우리를 못마땅한 눈으로 보고 있었다. 상황이 이런데도 직원들은 아무 말 없이 듯이 자기 일에만 열중이다. 조금 더 지나니 가관인 것이 그 민원인 입에서 "ㅇㅇ같은 놈들 니들이 어떻게 먹고 살고 있는지 알기나 하냐. 우리가 낸 세금으로 밥 처먹고 살잖아" 하는 것이다. 하도 어이도 없기에 "뭐 저런 사람이 있나" 하고 슬며시 나도 모르게 가슴속에서 무엇인가 올라오는 느낌이 들었다.

순간 나이를 지긋이 먹은 우호 형이 일어나 "병근이 이제 그만 좀 해" 하니 더욱 날뛴다. 결국은 그날 우호 형이 민원실 로비에 나가 밖으로 끌어내는 바람에 일은 마무리 되었는데, 병근이라는 사람은 사무실을 나가는 순간까지도 공무원은 마치 자신이 아무렇게나 막 대하고 큰소리쳐도 아무 말 못하는 것으로 알고 있는 듯했다. 지금까지 공무원으로 근무해오면서 이렇게까지 공무원을 나쁘게 매도하는 사람은 처음 보았다.

그래서 나는 그 사람이 정말 이 지역에 대단한 유지이거나 아니면 무엇인가 공무원에 대한 원한이 사무친 사람인 것 같아 이곳에 오랫동안 근무하고 있던 운필 씨에게 물었다. "운필 씨! 저 사람 뭐하는 사람이야?" 그러자 그는 아무렇지도 않은 듯 "신경 쓸 것 없어요. 우리 면에서 관리하는 생활보호대장자인데 원래 저런 사람입니다." "뭐요? 생활보호대상자!" 나는 놀라지 않을 수 없었다.

왜! 무엇 때문에 국가의 도움을 받고 우리가 보살펴주는데 저토록 공무원을 욕할 수 있는가? 이야말로 적반하장도 유분수지. 그래 다음번에 나타나서 오늘 같은 일을 벌인다면 다시는 그러지 못하도록 버릇을 고쳐야겠다고 생각했다. 세상에 아무리 우리가 시민을 위한 공복일지라도 주인이 주인답지 못한 사람은 대접받을 권리가 없다는 것을 보여주어야 한다고 하는 생각이 들었기 때문이다.

며칠 후 또다시 병근이라는 분이 나타났다. 이번에도 역시 무엇이 그리 불만인지는 모르나 민원실을 들어오면서부터 복지부서 여직원인 아름 씨에게 차마 입에서는 담지 못할 욕설을 퍼붓는다. 나는 그 앞으로 다가가서 "아저씨 좀 조용히 하세요! 여기 아저씨만 있습니까?" 하고 엄숙한 어조로 말을 했다. 병근 씨 왈 "야 개새끼야! 너는 무엇 하는 놈이야! 너희 면서기들 우리가 내는 세금 가지고 처먹고 살고 있잖아. 똑바로 해야 할 것 아니야." 나는 병근 씨의 말이 끝나기가 무섭게 소리쳤다.

"이 ○○야 너만 세금내고 사냐. 나도 세금내고 주민을 위해 일하고 있는 거야 ○○야." 어찌나 나의 목소리가 크던지 모든 사람들이 일순간 놀란 토끼 눈이 되었고, 나는 여세를 몰아 병근 씨 쪽으로 달려 나갔다. 나가는 나를 만류하는 동료와 병근 씨를 밖으로 끌어내는 동료 등으로 사무실은 일순간 아수라장이 되었다.

한바탕 소란이 일고 난 상태에서 밖에 나가있는 병근 씨와 나는 인근에 있는 점포에서 음료수를 마시며 그에 대한 이야기를 들을 수 있었다. 병근 씨는 아주 정상적인 사람이었고, 머리가 좋은 사람이었다. 자기가 이렇게 큰소리로 떠들게 된 것도 다 공무원 탓이라고 했다.

처음에 찾아와 상담을 하니 자신의 말에 귀 기울여 주지도 않을 뿐만 아니라 대놓고 무시하기까지 하더라는 것이다. 이후 틈만 나면 가서 큰소리를 쳤더니 때로는 달래기도 하고, 돈도 주고, 참 해 볼만한 장사라는 것이었다. 그리고 어느 누구 하나 자기에 대하여 잘못을 지적하지 않으니 공무원한테는 역시 되지 못한 큰소리가 제일 큰 약발이라는 것을 알게 되었고, 자주 하다 보니 이제는 웬만치 해서 약발이 안 먹히더라나. 그래서 더욱더 강도를 높여 한 것이 습관화 되었는데 오늘에야 임자를 만났으니 이제 이 장사도 다 해먹었다고 너스레를 떤다.

참으로 면서기를 골탕 먹이는 방법도 여러 가지다. 하긴 다 우리가 제대로 주인을 못 모신 탓이다. 어찌되었든 그이후로 병근 씨는 자신의 어려운 점이 있으면 해당부서에 실무자를 만나 조용히 면담을 했지만 가끔씩 막말 하는 병이 도지곤 했다. 오늘도 민원인들이 최고의 무기로 삼아 소리치는 말 "공무원 니들 시민이 내는 세금 갖고 똑바로 해." 헉! 우리도 세금내고 사는데 큰소리는 치는 사람이 장땡인 세상에 사는 우리는 어떤 땡을 잡아야 하나.

청렴이 최고라네

공직자 하면 우선 사회적으로나 윤리적으로 높은 도덕성을 요구하고 또 그럴 것이라고 생각하는 사람들이 대다수인 것만은 틀림없다. 혼탁한 세상에 저 혼자 잘난 척하고 남은 다 부패되었다고 생각하는 사람들, 그중에도 공무원사회가 제일 부패해서 그 냄새 맡기도 싫다고 하는 사람들, 되돌아보면 그저 무엇이 그리 불만이 많은지 나는 그런 사람들을 볼 때마다 내가 정말 청렴하지 않은 것이 다행이라고 생각한다.

남들이 생각하는 청렴의 기준이 무엇인지 모르지만 하여튼 내가 생각하기에는 세상을 남의 손 빌리지 않고 정정당당하게 공개경쟁을 통해 공무원시험에 합격해서 공직생활 열심히 근무하면서 때로는 자영업하시는 분들한테 점심도 대접받고, 사업하는 분들한테 한잔 술도 사드리고, 대접도 받으며 세상 돌아가는 이치가 어떤 것인지 배우면서 둥글둥글 살아왔으니 청렴하고는 약간 거리가 있기 때문이다.

이런 와중에도 내 자신에게 단언컨대 공직자로서 사회적으로 비난을 받거나 품위를 손상시키는 행동은 하지 않았다. 그것은 여러분이 믿거나 말거나지만, 어찌되었든 우리가 살고 있는 이 시대에는 경제를 생각하지 않고는 행복의 질도 생각할 수 없는 세상이 되었다. 청렴이 좋고 안 좋고를 떠나 과거에 선비정신으로는 이미 이 세상은 생존할 수 없는 세상이 되었기 때문이다. 길 가는 누구를 막고 물어보라! 당신은 돈이 좋은가? 안 좋은가?

우리 역시 오늘 지금의 자리에서 근무하면서 아무리 국가관을 논하고 책임과 시민에 대한 봉사정신을 요구한다 한들 당장에 무보수로 인하여 가족에 생계가 막막하고 내 배가 고프다면 제대로 된 공직자로서의 업무를 수행할 수 있겠는가? 그래서 정당한 대가의 돈은 있어야 하고 필수적인 것이며 좋은 것이다. 그렇다면 돈은 무엇인가? 아무런 문명의 발달이 없던 그 시기에 우리 인간은 생존을 위하여 사냥이라는 수단을 동원했고 이 역시 살기 위한 생존방법이었다.

근대에 들어 '돈이면 다 된다'는 잘못된 의식과 뇌물 수수의 관행 등 우리 사회에 만연해 있는 물질 만능주의 원인으로 공직 조직에 각종 인·허가업무 등 뇌물 수수의 기회가 항상 존재하고 있는 상황에서 민원인들의 거센 유혹은 도덕성을 최고의 덕목으로 하는 공무원의 비리를 유발시키는 가장 큰 원인이 되었다.

과거에 비하여 개선되고는 있지만 아직까지도 현실적이지 못한 임금 체계와 승진제도, 공무원을 불신하는 사회적 분위기도 공무원 비리 유발에 한 몫을 하고 있다. 공무원 비리를 근절하기 위해서는 공무원 개개인의 도덕성과 투명성 고취를 위한 노력과 이를 뒷받침할 수 있는 사회적, 제도적인 개선이 필요하고, 특히 공무원이 자긍심을 가질 수 있는 사회적 분위기 조성과 현실적 임금 체계 및 업적에 따른 보상 체제, 업무의 투명성 등은 무엇보다 중요한 것이라 생각한다.

시대가 변하면 변하는 만큼 청렴의 기준가치도 변화되어야 하는데 이는 스스로가 자신의 위치를 자각하고 공무원으로서 친절하고 공정한 대민업무의 수행과 소신에 따른 유연한 법규 적용이 무엇보다 중요하며 이를 위해서는 기본적으로 국민을 위해 봉사한다는 자세를 깊이 자각해야 하며, 공무원으로서 긍지와 자부심 그리고 사명감을 가지고 있어야 한다. 이와 함께 자기 계발, 자기 혁신에 보다 충실한 공무원이 바람직하다고 본다.

요즘 정부에서 신지식인 캠페인을 전개하고 있는 것처럼 끊임없는 혁신을 통해 자신의 전문성을 제고하는, 업무의 효율성과 질적 향상을 꾀할 수 있어야 하고, 또한 한 걸음 나아가서는 사회적 부가가치 창출에도 기여할 수 있어야 한다고 생각한다.

그러나 이도 저도 배가 고프면 엉뚱한 짓을 먼저 하게 되니 역시 결론은 우리 공직자도 경제를 알고 정당한 방법으로 투자하여 돈을 버는 방법을 연구해보자. 왜냐고 묻지 말고 꼭 대답을 원한다면 나는 청렴하지 않아 좋다. 요즈음 같이 어려운 세상에 나와 내 가족을 지켜낼 수 있는 직장과 심신을 달래줄 수 있는 보금자리가 있다는 것에 감사할 뿐이다.

들이 대지마

"이 새끼라니, 야! 내가 네 자식이냐!" 강철은 자리를 박차고 일어나 얼굴에 핏발을 세운 채 성난 사자처럼 조직 내 상사인 종팔 씨를 향하여 바짝 다가섰다. 일순간 고요한 적막을 깨뜨리는 막말소리에 자신의 업무에 열중하던 모든 부서원들의 시선이 강철과 종팔 씨 쪽으로 집중되었다.

1993년 3월 어느 날 오후, 그날도 강철은 평상시와 같이 자신의 사무실에서 주어진 업무에 열중하고 있는데 요직부서 상사인 종팔 씨가 한 장의 서류를 가지고와 강철의 책상에 던지며 "이 문서는 너의 계에서 접수하고 처리해"라고 하는 것이었다. 그 문서를 본 강철은 일주일 전부터 자신의 상사인 봉필 씨와 종팔 씨가 업무 처리문제로 서로 핑퐁을 치면서 심한 갈등을 겪고 있는 문서라는 것을 알게 되었다.

그래서 강철은 "실장님, 이 문서는 제가 접수해서 처리할 문제가 아닌 것 같으니 두 분들께서 해결하셔야겠습니다" 하고 말을 하는 순간 종팔 씨가 "어! 이 새끼 봐라"라고 하는 것이었다. 이 말을 듣는 순간 강철이 자리에서 벌떡 일어나며 소리를 쳤다. "이 새끼라니, 야! 내가 네 자식이냐!"

예기치 못했던 강철의 행동에 종팔 씨가 당황하면서 다른 부서원들을 의식한 탓인지 강철을 보고 밖으로 따라 나오라고했다. 강철은 속으로 "그래 오늘 어디 한번 붙어보자" 하고 뒤따라 나갔다. 아무도 없는 터널 같은 긴 복도에서 일순간의 침묵이 흐른 뒤, 갑자기 종팔 씨는 "그만두자" 하면서 계단을 따라 자신의 사무실로 가버렸다. 바짝 독이 올라 있던 강철은 일순간 멍하니 종팔 씨가 내려간 계단만 바라보다가 사무실로 돌아왔다. 밖에서 액션무비가 벌어질 것이라고 예상했던 부서 사람들이 의아해하는 눈치였다. 뭔가 큰 구경거리가 생길 것으로 생각했는데 아무 일 없다는 듯이 강철이 들어오고 있으니 그럴 만도 했다.

이런 일이 있고난 후 얼마쯤 시간이 지나 강철은 조직 내에서 한마디로 상사에게 들이대는 싸가지 없는 직원으로 낙인이 찍히게 되었다. 강철은 일순간에 감정을 조절하지 못하고 종팔 씨와 최악의 관계를 맺게 됨으로써 그 뒤로 알게 모르게 보이지 않은 많은 불이익을 맡게 되었다. 이러한 경험을 하고 난 강철은 가능한 상사가 무시하고 경멸하는 태도를 취하더라도 감정을 자제하고 행동에 조심을 하게 되었다. 그 이유는 조직의 쓴맛을 맛보지 않은 사람은 모른다.

그래서 오늘도 강철은 후배들에게 외치고 있다. "제발 상사들 하고 같이 막말하며 들이대지 마라!" 당신의 행동이 정당하다고 해도 일순간의 들이대는 일들이 빈번해지면 어떤 방법이든 상사는 당신을 시한폭탄으로 생각하고 중요한 순간마다 발목을 잡을 것이다.

시민이 원하는 게 뭔지 알아

생활하면서 작은 편의점에서도 생활필수품 정도는 다 구할 수 있지만 대형할인점에서는 생활필수품뿐만 아니라 그 외에도 많은 것들이 갖춰져 있기 때문에 자기에게 필요한 것들을 구경하고 살 수 있다는 것이다. 미국의 보스턴컨설팅그룹(BCG)이 선정한 세계 5대 혁신기업인 애플, 구글, 3M, 도요타, 마이크로소프트 등은 오늘에 머물지 않고 항상 나은 내일을 설계하고 실천한다는 특징을 보이고 있으며 이들은 대기업임에도 불구하고 다른 기업이 흉내를 내기 전에 변신에 변신을 거듭한다고 한다.

이들은 고객이 미처 깨닫기 전에 고객이 원하는 것을 파악하고 이를 실천에 옮긴다는 것이다. 똑같은 물건을 구입하면서도 우리는 무엇 때문에 고객이 대형할인점을 가는가 하는 문제를 생각해보아야 한다. 결국 고객은 물건을 구입하는 것만으로 만족할 수가 없고 시각적으로 보고 또한 들으며 다른 고객들의 움직임을 통하여 자신의 구매요구를 최대한 충족시키고자 하는 것이다.

우리 시민들을 대하면서 늘 느끼는 것 중 하나가 읍·면·동 또는 구청에서도 해결할 수 있는 문제들도 시간과 경비를 들여 시청까지 와서 해결하고자 하는 시민들이 많다는 사실에 대하여 우리 자신들이 시민의 입장에서 생각해 볼 문제이다. 자신의 행정처리 방법만이 전부라고 생각하고 이를 시민들에게 적용하려 든다면 정작 시민에게 필요한 가장 적절한 방법이 무엇인지 모르기 때문에 행정서비스를 제공한 만큼 만족한 성과를 시민들에게 제공해주지 못하는 우를 범하게 된다는 것이다.

생산성 있는 행정

조직의 성패는 상하 간 또는 동료 간 신뢰와 협력에도 크게 영향을 받는다. 조직은 생리상 그 조직을 구성하고 있는 각각의 객체인 개인들이 서로의 믿음이라는 틀 속에서 추구하는 목표를 수행해가는 곳이다. 개인이 없으면 조직이 없듯이 조직이 없는 개인 역시 생각하기 힘들기 때문이다. 이토록 조직이라고 하는 집단은 혼자만의 힘으로는 공동이 추구하는 목표를 이루기가 어렵기 때문에 서로가 지향하고자 하는 목표가 같아야만 생산성이 올라간다.

생산성이란 무엇인가? 우리가 생산과정에서 투입하는 노동이나 자본, 원재료 등 투입요소가 얼마나 효율성 있게 사용되고 있는지는 결과물로서 얻는 산출량이 부가가치와 비교하여 측정해보면 알 수 있다. 이윤을 목적으로 하는 기업은 생산성 산출문제를 비교분석 하는 것이 그리 어려운 일은 아닐 것이다.

그러나 무형의 서비스를 제공하는 행정은 생산성을 예단하기가 여간 어려운 것이 아니다. 물론 각종 평가 등을 통하여 얼마나 많은 예산의 집행을 통하여 시민의 행정 만족도를 충족시키는가, 하는 문제로 귀결됨으로써 결국은 이것이 생산성의 잣대로도 이용되고 있는 것도 사실이다. 하지만 이제는 과거처럼 예산의 투입만으로 단순히 시민들의 만족도를 증대시킬 수는 없다. 이러한 시도로는 더 이상 변화무쌍한 글로벌 시대에 살아남기도 어려울 뿐만 아니라 일류 자치단체로서의 경쟁력을 갖기 어렵다.

따라서 지금부터라도 단순한 물질적 요소에 대한 의존도보다 지식과 창조성 등 비물질적 요소에 대한 관심을 높여야 한다. 조직은 조직원으로 하여금 지식과 아이디어를 만들어낼 수 있는 상상력과 창의력을 자극하는 문화를 강화시킴으로써 여러 각도에서 이를 실천에 옮길 수 있도록 하는 일이 중요하다.

먼저 조직 내에 팽배해 있는 보수적, 권위주의적 문화를 청산하면서 '나 말고는 어느 누구도 믿어서는 안 된다'는 조직 내 단절 현상을 배척하고 한발 더 나아가 갑작스런 도시화로 인한 시민들의 소득이나 학력, 거주지역, 성별에 따른 계층적 혼란 등을 한곳으로 모을 수 있는 정체성 확립을 하루빨리 이룰 때 비로소 시민을 위한 생산성 행정은 제대로 된 평가를 받을 것이다.

찬밥도 데우면 뜨겁다

누구나 다 인생에 있어 자신이 원하는 최고의 자리에서 성공했다는 소리를 듣고 싶은 것은 자명한 일이다. 그곳이 기업이든 우리 공조직이든 사람들이 모여 한 집단을 이루고 생활하는 곳이라면 더욱더 그렇다. 직장생활을 하다 보면 가족보다는 더 많은 시간들을 그들과 함께 보내게 되니 어찌 보면 가족보다도 더 귀한 사람들일지도 모른다. 그러나 자세히 내부를 들여다보면 함께하는 그들이 때로는 자신의 경쟁자로서 치명적인 상처를 주는 경우가 비일비재하다. 정글의 법칙에서나 일어날 법한 약육강식이 엄연히 존재하는 현실이기 때문이다. 강한 자만이 살아남은 곳에 집단의 무리를 이루고 자신의 몸을 보호하기 위한 동물적 본능을 우리 인간도 가지고 있기 때문일 것이다.

과거나 지금이나 권력이 존재하는 곳에는 늘 그것을 사용하려는 자와 이용하려는 자가 존재하기 마련이고, 또한 이로 인하여 남보다 먼저 자신의 목적을 달성하는 자가 있기에 이 유혹을 물리치기는 쉬운 일이 아니다. 우리 공조직도 예외일 수만은 없다. 다른 점이 있다면 관선단체장이 권력을 장악하고 있을 때에는 지역의 토착세력이 중심이 된 학연, 지연이 얽힌 그룹화에서 권력을 형성해 나갔다면 민선단체장이 선거에 의하여 선출되고 나서는 단체장을 중심으로 한 세력들이 권력을 형성하고 있다는 점이다.

이런 과정에서 현실을 빨리 직시하고 중심세력에 연결된 사람은 승승장구하는 반면, 반대쪽에 있는 사람은 하루아침에 중심세력에 밀려나 변방에서 북소리만 내고 있는 꼴이 된다. 그러나 이도저도 아닌 사람들은 중심을 지킨다는 명분아래 자신의 소임을 다하고 있다고는 하지만 이들이야말로 더욱더 외톨이가 될 수밖에 없고, 그러다 보니 선거기간 내 공무원의 중립성을 지킨 사람들은 늘 찬밥 신세다.

이유는 간단하다. 이미 상층부에 있는 사람들은 그들 나름대로 줄을 서서 권력을 잡은 사람은 사람들대로 실패한 사람들은 사람들대로 집단화되어 서로를 감싸주는 자기들만의 보호막이 있기 때문이다. 알게 모르게 이런 그룹들이 모여 자신들만이 최고라고 생각하고 요직이라고 하는 자리를 차지하고자 오로지 모시는 사람을 상징적으로 받들며 자신의 노선이 아니라고 하는 사람들을 배척하는 것을 보면 과연 우리에게도 지켜야 할 정도는 있는 것인지 회의가 든다. 찬밥도 데우면 뜨거워진다는 것을 그들도 알고 있을 것이다. 이제는 과거의 방식을 버리고 한솥밥을 먹는 가족과 같은 소중한 존재로서 우리 모두가 주류, 비주류를 떠나 함께해야 한다.

우리가 먼저 좋아야지

즐겁고 행복해질 수 있는 방법에 대하여 말해 보라고 하면 나는 자신에게 먼저 이렇게 묻고 싶다. 지금하고 있는 일이 진정 내 자신이 좋아서 하는 일인가? 사실은 대다수 사람들은 이 물음에 명쾌하게 그렇다고 답하지 못한다. 나 역시 현재하고 있는 일들에 대하여 그리 좋아서 하고 있지는 않다는 것을 스스로가 알고 있기 때문이다. 그래서 늘 겉으로만 즐겁게 보일 뿐 마음은 항상 공허하다.

그렇다면 진정 좋아하는 일들을 하는 사람들의 모습은 어떤 것일까? 그들은 즐거운 일을 하고 있기 때문에 스트레스 따위는 느끼지 않고 눈앞의 일에 집중하고 있기 때문에 순간, 순간을 최선을 다하여 살 수 있다. 〈바람의 딸, 우리 땅에서다〉의 저자인 한비야 씨는 오지 여행가보다 이제는 긴급구호활동가로 우리에게 더욱 친숙하다. 이런 사람들은 과거나 미래로 의식이 향하는 경우는 없고 현재의 즐거움을 만끽한다. 그 결과 늘 설렘과 충족감 자신 스스로의 행복감에 남들이 상상도 할 수 없는 일들을 해내고 있는 것이다. 이런 사람들의 주변에는 끊임없이 사람들이 모여든다고 한다. 좋아하는 일을 즐겁게 하다 보니 정열이 발산되면서 주위 사람들에게 많은 이야기를 하게 되고, 이 과정에서 주위 사람들은 그 사람의 정열에 공감하고 흥미를 느끼기 때문이다. 정열은 다른 사람에게 빠른 속도로 전염되는 힘이 있기에 어느 순간 문득 정신을 차려보면 다양한 사람들이 주위에 모여 있다는 사실을 깨닫게 되는데 당신의 뜨거운 정열이 사람들을 끌어들이는 힘을 갖고 있기 때문이다.

우리가 하는 일도 이와 똑같다. 무슨 일이든 자신 스스로가 진정 즐겁게 일을 할 때 시민들도 즐거울 것이다. 당신이 의욕과 정열을 갖고 행한 오늘의 행정서비스는 잔잔한 호수에 던져진 작은 돌멩이가 물결을 일으키듯 제공받는 시민들의 입소문을 통해 퍼져나갈 것이다.

남성들의 또 다른 경쟁

남자로 태어난 것에 감사한 적 없는 나로서는 때로는 내가 여성이었으면 하는 생각을 해본 적도 있다. 한때는 지금의 내 얼굴을 가끔은 거울에 내밀면서 이 정도면 괜찮은 남자들이 데이트하자고 많이도 치근대지 않았을까 하는 얼빠진 망상에 사로잡힌 적도 있다. 통상적으로 남자들은 성장해가면서 자신의 삶을 위한 직업을 가져야 하고, 한 가정을 이루면서 가장으로서 가족을 책임져야 하는 숙명을 가지고 태어난다. 이 중에서도 결혼 연령기가 되어 자신에게 적절한 배우자를 고르는 일이야말로 선택하기 어려운 문제이다. 어떠한 여성을 만나느냐에 따라 남성의 사회적 위치나 경제적 상황도 일시에 달라지기 때문이다.

문제는 남성보다는 여성의 선택권이 더 중요한 변수로 작용하기 때문에 요즘 말로 작업을 다해놓고도 뜻을 이루지 못하고, 극한행동으로 인생을 종치는 경우도 있다. 모든 것이 하나같이 경쟁 속에서 살아남기 위한 몸부림은 남성들을 더욱 우울하게 만들기도 하는 요인이다. 지성을 가진 인간의 세상에서 잠시 등을 돌려 동물의 세계를 들여다보면 그 경쟁은 눈물겹다.

암컷 말똥구리는 수컷을 고를 때 말똥을 가장 많이 굴려서 오는 수컷만을 선택하는데 영양분을 많이 갖고 오는지 만을 고려할 뿐 다른 것은 생각지 않아 대부분의 수컷들은 암컷의 선택에 발목이 잡혀 다른 수컷들과 경쟁을 벌여야 한다. 때때로 수컷들은 암컷을 얻기 위해 목숨을 건 싸움도 마다하지 않는다. 사슴, 소, 사자, 고릴라 등이 이런 예이다. 승리한 수컷은 암컷 무리를 지배하게 된다. 고릴라의 세계에서는 가장 크고 힘이 세고 위협적인 수컷들만이 번식을 할 수 있고 평균적으로 지배하는 수컷들은 다른 동료 수컷들보다도 더 크고 힘세고 위협적이다. 수컷 고릴라들은 암컷보다 훨씬 크고 힘도 세고 난폭하고 몸무게도 거의 두 배 이상 나간다. 채식동물인 고릴라 에게는 몸의 크기와 사냥이 아무런 관계가 없다. 수컷이 이런 몸집을 필요로 하는 이유는 오로지 배우자를 차지하기 위함이다. 수컷 고릴라가 처음으로 암컷 무리들을 차지했을 때 이전 수컷에게서 태어난 새끼들을 죄다 죽여 버리기도 한다. 이렇게 함으로써 경쟁적인 유전자들을 제거하고 동시에 새끼를 양육하는 어미를 빨리 임신시킬 수 있기 때문이다.

인간인 경우에도 동물처럼 노골적이지는 않지만 다양한 방법으로 여성은 남성에게 성적 신호를 보내고 남성들은 이에 맞춰서 동물만큼이나 본능적이고 고차원적인 경쟁을 한다. 여성들을 향한 남성들의 경쟁은 가뜩이나 힘든 세상에 이래저래 피곤하다. 그래도 여성은 위대하니 아직까지 배우자를 못 고르신 남성분들 자신의 짝을 찾기 위한 경쟁의 대열에 합류하여 새로움을 느껴보기 바란다. 용기 있는 자가 미인을 얻을 수 있다고 하니 조만간 그대에게 행운의 여신이 미소를 띠며 다가올지도 모르는 일이다.

누군가 공범이 있다

우리는 사회가 주입시키는 사고방식이나 마음가짐에 크게 영향 받는다. 남의 말 하기 좋아하는 사람들은 자신과 아무런 관계가 없는 일에도 그저 신바람이 나서 맞장구를 치거나 무슨 대단한 정보라도 얻는 것처럼 행동한다. 상대방을 만난 적도 없고 그렇다고 특별히 인연을 맺은 적도 없는데 우연히 들은 이야기를 제3자에게 더 보태서 비난의 소리를 함으로써 예상치 못하게 피해를 주곤 한다. 그야말로 당하는 사람의 입장에서 보면 너무 억울한 일이다. 그렇다고 일일이 나는 그런 사람이 아니라고 변명하자니 이 또한 쉽지가 않다. 오죽하면 말은 한 입, 한 입 건너갈수록 풍선 불듯이 부풀려진다고 했겠는가?

"형님! 섭이 좀 빨리 데리고 와야겠어요! 늦으면 문제가 심각해질 것 같습니다."

나는 후배의 다급한 목소리에 일손을 놓고 그를 쳐다봤다. "왜 무슨 일인데?" "글쎄 그건 잘 모르겠고 내가 알기로는 형님이 섭이하고 의형제로 알고 있으니 이 상태에서 해결할 분은 형뿐이 없으니 얼른 연락을 취해보라"는 것이었다. 영문도 모르고 섭이에게 핸드폰으로 전화를 했지만 받지를 않았다.

섭이가 사는 집으로 가서 계수씨를 만나 어디 있는지 알아보라고 했고 잠시 후 통화가 되었는데 아산만 방조제인 삽교천에 가 있었다. 무슨 일인지는 모르지만 내가 모든 것을 해결해 줄 테니 나만 믿고 돌아오라고 했는데 섭이는 죽고 싶다는 말만 되풀이 했다. 그래도 내가 간곡하게 재차 설득을 하자 섭이는 오겠다는 약속을 했다.

내가 섭이를 만나 알게 된 것은 그가 처음 수습사원으로 우리 부서에 발령 받았기 때문이다. 워낙 말이 없고 성실한 사람인지라 많은 부서 선배들이 아껴주었다. 그중에서도 나와는 아주 가깝게 지냈다. 마치 친동생 같은 생각이 들었다. 섭이 역시 집에서 형이 없는 터라 나를 믿고 따라 주었다. 어느 날 섭이는 자신의 집으로 나를 초대하였고, 섭이의 부모님께 인사를 드리게 되었다. 섭이 아버지는 자신의 부족한 아들을 잘 보살펴주어서 고맙다고 내 손을 꼭 잡으며 친동생으로 여겨줄 것을 몇 번이고 당부했다. 그런데 섭이 아버지가 무언가 이상하다는 것을 느꼈다. 내가 하는 말을 잘 이해하지 못하시는 것 같았다. 나중에 안 사실이지만 섭이 아버지는 청각 장애자였다. 전혀 알아듣지를 못하는 것은 아니었지만 보통사람이 말하는 것으로는 잘 알아듣지를 못하셨다. 나는 그런 섭이 아버지의 자식에 대한 깊은 사랑에 가슴이 저려왔고, 그 이후부터 섭이를 친동생 이상으로 생각하며 같은 직장에서 생활해 왔다.

세월이 흘러 섭이도 한 가정을 이루었고 우리는 같은 부모 밑에서 자란 사람들은 아니었지만 그 이상의 형제의 우정을 나누며 살아왔던 것이다. 그러던 그가 곤경에 빠져있었고 죽고 싶다는 이야기를 할 때 나는 그저 자초지종을 물어볼 겨를 없이 모든 것은 내가 책임진다고 했고, 섭이는 돌아와서 감사부서 팀원들에 이끌려 조사를 받기 시작했다.

섭이는 돌아온 그날 밤늦게까지 조사를 받게 되었는데 다음날은 나에게 오라는 지시가 내려졌다. 감사부서에 가서 섭이를 만났고, 그때서야 사태가 심각하다는 것을 알게 되었다. 섭이가 3억이라는 자금을 횡령하기 위한 단계에서 발각된 사건이었다. 나는 어이가 없었지만 일단 미수로 끝난 사안인 만큼 섭이에게는 나중을 생각해서라도 있는 그대로 당시의 정황을 이야기하고 불리한 진술을 해서는 안 된다고 했다.

그러나 이미 진술서를 작성했다고 했으며 그 과정에서 조사팀장이 폭언과 함께 때리기도 했다고 하면서 울먹였다. 나는 화가 나서 "여기가 검찰도 아닌데 그렇다고 네 의중과는 다르게 진술을 하면 어떡하느냐"고 하면서 섭이를 질책했다. 그리고는 섭이의 직속상관을 방문하여 조사 진행과정에서의 불미스러운 일들에 대한 것을 언급하고 잘 좀 돌봐줄 것을 당부했다.

이 말이 문제의 발단이 된 것은 그로부터 며칠이 지난 후였다. 감사 내부에서는 섭이같이 착실하고 성실한 사람이 혼자 이 일을 도모한 것이 아니라 누군가 또 다른 공범이 있을 것이라는 이야기를 했고, 나를 은연중 지목하면서 경위서를 작성하라는 지시가 떨어졌다. 참으로 어이가 없었다. 내가 무엇 때문에 경위서를 써야 하는지 영문을 몰라 감사부서에 물었더니 진행 중인 감사에 대하여 폭언과 강압을 했다고 외부에 쓸데없는 말을 해서 감사업무에 지장을 초래했다는 것이었다. 그리고는 감사부서장은 나를 불러 세운 상태에서 여러 부서원 앞에서 차마 입에 담지 못할 모멸감을 주었다.

당시 나는 일부 후배들이 먼저 승진한 상태에서 나름대로 마음고생을 하고 있었을 때였다. 너무나 어이없는 질책에 내 가슴에 분노가 폭발직전에 있었음을 깨닫게 된 것은 책상에 의지한 내 손이 순간적으로 부르르 떨리고 있었기 때문이었다. 이 상태로 그냥 당할 것이냐, 아니면 책상을 둘러엎고 상사의 멱살을 잡고 박살을 낼 것인가, 하는 갈림길 속에서 나는 아무 말 없이 속으로 울분을 참아내는 쪽을 선택했다. 여기서 이것을 극복 못하면 그나마 다음 승진은 물 건너갈 것이 뻔하다는 계산을 했기 때문이다.

참으로 그 와중에도 참아야 한다는 명분을 스스로 만들어냄으로써 충돌의 위기는 넘겼지만 그것으로 끝난 것은 아니었다. 이 일이 있고난 후 내부에서 여러 가지 정황을 들어 나를 다른 곳으로 인사 조치를 한다는 이야기가 나돌았고, 섭이는 결국 공금횡령으로 내부고발과 함께 구속되었다. 내 단순하고 무지한 생각만으로 섭이를 설득하여 돌아오게 하고 조사받게 한 것이 후회되는 순간이었다.

섭이를 비롯한 그 부서 내 부서장이나 부서원 누구도 책임지려는 모습은 없고 오로지 섭이만을 죽일 놈으로 몰아가는 것을 보고 이때 처음 나는 우리 공조직이 얼마나 냉정하고 비정한 것인가를 알았다. 섭이가 근무하는 데 있어 지도감독 할 위치에 있거나 같이 근무하던 동료들은 모두 하나같이 자신의 신상에 불이익이 올까 전전긍긍하는 모습을 보였기 때문이다. 섭이가 구속수감 되어 재판을 받은 동안 나는 그의 가족들과 상의하여 변호사를 선임했고, 나름대로 노력했지만 섭이는 1년 6개월의 구형을 받았다.

가족의 생계를 책임지고, 인생을 도약할 중요한 시기에 섭이는 자신의 잘못된 행동으로 영어의 몸이 된 채 공직생활을 마감했다. 그 후로 나는 섭이에게 마음의 빚을 진 사람이 되었고 그로 인해 맺어진 모든 관계도 세월의 뒤안길 속에서 멀어져갔다. 내가 섭이의 일로 얻은 값진 것이 있다면 공직생활 속에서는 원칙에 준한 것만이 내가 살아남은 길이며 업무 중 일어난 자신의 과오에 대하여 상사들은 누구도 책임지지 않는다는 것을 알게 되었다. 오로지 자신만이 책임질 뿐이다. 앞으로 나 역시 어떠한 일이 있더라도 부서원의 일에는 관여하지 말아야겠다. 또 다시 공범으로 몰리면 정말 곤란하기 때문이다.

나는 나다

이 세상의 어디에도 나와 똑같이 생긴 사람은 없다. 나와 어느 정도 닮은 사람은 있어도 정확히 나와 똑같은 사람은 없다. 따라서 나로부터 나오는 모든 것은 진정한 나만의 것이다. 내 자신이 그걸 선택했기 때문이다.

나의 모든 것은 내 소유이다. 나의 육체와 육체가 하는 모든 것이 나의 것이다. 마음과 마음속에 담긴 생각, 사상 모두가 나의 것이다. 내 눈과 눈에 비치는 모든 모습들이 나의 것이다. 내 감정은 모두 나의 것이다.

분노, 슬픔, 기쁨, 좌절, 사랑, 실망, 흥분 모든 것이, 내 입과 입에서 나오는 모든 말이 나의 것이다. 공손한 말, 부드럽고 거친 말, 정확하고 부정확한 말 모두가, 그리고 나의 목소리도 나의 것이다. 큰 소리든 작게 속삭이는 소리든, 나의 모든 행동, 그것이 남에게 하는 행동이든 나 자신에게 하는 행동이든 모두가 나의 것이다.

나의 환상, 나의 꿈, 나의 희망, 나의 두려움도 나의 것이다.

나의 성공과 승리, 나의 실패와 실수도 나의 것이다. 내 모든 것이 나의 것이기 때문에 나는 내 자신과 친해질 수 있다. 그리고 그렇게 함으로써 나는 날 사랑하고, 또 나의 모든 부분과 친구가 될 수 있다. 그럴 때 나의 모든 부분은 나의 깊은 관심과 애정 속에서 활동할 수 있다.

나의 어떤 부분은 날 당황시키고, 또 어떤 부분에 대해선 내가 모르는 것도 있다는 걸 난 안다. 하지만 내가 나 자신을 사랑할 때, 난 용기와 희망을 갖고 그 모르는 부분들을 해결 할 수 있다. 또한 나 자신에 대해 더 많은 것들을 발견할 수 있다. 이 순간에 내가 어떻게 보이고 어떻게 들리든, 내가 무엇을 말하고 행동하든, 내가 무엇을 생각하고 느끼든, 모든 것은 나의 것이다. 그것이 이 순간 나의 진정한 모습이기 때문이다.

훗날에 가서 돌이켜 보면 과거의 나의 모습, 내가 한 행동, 내가 한 말과 생각 등이 나한테 맞지 않았다고 여겨질 수도 있을 것이다. 그러면 그때에 가서 나는 그 맞지 않는 부분들을 버리고 맞는 부분들을 간직할 수 있다.

나는 보고, 듣고, 느끼고, 생각하고, 말하고, 행동할 수 있다.

나는 생존하고, 타인과 가까워지고, 창조적인 일을 하고 외부의 사물과 사람들의 세계를 이해해 나갈 수 있다. 나는 나의 것이며, 그러므로 나의 주인은 나다. 나는 나이며, 나는 그 자체로 완벽하다.

– 버지니아 스테어

존재하는 것은 모두가 소중하다

경쟁의 냉혹한 현실에서 일등과 최고를 추구하면서 남보다 더 잘살고, 더 행복해지기 위하여 타인에 대한 어려움과 불편함에 대하여는 아랑곳하지 않고 있다. 이런 이기적 태도는 뜻하지 않게 다른 사람들에게 마음의 상처를 주게 되고 함께 살아갈 수 있는 존재의 의미마저 상실하게 한다. 세상에 살아있는 것이나 움직이지 않은 모든 것들은 나름대로의 존재하는 의미가 있게 마련이다. 깨진 물 항아리를 통해서 우리는 자신보다 못한 사람들도 함께 살아가야 하는 충분한 이유를 알게 된다.

물 항아리 두 개가 있었다. 그들은 벌써 2년째 호흡을 맞춰 일을 하고 있었는데. 그들이 하는 일은 물을 길어 나르는 지게꾼의 지게 양쪽에 매달려 주인집으로 물을 옮겨다 주는 것이었다. 그러나 강가에서 물을 길어 주인집 마당에 있는 항아리에 물을 부으면 어쩐 일인지 두 항아리가 채워지는 것이 아니라 한 항아리와 반 항아리만 채워지곤 하였다. 지게꾼은 2년 동안이나 한 항아리 하고도 반 항아리의 물을 매일같이 주인집으로 퍼 날랐지만 낡고 금이 간 항아리를 버리지 않고 언제나 소중히 한쪽 지게에 매달고 물을 길러 다녔다. 물론 완벽한 항아리는 자신이 굉장히 잘한다고 생각하며 뭔가 의기양양해 하였지만, 겨우 반 정도의 물을 나르는 낡고 금이 간 항아리는 자신이 일을 못한다고 부끄럽게 생각하였다.

그러던 어느 날 지게꾼이 잠시 휴식을 취하기 위해 길가에서 숨을 돌리고 있는데 낡고 금이 간 항아리가 지게꾼에게 말했다. "나는 내 자신이 창피해죽겠어요. 그리고 당신에게 사과하고 싶어요." "왜 뭐가 창피하다는 거지?" "강에서 물을 가득 채워도 나는 주인집에 겨우 반밖에 가져갈 수 없잖아요. 잘 아시겠지만 내 몸에는 금이 가 있잖아요. 그 틈으로 물이 새기 때문에 나로서는 어쩔 수가 없어요. 나 때문에 당신이 늘 고생 하는 게 너무 미안합니다." 그 말을 들은 지게꾼은 낡고 금이 간 항아리가 측은하게 생각되어 위로해주었다. "낡고 금이 간 항아리야! 강가에서 주인집으로 가는 길가를 잘 살펴보아라. 네가 매달린 쪽으로 예쁜 꽃들이 피어있는 것을 보지 못했니? 그런데 완벽한 항아리가 있는 쪽은 어땠지? 꽃 한 송이도 볼 수 없었을 거야. 너는 길가의 꽃들에게 사랑을 준 거란다. 아마 네가 아니었다면 결코 꽃을 피울 수 없었을 거야!" 금이 간 항아리는 그제야 자신의 존재가 얼마나 소중한 것인가를 알게 되었다.

실패가 두렵다

꿈이 있는 인생은 항상 희망적이다. 또한 꿈이 있는 인생은 항상 행복하다. 인생에서 꿈은 기계의 모터와 같고, 자동차의 휘발유와도 같으며, 땅속의 수분 그리고 식물의 영양소와도 같다. 우리에게 인생에 대한 목표와 방향성을 제시해주고, 열정과 끊임없는 원동력을 제공해준다는 데 꿈의 의의가 있는 것이다. 성공한 사람은 누구나 할 것 없이 위대한 꿈을 갖고 있다. 꿈은 그들이 앞을 향해 나아갈 수 있는 원동력이 되어 고난을 두려워하지 않고, 권위에 도전할 수 있도록 해준다.

모든 인간은 안전지대에 머물려고 하는 본능적 욕구를 가지고 있다. 부와 명예를 얻은 상태라면 더욱 그러할 것이다. 그러나 그 편안함 속의 안전지대에는 비수가 숨어있다. 현재의 편안하고 즐거운 생활에 만족하면, 언젠가는 그곳에서 굴러 떨어지는 비극을 겪을 수도 있다는 것이다. 현실 속에서 안주한다고 영원한 안식이 보장되지 않는다. 오히려 스스로를 안락사 시킬 뿐이다. 그러나 인간의 안주욕구 뒤에는 그것을 파괴하고 뛰어넘고 싶어 하는 욕구도 있다.

그것이 바로 도전욕구이다. 이 점이 바로 다른 생명체와 인간이 다른 점이다. 도전욕구야말로 인간의 위대한 본성이며 프로를 지향하고자 하는 근성이다. 실패가 두려운 게 아니라 도전하지 않는 게 두려운 것이다. 100% 완벽한 실패를 해야 그게 내 것이 된다. 실패를 하더라도 최선을 다하는 도전을 해야 한다. 성공은 또 다른 성공의 고지를 가리키는 안내판일 뿐이다. 한 번의 성공은 인생의 게임 오버를 알리는 차임벨이 아니다. 값진 성공을 거둘수록 가슴속에서 터져 나오는 절규에 귀를 기울이자.

믿음에 대한 책임

사랑이란 열정이 시들어버린 후에도 함께 힘을 다하여 서로 도와주며 곤경을 헤쳐 나가는 것이다. 한 사람을 사랑한다고 해서 반드시 그를 소유할 수 있는 것은 아니다. 그러나 일단 한 사람을 소유하게 되면 반드시 성심성의를 다해 사랑해야 한다. 이것이 바로 책임이다. 되돌아보는 시간들과 다가올 시간들에 대하여 우리는 의외로 외롭고 불안해한다.

어느 해인가 KDI(한국개발연구원)가 발표한 사회적 자본 실태종

합조사 보고서 내 국민신뢰도 조사에 따르면 국회, 정당, 정부, 지방자치단체가 최하위를 가리키고 있다는 사실과 더불어 국민들의 70% 이상이 공직자 2명 중 1명은 부패했다는 인식을 갖고 있다니, 어쩌다 우리가 이 지경이 되었는지 자학과 함께 숙연해지기까지 하다. 참으로 현대인들은 오래된 도마처럼 상처가 많고 피할 곳 없고 의지할 곳 없이 비바람 부는 언덕의 나무처럼 다들 힘들게 살아가나 보다.

우리가 그토록 나름대로 시민을 위해 변화의 몸부림을 하고 있건만 아직도 그들은 우리 집단을 이 시대에 같이 동행할 수 없는 조직으로 알고만 있는 것은 아닌지 답답하기만 하다. 이제는 너무나 극단적이고 자극적인 말에 익숙하고 가슴속에 흘린 눈물이 많아 여름 작열하는 태양빛의 가뭄 끝에 포도송이처럼 가슴이 말랐고, 사람 때문에 자주 놀라다 보니 이제는 차라리 너무 외롭기까지 하다. 하지만 이런 삶의 한가운데에서도 우리는 포기할 수 없다. 현실이 우리에게 상처를 주고 또 다른 상처를 준다고 해도 그 상처는 시간과 세월이라는 놈 앞에 치유되기에 오늘도 열심히 살아야 한다며 아침마다 자리를 박차고 일어나 마른 가슴을 열어 눈물을 채우고 다시 사랑하는 우리들이 되어야 하기 때문이다. 아무리 괴로워도 결국은 시민들의 행복한 삶을 위하여 우리 조직은 필요한 존재임을 스스로 자각하면서 신뢰를 받을 수 있도록 노력해야 한다. 시민들이 있어 우리가 행복하고 용인시에 근무하고 있는 우리 모두는 "너무 자랑스럽다"고 그리고 "정말 잘하고 있다"며 가슴으로 힘차게 보듬고 나가야 한다. 그러기에 오늘도 하루를 보내면서 우리가 할 일은 지난 시간들에 대한 아픈 상처들을 서로 따뜻한 가슴으로 어루만지며 사랑과 격려의 박수를 보내는 일이다.

둘러메치나 내다메치나

"모로 가도 서울만 가면 된다"는 속담이 있다. 이는 우리가 어떤 일을 추진할 때 그 일에 대한 과정보다 결과론을 중시하는 데서 비롯된 것이다. 말 중에도 앞뒤로 읽어도 똑같은 말들이 있다.

다들 잠들다.

아 좋다 좋아.

다시 합창 합시다.

소주 만 병만 주소

색갈은 짙은 갈색

다 같은 것은 같다

바로크는 크로바

다 이뿐이뿐 이다

여보 안경 안보여

통술집 술통

짐 사이에 이사짐

나가다 오나 나오다 가나

다리 그리고 저고리 그리다

소 있고 지게지고 있소

다시 올 이월이 윤이월이옵시다.

다 가져가다

건조한 조건

기특한 특기

다 이심전심이다

자 빨리 빨리 빨자

자꾸만 꿈만 꾸자
다 같은 금은 같다
다 좋은 것은 좋다
생선 사가는 가사선생
여보게 저기 저게 보여
다 큰 도라지일지라도 큰다
대한 총기공사 공기총 한 대
아들 딸이 다 컸다 이 딸들아
지방상인 정부미 부정인상 방지
가련하다 사장집 아들딸들아 집장사 다 하련가

함께 갈수 있는 단 한 사람

죽음 앞에서 태연한 사람은 없다. 누구나 죽음은 두려운 존재가 아닌가? 언제부터인가 나 역시 죽음에 대한 두려움을 느끼기 시작했다. 남들은 나이가 들면 들수록 죽음에 대하여 초연하다고 하는데 나는 그렇지 않은걸 보면 아직도 철이 덜 든 모양이다. 솔직한 표현으로 지구가 망하는 날까지 살고 싶은 것이 내 욕망이다. 하지만 안타깝게도 인간이 역사를 만들어온 이후로 불로장생한 사람은 단 한 사람도 없으니 나 역시 언제가 죽음을 맞이할 것이다. 모든 부귀영화를 누렸던 중국의 진시황도 결국은 죽을 수밖에 없었으니 나 같은 필부가 더 이상 죽음을 논한다는 것은 한낮 쓸데없는 기우에 불과한 것이다.

네 명의 아내를 둔 남자가 있었다. 그는 첫째를 너무 사랑한 나머지 자나 깨나 늘 곁에 두고 살아갔다. 둘째는 아주 힘겹게 얻은 아내였다. 사람들과 피투성이가 되어 싸우면서 쟁취한 아내이니 만큼 사랑 또한 극진하기 이를 데 없었다.

그에게 있어서 둘째는 든든하기 그지없는 철옹성과도 같은 존재였다. 셋째와 그는 특히 마음이 잘 맞아 늘 같이 어울려 다니며 즐거워했다. 사랑도 내리 사랑이라고 했는데 어찌된 일인지 이 남자는 넷째에게는 별 관심이 없었다. 이상하게도 그녀는 늘 하녀 취급을 받았으며, 온갖 궂은일을 도맡아 했지만 싫은 내색을 전혀 하지 않고, 그저 묵묵히 그의 뜻에 순종하기만 했다.

어느 날 그가 머나먼 나라로 떠나게 되어 첫째에게 같이 가자고 했으나 첫째는 냉정히 거절했고, 그는 엄청난 충격을 받았다. 둘째에게도 가자고 했지만 첫째도 따라가지 않는데 자기가 왜 가느냐고 역시 거절했다. 그는 셋째에게 같이 가자고 했지만 "성문 밖까지는 배웅을 해줄 수 있지만 같이 갈 수는 없습니다"라고 잘라 말했다. 그는 마지막으로 넷째에게 같이 가자고 말했다. 넷째는 기쁜마음으로 "당신이 가는 곳이라면 어디든 따라가겠습니다" 하는 게 아닌가? 이렇게 하여 그는 넷째 부인만을 데리고 머나먼 나라로 떠나갔다.

잡아함경에 나오는 이 이야기에서 '머나먼 나라'는 저승길을 말하고 네 명의 아내를 둔 남자는 우리 인생을 말한다. 첫째 아내는 '육체'를 비유한 것인데, 육체가 곧 나라고 생각하며 함께 살아가지만 죽게 되면 우리는 이 육체를 데리고 갈 수 없다. 사람들과 아귀다툼을 하고 피투성이가 되어 싸우면서 얻은 둘째 아내는 '재물'을 의미한다. 모든 것을 해결해줄 것만 같은 든든하기가 성과 같았던 재물도 우리와 함께 가지는 못한다. 셋째 아내는 '일가, 친척'들을 말한다. 마음이 맞아 늘 같이 어울려 다니던 이들도 문 밖까지는 따라와 주지만 끝까지는 함께 가 줄 수는 없는 것이다. 슬픔으로 가는 나를 아쉬워하지만 그들도 시간이 지나면 조금씩 나를 잊어버린다. 같이 가고자 했던 넷째 아내는 바로 '마음'이다. 살아있는 동안 별 관심도 보여주지 않고 궂은 일만 도맡아 하게 했지만 죽을 때 어디든 따라가겠다고 나서는 것은 마음뿐이었다.

내가 가는 길에 동행할 수 있는 것은 자신의 마음뿐이니 지금 이 순간부터 우리는 어느 임을 잘 보살필 것인가 깊이 생각해 볼 일이다.

소중한 시간들

세상에는 수많은 사람이 있다. 그러나 그 중에서 당신이 내게 가장 소중한 것은, 당신과 내가 함께 나누었던 그 시간들이 소중하기 때문이다. 물에는 저절로 흐르는 길이 있다.

물은 그저 그 길을 따라 흘러갈 뿐이지 자기의 뜻을 내세우지 않는다. 그것이 '인생'이라는 격류 속을 순조롭게 헤엄쳐가는 묘법임을 알자. 역경을 굳이 피하지 않고 순리대로 살아갈 때 내 인생은 유유히 흘러갈 수 있다.

물고기들은 잠을 잘 때 눈을 감지 않는다. 죽을 때도 눈을 뜨고 죽는다. 그래서 산사 풍경의 추는 물고기 모양으로 되어 있다던가. 늘 깨어 있으라고. 나는 나뭇잎 떨어지듯 그렇게 죽음을 맞고 싶다. 비통하고 무거운 모습이 아니게, 아무렇지도 않다는 듯 가볍게. 기실 제할 일 다 하고 나서 미련 없이 떨어지는 나뭇잎은 얼마나 여유로운가. 떨어지는 마지막 순간까지도 이 세상에 손 흔들며 작별하지 않는가. 슬픔은 방황하는 우리 사랑의 한 형태였다. 길을 잃고 헤매는 우리. 새는, 하늘을 나는 새는 길이 없더라도 난다.

길이 없으면 길이 되어 난다. 어둠 속에서도 훨훨훨….

남자는 왜 바람을 피우는가?

남자들이 바람을 피우는 두 가지 이유가 있다. 첫째 지금 만나는 여자나 함께 사는 여자에게서 식상할 경우이다. 내 여자에게서 새로운 것을 더 이상 발견하기 어려울 경우 남자는 바람을 핀다는 것이다. 둘째 다른 하나는 우연한 이유로 여자가 생겨서 사랑에 빠진 경우라 할 수 있다. 전자의 경우가 스쳐가는 바람이라면 후자의 경우는 허리케인이라고나 할까?

그만큼 위력도 충격적이라 할 수 있다. 그렇지만 양자의 경우가 아니더라도 남자는 생리학적으로 바람둥이 속성을 타고난다고, 어느 성인이 말했다. 이 세상에 여자만큼이나 강한 유혹이 한 가지만 더 이상 있었더라도 결코 득도하지 못했을 것이라고….

여자들은 남자들의 이런 행동을 이해하지 못할 것이다. 남자는 적절한 기회만 주어지면 언제라도 출격할 수 있는 로켓과 같다. 다만 처해있는 상황이나 이때까지 나름대로 쌓아온 교양, 의지력 등 이런 것들이 복합적으로 작용해서 그럭저럭 견뎌내는 것이다. 내 애인은 또는 내 남편은 괜찮겠지 하고, 100%로 믿는 것은 좋지만 믿는 도끼에 발등을 찍힐 수도 있다는 것을 항상 염두에 두는 것이 좋다. 조금은 긴장해 두는 것도 나쁠 것이 없다는 이야기이다.

남자들은 참 순진하게도 여자가 항상 처음 만났을 때의 그 모습을 보여주기를 기대한다. 자기도 달라졌다는 것은 모른 채 말이다. 남자가 바람을 피워놓고 핑계거리를 잡히지 않기 위해서라도 조금쯤은 나 자신을 가꾸고 다듬는 데도 투자를 해야 한다. 우스갯소리이지만 남자들끼리 하는 말로 세상 여자 중에 3대 재수 없는 여자가 있다고 한다. 첫째가 키스하다 트림하는 여자, 둘째는 젖꼭지가 짭짤한 여자.

셋째는 남자가 한참 운동을 하는데 밑에서 방귀 뀌는 여자다. 물론 이런 여자는 거의 없다고 할 수 있지만 문제의 핵심은 여성 자신이 너무 자신만만해져 흐트러져 있는 것보다는 적당히 스스로를 조여 주는 노력이 필요하다는 것이다. 몸과 마음 모두를 말이다.

차도 관리를 잘해야 오래 탈수 있는 것처럼 말이다. 남자도 항상 관리를 느슨하게 하면 딴청을 부리는 법이다. 흔히 바람둥이라 하면 애인과 팔짱을 끼고 다니면서도 쭉쭉 빵빵한 여자가 지나가면 침을 흘리고 목이 꺾이도록 쳐다보는 남자를 연상하기 쉬운데 이것은 사실이 아닐 가능성이 높다. 왜냐하면 거의 모든 남자들의 내면속성이 그러하기 때문이다. 오히려 진짜 바람둥이의 경우 못 본 체할 가능성이 많다.

바람둥이의 속성 몇 가지를 짚어본다. 첫째, 바람둥이는 조금이라도 자기 마음에 들면 온갖 정성을 다 기울인다. 프로 바람둥이의 주장에 의하면 거의 안 넘어 오는 여자가 없다고 떠벌린다. 둘째, 이들은 거의 사랑중독증이라 할 만큼 잠시라도 혼자 있지를 못한다. 그들에게 있어서 사랑은 일종의 마야과도 같은 것이기에 사랑을 구하려는 노력 또한 그만큼 절박하다. 여자를 충분히 감동시킬 만큼 말이다. 셋째, 옷차림이 대개 깔끔한 편이고 말을 많이 하지 않는듯하지만 달변가이다. 뿐만 아니라 이들은 여자가 어떤 것에 감동받는지 어떤 것을 좋아하는지를 줄줄이 꿰차고 있어서 필요에 따라서 기막힌 연출을 한다.

때로는 어떤 여자는 이 남자가 바람둥인 것을 알고서도 일부러 사귀려고 하는 경우도 있다. 딴에는 그 남자의 바람기를 꺾어 놓을 자신이 있어서 덤비는 것인지는 모르지만 이것은 대단히 위험하다. 한때의 유희라면 몰라도 말이다.

마치 복싱에 비교하자면 아마추어와 프로의 시합이라고 나 할까?

물론 그 여성은 시합이 다 끝난 후에나 자기가 질 수밖에 없는 게임을 한 줄 알 것이다. 남자의 자연스러운 속성이기 때문에 이런 남자들이 반성하는 경우란 좀처럼 흔치않다. 아주 특별한 계기가 주어지든지 아니면 자신의 남성적인 매력이 완전히 빠져나간 후가 아니라면 말이다.

그렇다면 남자들의 바람기를 다스리는 방법은 없는 것일까? 궁극적으로 모든 남자는 바람기를 타고난다고 할 수 있기에 바람기를 완전히 잠재우는 방법은 없다.

절대적인 것은 아니지만 과학적으로 조금 억제할 수 있는 방법 한두 가지는 알아두는 것이 좋다. 첫째, 내 애인이나 남편이 바람기가 있다고 생각되면 야채를 많이 먹이는 것이 좋다. 녹즙과 같은 야채에는 세로토닌이라는 화학물질의 분비를 촉진하는 성분이 들어있다. 세로토닌은 마음을 차분하게 만든다. 미니스커트만 봐도 눈이 가재미가 되는 내 남자의 시선을 어느 정도는 붙잡아두는 효과가 있다. 둘째, 집안에 있을 때는 물론 함께 차를 마실 때 또는 자동차를 타고 드라이브 할 때도 가능하면 규칙적인 리듬의 경음악을 듣는 것이 효과가 있다. 셋째, 가끔은 내가 이미 잡힌 고기가 아니라는 것을 보여주어야 한다. 잡는 고기에 미끼를 주지 않는다는 남자의 속설에 호응하지 않은 것이다. 즉 누구누구의 여자이기에 앞서 나는 나라는 사실을 인식시켜주어야 한다. 결혼한 경우라면 가급적 호칭부터 누구 엄마보다는 ○○ 씨라고 불러줄 것을 요구하는 것이 좋다.

쿨리지 효과라는 것이 있다. 이것은 쿨리지라는 미국의 제30대 대통령 캘빈 쿨리지의 일화에서 비롯되었는데 내용은 다음과 같다. 쿨리지 대통령이 어느 날 영부인을 대동하고 한 주지사의 농장을 방문했다. 닭장을 살펴보던 부인이 농부에게 물었다. "수탉은 하루에 몇 번이나 암탉과 관계를 하나요?" 농부는 대답했다 "하루에 열 번 이상입니다." 영부인은 이 말을 남편인 대통령에게 꼭 해달라고 당부했다. 농부로부터 이 말을 들은 대통령은 농부에게 물었다. "같은 암탉과 만 계속 관계를 합니까?" 농부는 대답했다. "아니오! 다른 암탉과도 자주 합니다." 대통령은 흡족한 듯 고개를 끄덕이며 이 이야기를 부인에게 도 전해달라고 이야기했다. 이것이 닭에만 국한된 내용이라면 쿨리지 효과라는 말을 쓰지 않았을 것이다. 거의 모든 동물들에게서 이런 현 상이 나타나기 때문이다. 남자 역시 다양한 심리적 차이는 있겠지만 쿨리지 효과로부터 완전히 자유롭지는 않을 것이다.

달라져야 한다

〈관의 논리 민의 논리〉의 저자인 강형기 교수는 이 책을 통하여 우리나라의 관료제와 관료들에게 혹독한 표현을 하고 있다. 그러나 저자가 우리나라의 관료와 관료제를 혹독하게 비판하는 이면에는 관 료에게 크나큰 기대를 하고 있기 때문이다. 그것은 주인이 없는 목장 일수록 더욱 성실한 목부가 필요하듯, 정치가의 지도력이 없는 우리 나라에서는 더욱 훌륭한 공무원과 보다 생산적인 행정이 갈망되고 있 다는 점에서이다.

'비에 젖은 낙엽처럼 살자'는 것이 자신의 생활 모토라는 한 공무 원이 생각난다. 낙엽이 비에 젖어 바닥에 붙어 있으면 빗자루로 쓸어 도 좀처럼 쓸려나가지 않는 것처럼 정권이 바뀔 때마다 들고 나오는 개혁정국에서 살아남기 위해서는 가만히 엎드려 있어야 한다는 것이 었다. 유리창을 닦지 않으면 유리창을 깨지 않을 것이고 설거지를 하지 않으면 접시를 깨지 않는다면서 될 수 있는 한 정권의 힘이 빠질 때까지 엎드려 있는 것이 최선의 길이라는 것이었다. 왜 이런 말이 나왔을까?

정권을 담당하는 사람들이 나라의 미래보다는 자신들의 현재에 초점을 두고 개혁안을 입안한 경우가 많았다. 현실을 가슴에 품고, 현장에 서서, 현물을 접하면서 정책을 만들기보다는 그저 작문으로만 한 개혁도 많았다. 당장 어렵다고 단기 땜질로 대처한 결과 얼마 후에는 오히려 더욱 어려운 문제에 봉착하게 한 경우도 많았다. 미봉책이 새로운 미봉책을 요구하게 했던 것이다(서울신문 2004. 05. 19일자에서 인용).

아리스토텔레스는 정부의 기능을 '배의 조타수'에 비유한 바가 있다. 정부의 기능을 이처럼 조타수에 비유한다면 그것은 파일럿의 소임을 잘해야 한다는 것이다. 파일럿이란 큰 배가 항구에 들어가거나 나갈 때 앞에서 길을 열어주는 도선사를 말한다. 행정이란 바로 이러한 역할을 하는 것이다. 큰 배는 덩치가 크니까 움직이기가 어렵다. 그러므로 바로 앞에 어떤 위험이 있는지 알기 어렵다. 수심은 충분한지, 암초는 없는지, 이런 것들을 파일럿이 먼저 가서 알아다가 큰 배에 알려주어야 한다. 이것이 바로 정부의 임무인 것이다.

행정이란 새로운 사실과 방향을 알려주는 기능을 해야 한다. 그러나 현실에서 행정은 이러한 기능을 제대로 수행하지 못하고 있다. 때문에 사회의 많은 자원들이 마찰로 인해 소모되고, 점차 행정이 부담스러워지는 것이다. 이렇게 행정이 사회에 짐이 되는 이유는 첫째, 행정의 역할이나 공무원의 태도가 시대변화에 앞서서 대처하지 못하고, 새로운 패러다임에 주체적으로 대응할 수 있도록 스스로 혁신을 도모하지 않았기 때문이다. 둘째, 오늘날 정부의 행위가 능력 있는 자들의 기를 꺾고 능력 없는 자들을 편들게 됨으로써 경쟁과 시장의 논리를 도태시키는 것은 정부 자체의 한계 때문이기도 하다.

우리 용인시 공무원들은 시민들의 편익을 위해 많은 제도를 조직에 접목시키고 있다. 인센티브제, 중앙기능의 지방 및 민간으로의 이양, 예산제도의 개혁, 공기업의 민영화, 공무원 보수에 성과급 적용, 민간인 전문가 채용 등등. 이러한 변화의 노력이 아직은 미비한 면이 있지만 '흐르다가 여울목에서도 백번이고 굽이쳐 다시 가야 할 우리들이기에' 용인시 공무원 조직의 미래는 밝을 것이다.

새로운 문제에 임해서는 새로운 시각이 필요하다. 위기는 새로운 시각으로 바라볼 때에만 그 성격이 드러난다. 우리가 새로운 시각으로 현실의 문제를 공감할 수 있을 때에 비로소 우리는 새로운 미래를 공유할 인간은 누구나 약점이 없고 완벽하기를 바란다. 하지만 애석하게도 이 세상에 완벽한 인간은 없다. 그런데 왜 누구는 약점이 없어 보이고, 누구는 약점투성이로 보일까? 약점을 어떻게 극복하느냐의 차이 때문이다. 강한 사람은 약점을 장점으로 바꾸어낸다. 약점을 극복해내고야 말겠다는 의지를 불태워 약점을 장점으로 승화시켜야 한다. 약점이 거꾸로 장점의 자양분이 되는 것이다. 장점과 약점은 일란성 쌍둥이기 때문이다.

줄서기는 이제 그만

흔히들 선거는 축제가 되어야 한다고들 한다. 그러나 우리선거가 선진국의 선거와 같이 과연 축제이었던가에 대해서는 의문이다. 조직의 위대한 힘(great power of organization)을 알고 있는 현직 지방자치단장은 어떤 형태로든 내부조직을 이용하려고 하는 속성을 가지고 있는데 이는 평소 조직내부에 측근그룹이 형성되어 있어 서로의 이해관계 속에 당선된 뒤에는 알아서 자리를 보장해줌으로 이 들이 자연스럽게 내부의 여론을 형성하고 분위기를 조성하면서 줄서기는 일사불란하게 게릴라처럼 은밀하면서도 다양한 방법으로 이루진다. 자치단체장이 선출직으로 선거를 통하여 당선된 이후 공직내부에서 일어나는 일련의 인사전보형태를 보면 그때서야 어느 공직자가 누구에 편에 서있었는지를 알게 된다. 이는 시간이 흐를수록 더 적나라하게 나타나지만 대다수 사람들은 체념 반, 푸념 반으로, 어떤 사람은 실세라고 하는 줄을 못 잡은 것에 안타까워한다. 공직선거법 제9조 1항에는 '공무원 기타 정치적 중립을 지켜야 하는 자(기관, 단체를 포함한다)는 선거에 대한 부당한 영향력의 행사 기타 선거결과에 영향을 미치는 행위를 하여서는 아니된다' 라고 명시되어있지만 선거판이 시작되면 이를 지키는 공직자는 과연 몇이나 될까? 이러한 법 규정을 알고 있건 모르건 공직자라면 누구나 선거에 관하여는 중립을 지켜야 한다는 것은 잘 아는 사실이다.

그러나 선거가 끝난 후 새 판을 보고 나면 중립을 지킨 자신이 무능해 보이고 이쪽저쪽에도 속하지 못한 탓에 소외감만을 느끼게 된다. 직장생활에서 승진은 본인에게는 물론 자신에게 기대를 하고 있는 가족에게도 기쁜 일이다. 자신의 영달을 위해서 재주껏 줄을 서는 것까지는 비난하고 싶지 않다. 어차피 많은 사람들 중에서 승진하는 사람은 한정되었으니 이를 위해 줄을 서는 것은 어느 정도 불가피한 부분이 있다고는 하나 노골적으로 선거에 개입하여 정당한 후보자를 비방하고 정략적으로 특정한 후보의 당선에 악영향을 끼치는 것은 옳다고 할 수 없다.

매번 선거 때만 되면 되풀이 되는 일지만 후보자의 정책을 보기보다는 고질적인 학연, 지연, 혈연에 의한 연고선거, 비방, 흑색선전을 통해 상대방을 깎아내려야만 내가 살수 있다는 네거티브 선거문화의 중심에 공직자들이 개입되어 있다는 것은 시민들에게나 우리 자신 모두에게 부끄러운 일이 아닐 수 없다. 시민의식이 변화되었고 세계가 지구촌화 되고 있는데도 우리 공직 내부에는 우물 안 개구리 식으로 아직까지 지역중심 인물이어야만 되고, 선배, 후배여만 되고, 오로지 나 아니면 안 된다는 편협한 사고를 가지고 있는 공직자가 있다는 것은 심히 우려할 만한 일이다.

중립을 지켜야 할 공직자들이 계선을 따라 내편 네 편으로 갈라서고 이를 확고하게 지도해야 할 고위 공직자들이 후보들에게 줄을 서고 이에 따라 하위공직자들까지 그 뒤를 잇는 구태의연한 작태는 이제 사라져야 한다. 그동안 우리 조직 내부집단 스스로가 잘못된 우물을 지금껏 파오면서 달콤한 물을 마신 사람도 있고, 쓴 물을 마신 사람도 있다. 누구를 원망할 필요는 없다. 어차피 각자가 판 우물에서 자신의 바가지로 목을 축이지 않았는가? 같은 공직생활을 하고 있지만 어차피 생각하는 바가 다르고 추구하는 인생관이 다르다는 것을 인정한다면 굳이 미워하고 원망할 필요는 없다.

선거라는 축제가 끝난 뒤 동료들 간에 보이지 않은 갈등과 반목을 남기는 줄서기는 이제 그만두어야 한다. 어차피 새로운 당선자는 불가피하게 공직 내부의 새 바람을 위해서라도 새로운 판을 짤 수밖에 없고 우리는 순응할 수밖에 없다. 이러한 시기일수록 공직자로서 좀 더 겸허한 자세로 당선자의 철학과 비전을 수용하고 자신의 위치에서 본분을 지키는 일에 충실할 때 미래는 분명 우리의 올바른 선택에 찬사를 보낼 것이다.

소중한 사람

살아가는 인생의 길 위에서 우리는 수많은 사람들을 만난다. 그 가운데 자신의 삶에 영향을 미치는 사람들을 만나게 된다. 어떤 사람은 길을 가는데 이정표가 되고 나침반이 되어주는 사람이 있는가 하면 어떤 이는 자신의 몸이 지쳐올 때 휴게소 역할을 해주는 이도 있다. 이와는 반대로 나락의 길, 퇴폐의 길, 죽음의 길로 인도하는 사람도 있다. 자신이 걸어가는 길 위에서 어떤 사람을 만나 어떤 선택을 하느냐에 따라 자신의 운명이 바뀌게 되는 것이다.

나에게는 그 무엇과도 비교할 수 없는 소중한 사람이 있다. 내 삶의 가장 힘들고 어려웠던 시기에 그를 만났다. 그는 피폐해진 내 마음에 따뜻한 온기를 불어넣어주었고 결국은 내새로운 인생의 반려자가 되었다. 이제는 반백의 머리로 내 옆에 있는 그를 볼 때면 내 가슴의 한쪽이 휑하니 뚫어지는 느낌이 든다.

소중한 사람을 생각하는 힘의 원천은 사랑이다. 가장 귀중한 보물 그것은 물질이 아니라 사랑할 수 있다는 대상이 있다는 것이다. 누군가에게 사랑을 줄 수 있고 받을 수 있는 사람들은 행복하고 부러운 것이 없을 것이다. 가족과 이웃에 사랑의 씨를 뿌린 사람은 큰 사랑의 결실 속에서 행복하고 서로 고마운 마음으로 아름답게 보람 있는 삶을 살 것은 당연하다.

바람이 강하게 불 때 연을 날리기가 좋은 것처럼 어렵고 힘들수록 서로가 소중한 마음으로 희망의 연을 날려야 한다.

아름다운 죽음을 연습하자

어느 날 자신과 가까운 사람의 예기치 못한 죽음 앞에서 두려움을 느껴본 적이 있을 것이다. 그 사람이 평소 건강하고 젊은 사람이었다면 더욱 마음이 무겁고 한순간 나도 저렇게 허무하게 죽음을 맞이할 수도 있겠구나 하는 생각에 '세상 뭐 있어! 그냥 적당히 살다 가면 되지' 하며 술로 마음을 달랜 적이 한두 번이 아닐 것이다.

그런데 인간은 망각의 동물인가? 짧게는 삼일, 길게는 일주일 정도면 언제 내가 그랬는가 하고 현실로 돌아온다. 누구나 할 것 없이 죽음은 분명 현실적으로 우리에게 다가올 것이다. 그러나 이 세상에 존재하는 생명은 모두가 소중하다는 것을 깨닫는 순간 우리는 살아 있다는 것에 감사하게 될 것이다. 대다수 사람들은 축복 속에서 하나의 생명으로 태어나 이 세상에 존재한다. 죽음도 태어나는 순간처럼 축복 속에서 자연으로 돌아가는 방법은 없을까? 행복한 죽음, 두려움 없는 죽음은 어떤 것인지 죽음과 영원불멸을 통해서 진지하게 그 물음에 해답을 찾아야 한다.

우리가 맞이하는 죽음은 사람마다 각자 다양한 형태로 다가온다.

죽음에 대하여 의학계에서는 뇌사상태 또는 심장의 정지 상태를 사망이라고 하고, 종교계에서는 육체에서 정신이 빠져나가는 것 또는 영혼이 빠져나가는 것을 사망이라고 한다. 이러한 영혼에 대하여 기독교에서는 '불사불멸의 신령한 정신'이라 했고 철학에서는 '인간이 죽은 후에도 그 영혼은 지성과 의지를 발휘하며 영원히 존재한다.'라는 영혼불멸설이 있으며 불교에서는 '윤회설'이 있다. 그렇다면 '과연 영혼이 존재하느냐'에 대하여 한 번 생각해 보지 않을 수 없는 것이다. 영혼이 실재한다면 나의 영혼은 어디에서 왔으며 죽은 후 나의 영혼은 어떻게 될 것인가에 대하여 결코 무심할 수 없는 일이기 때문이다.

영혼은 육체의 껍질을 벗었을 뿐이지 살아있을 때와 똑같은 존재이고, 영혼이 보이지 않는 것은 물질보다 더 큰 진동수를 가지고 있기 때문이라고 한다. 사람의 육체를 분석해보면 그 값은 불과 몇 푼 안되지만 돈으로는 그 값을 정할 수 없는 엄청난 존재로서 즉 만물을 다스릴 수 있는 만물 위에 존재하는 인격체인 것은 그 속에 깃들어 있는 '자유의지를 지닌 영이 있기 때문'이라는 사실이다. 사람은 이와 같이 영적인 존재이기 때문에 위대하고 도저히 값으로는 따질 수 없는 인격체이며 거기에는 그럴만한 충분한 가치가 있기 때문이다. 그러므로 사람에게 영혼이 없다면 한낱 원숭이와 다를 바 없을 것이다.

나에게도 죽음과 마주한 순간이 있었다. 지금부터 약 9년 전쯤의 일로 기억이 된다. 그 당시 나는 매우 어렵고 힘든 고통의 시간들을 보내고 있었다. 부모와 형제들과의 끊임없는 갈등으로 인연의 끈을 단절하고, 자영업을 하던 아내의 사업이 제대로 되지 않아 경제적 어려움에 시달려야 했다. 힘들게 장만한 단독주택을 채무로 매도하고 18평의 빌라에 전세로 들어왔는데 이런 와중에 아내마저 별거를 선언하고 나간 후 아이들 셋과 생활하는 처지가 되었다. 불행은 계속 불행을 잉태하는 것인지 직장에서조차 상사와의 불화가 겹쳐 오해가 쌓였고 그날도 회식을 하는 자리에서 일방적으로 자신의 이야기만을 하는 상사에게 들이대고 먼저 나와서 집으로 돌아가는 중이었다.

밤 열한시쯤으로 기억이 된다. 남사면 창리 172연대 앞에 있는 창리 저수지의 물결이 부대 앞 가로등 불빛에 일렁이는 것을 느끼는 순간, 죽고 싶다는 충동이 들었고 나는 이내 차를 저수지 쪽으로 틀어버렸다. "꽝" 하는 소리와 함께 잠시 멍한 상태에서 "이제 죽는구나" 하고 있는데 갑자기 사람들이 소리치며 뛰어나오는 소리가 들렸고 정신을 차려 밖을 보니 차는 저수지 안전시설물에 충격을 가한 후 경사진 제방을 내려가다 뒷바퀴가 콘크리트 방호시설물에 걸쳐 저수지에 빠지기 직전에서 멈추어버렸다. 순간 20~30명 되는 군인들이 달려들어 차를 끌어내 부대 앞 도로 갓길에 세운 상태에서 장교복을 입은 군인이 나를 알아보고는 "무슨 일이십니까? 술을 드신 것 같은데 제 병사들한테 댁에까지 모셔다 드리도록 하겠습니다" 하는 것이었다.

일순간 너무나 창피한 생각에 얼굴을 들 수가 없어 힘없이 말했다. "중대장님 고맙습니다" 하고는 그분의 배려로 차를 타고 집으로 돌아왔다. 그날 밤 나는 뜬눈으로 밤을 새우며 내가 무엇 때문에 죽음을 선택하게 되었는가에 대하여 생각하게 되었다. 죽음을 선택하는 건 한 순간이지만, 사는 건 수 십 년이 될 수도 있고 나의 허망한 죽음 앞에 나와 인연의 끈을 맺었던 또 다른 사람들에게 슬픔과 절망감을 줄 수 있다는 것을 알았을 때 살아있는 것에 감사하게 되었다.

우리는 태어날 때 아무것도 가진 것 없는 빈 몸으로 어머니의 몸을 빌려 이 세상에 태어났고 죽음 앞에서는 빈부의 격차, 지위고하를 막론하고 빈 몸으로 생을 마감하게 된다. 결국 아무것도 가져가는 것 없이 빈 몸으로 가지만 결코 생을 마감한다고 해서 지금껏 나와 같이 함께 해온 모든 사람들과 영원히 단절되는 것은 아니다.

우리는 죽음의 목전에 모든 것들을 아낌없이 이 세상에 나누어주고 가야 한다. 그리고 나와 같이 이 세상을 살아온 사람들에게 아름다운 영혼으로 기억될 수 있도록 오늘 하루도 최선을 다해서 삶을 살아가야 한다. 아름다운 죽음은 또 다른 생명을 잉태하고 영혼은 죽음으로써 찬란한 불꽃처럼 살아나 많은 사람들의 가슴속에 오랫동안 머물기 때문이다.

남편 노릇

부부는 하늘이 맺어준 인연이라고 한다. 그만큼 소중한 사람이라는 뜻일 것이다. 그러나 지금 현실은 어떠한가? 많은 사람들이 부부의 인연을 별것 아닌 것처럼 생각하고 남남으로 돌아서는 것을 대수롭지 않게 여긴다. 그러다 보니 점점 결혼이라는 중대사를 그저 한번 일생에 의식을 치르는 행사로 생각하는 경향이 있는 것 같다.

어느 날, 한 부부가 아내의 신앙 문제로 크게 다투는 일이 생겼다. 화가 난 남편이 참다못해 소리쳤다. "당신 것 모두 가지고 나가!" 그 말을 듣고 아내는 집안에서 제일 큰 여행용 가방을 쫙 열어 놓고 말했다. "다 필요 없어요. 이 가방에 하나만 넣고 갈래요. 당신 어서 가방 속에 들어가세요." 남편이 그 말을 듣고 화가 났던 남편은 어이가 없어 웃고 말았다. 그리고는 한편으로 자기만 의지하고 사는 아내에게 너무했다 싶어서 곧 사과했다고 한다. 과연 몇 사람의 아내가 부부싸움 중에 당장 나가라는 말을 듣고 원하는 것이 남편뿐이라고 말할지는 모를 일이다.

하지만 분명한 것은 아내가 가장 원하는 것이 '남편 자체'라는 사실이다. 남자의 길에서 여자는 에피소드가 될지 몰라도 여자의 길에서 남자는 히스토리가 된다. 아내가 남편으로부터 가장 받기 원하는 선물은 '든든함'일 것이다. 남편은 가정의 든든한 기둥이 되고 흔들리지 않는 바람막이가 되어, 아내에게 다른 큰 도움은 주지 못해도 최소한 든든한 맛 하나는 주어야 한다.

서울의 한 병원에서 몇 년간 남편 병치레하던 아내가 있었다. 남편이 죽고 며칠이 지난 어느 날 그분이 말했다. "남편이 병상에 누워 있었어도 그때가 든든했어요." 많은 아내들은 능력 없는 남편이라도 없는 것보다는 있는 것이 낫다고 한다. 남편이 잘나서가 아니라 남편은 늘 아내의 편이라고 생각하기 때문이다.

남편이 아내에게 줄 가장 큰 선물은 돈도 아니고 꽃도 아니고 '든든함 그 자체'이다. 아내가 차 사고를 냈을 때 "도대체 눈이 어디 달렸어! 운전 똑바로 하고 다니라고 했잖아"라고 면박을 주기 전에 "그럴 수도 있지. 몸은 괜찮으냐?"고 아내의 불안한 마음과 속상함을 달래주어야 한다. 차 사고로 생긴 남편에 대한 미안함과 죄스러운 마음으로 이미 잘못의 대가는 충분히 받았기에 그때 남편의 할 일은 불안과 불편으로부터 아내의 마음을 감싸 안아주는 든든한 바람막이가 되어주는 일이다.

아내가 잘못했을 때는 남편의 든든함을 보여주어 아내에게 감동을 줄 좋은 기회이지 아내의 잘못을 꼬집어 아내의 기를 죽일 절호의 기회가 아닌 것이다. 아내의 마음에 '어둠'과 '답답함'을 주는 남편의 제일 행동은 바로 '깐깐한 행동'이다. '깐깐함'은 갑갑한 세상을 살아가는 데는 혹시 필요할 수 있어도 아내에 대해서는 결코 필요 없는 것이다. 남편은 '꽉 막힌 깐깐한 존재'가 되기보다는 '꽉 찬 든든한 존재'가 되어야 한다.

사람이 꽉 찬 존재가 되려면 무엇보다 '이해심'이 필요하다. 남편은 아내의 감정과 정서를 읽을 줄 알아야 하고 머리가 나빠 센스는 떨어져도 마음이 좋아 이해심은 풍성해야 한다. 아내 앞에서 잘난 척하며 무시하는 남편치고 아내에게는 남편이 이해하기 힘든 특별한 감정과 정서가 있다는 것을 알지 못한다.

간혹 외출할 때 아내가 화장대 앞에 너무 오래 있으면 어떤 남편은 말한다. "발라봐야 소용없어!" 빤다고 걸레가 행주되나. 이처럼 내던지는 남편에 한마디는 아내의 감정에 멍울을 만든다. 아내가 자기의 감정을 너무 내세워 남편이 기를 꺾은 것도 문제지만 남편이 아내의 감정을 너무 무시하는 것은 더욱 큰 문제이다.

진정한 사랑의 원료는 열정이라기보다는 이해하는 것이다. 이해심은 관심과 배려에서 나오는 것이다. 살아갈수록 부부간에 이해의 깊이는 사랑의 바로미터가 된다. 나이 들어 문전 박대를 당하지 않으려면 지금부터라도 아내를 이해하고 아내의 든든한 바람막이가 되는 남편의 길을 걸어야겠다.

천국의 문

　매일, 매일이 힘들다고 탓하면서 사는 사람과 늘 즐거움으로 알고 사는 사람과의 차이점은 단순하다. 한쪽은 습관적으로 힘들다고 말로 자신의 몸을 혹사시키지만 한쪽은 정작 힘들면서도 감사하고 기쁜 마음으로 받아들이기 때문에 끝에 가서는 인생을 편안함으로 맺는다. 우리는 어떤 종교를 믿든 안 믿든 죽어서 지옥보다는 천국에 가기를 원할 것이다. 물론 지금 이글을 읽고 있는 당신과 나도 죽음을 경험해 보지 않았으니, 천국이 있는지 지옥이 있는지 알 수가 없는 일이다.

　어느 날 이승에서 열심히 후회 없는 삶을 살다가 저승으로 간 세 여자들이 천국 입구에 도착했다. 천국 문을 지키고 있던 수문장이 첫 번째 여자에게 질문을 했다. "그대는 여자로서 어떻게 일생을 살아왔는가?" 첫 번째 여자가 답했다. "네, 저는 평생을 순결을 지키며 살아왔습니다." "오! 훌륭하도다. 금 열쇠를 받아라!" 똑같은 질문에 두 번째 여자가 말해. "전, 결혼한 후로는 남편하고만 관계를 유지했습니다." "아! 장하도다. 너에게 은 열쇠를 주겠다." 이어서 세 번째 여자가 대답을 했다. "저는 난잡한 생활을 했습니다. 처음에는 농구팀부터 시작해서 다음엔 야구팀, 축구팀, 나중에는 오케스트라 단원까지…." 그러자 수문장이 큰소리로 말했다. "이런 괘씸한 여인이 있나. 그대는 내 방 열쇠를 받아라!"

　천국이 있느냐 지옥이 있느냐의 문제를 떠나 자신 스스로가 천국이 있다고 믿은 사람들은 천국의 문을 두드리게 될 것이다. 어쩌면 자신이 현실에서 천국의 문을 지키는 수문장인지도 모를 일이다.

개인도 역사가 있다

하나의 귀중한 생명체로 태어나 일생을 살아가는 동안 우리는 각자의 삶에 살아있는 역사를 쓰게 된다. 평범한 역사를 쓰다가 간 사람도 있는가 하면 극적인 역사를 쓰다가 생을 마감한 사람도 있다. 가난한 농부의 아들로 태어나 인권변호사로 활동하다 대통령이 된 노무현 전 대통령, 2009년 5월 29일, 많은 시민들은 그의 죽음을 애석하게 생각하며 서울 시청광장에 모여 그와의 마지막 작별을 고했다. 그는 그의 재임시설 그와 그의 가족, 측근 비리혐의로 검찰수사를 받다 자신의 고향 뒷산 부엉이 바위에서 자살이란 극단적인 선택을 하여 세상을 떠났다.

재임시설 파격적인 화법과 정제되지 않은 돌출발언 등으로 그의 말 한마디 한마디가 많은 논쟁을 불러일으키기도 했다. 그래서 많은 사람들이 그에게서 떠났고, 어떤 이들은 그의 정책들을 신뢰하지 않았다. 그것은 잘 하기를 바라는 마음과, 그 분에 대한 기대치가 높았기 때문에 실망도 커서 미워하는 마음이 생겼는지도 모른다. 그가 떠난 뒤 그에 대한 삶의 역사를 다시 돌아볼 때 그에 대한 평가는 긍정적인 면보다는 부정적인 면이 높은 것이 사실이다.

그렇지만 그에게서 분명 배워야 할 삶에 대한 역사가 있다. 그는 원칙과 상식을 가지고 쉬운 길을 선택하지 않았고 옳다고 믿는 길을 걸었다. 또한 없는 자, 가난한 자, 힘없는 자의 편에 섰다. 특권층 자체를 부인하고 지역감정, 권위주의를 타파하고자 했던 대통령이었다.

얼마 전에 세상을 떠나신 장영희 교수는 한국의 영문학자이자 수필가 · 번역가로서 소아마비 장애와 세 차례의 암투병 속에서도 희망을 잃지 않는 삶을 실천하였다. 1985년부터 모교인 서강대학교 영어영문학과 교수로 재직하였으며, 번역가와 수필가로도 활동하였다. 2001년 유방암, 2004년 척추암을 이겨낸 뒤 다시 강단에 섰다가 2008년 간암으로 전이되어 투병하였으나 2009년 5월 9일 사망하였다.

그의 에세이 〈살아온 기적, 살아갈 기적〉 중에는 이런 말이 있다. 소중한 사람을 만나는 것은 1분이 걸리고 그리고 그와 사귀는 것은 한 시간이 걸리고 그를 사랑하게 되는 것은 하루가 걸리지만 그를 잊어버리는 것은 일생이 걸린다. 같은 해 같은 달에 운명을 달리한 두 분의 삶에 대한 역사를 보면서 과연 누가 더 치열한 삶에 역사를 살아왔는가 하는 것은 중요하지 않다. 분명한 것은 한 사람은 스스로의 역사를 자살로 마감하고, 한 사람은 사는 그날까지 삶에 대한 가치를 위하여 몸부림침으로써 많은 사람들의 가슴에 어떻게 사는 것이 진정한 자신의 역사를 올바르게 쓰는 것인가를 깨우치고 갔다.

우리가 그저 단순히 하나의 생명을 버릴 때 자신의 슬픔만으로 끝나지 않는다는 것을 알아야 한다. 나를 사랑하고 나를 위해 기도하면서 내 인생의 역사를 쓸 수 있도록 도와준 많은 분들의 가슴속에서 나를 지워버리려면 아마도 평생이 걸릴지도 모른다. 단 한 번도 만난 적이 없는 사람들의 이별 앞에 그분들의 죽음을 생각하면 이렇게 마음이 무거워 질 수 있다는 게 참으로 이상하다. 매순간 생과 사의 연속에서 치열한 삶에 역사를 쓰고 있는 우리에게 장영희 교수님의 마지막 모습은 큰 울림으로 다가온다.

가슴으로 하는 사랑

우리나라도 한때는 산아제한을 했다. 살기가 어려웠던 시절에 아이들이 많은 집은 누가 어떻게 밥을 먹고 성장해 가는지를 모를 정도였다. 부모의 사랑이 그리 중요한 것도 아니었고 그저 배불리 밥만 먹으면 만사가 해결되었다. 그래도 별 탈 없이 잘 성장해서 사회의 일원으로 적응한 세대가 이사회를 이끌어 오고 있다.

그런데 요즈음 아이들은 부모들의 지나친 사랑과 애정으로 나약해지고 자신만 아는 이기적인 아이들로 남을 배려할 줄 모른다. 참으로 딱한 일이다. 자녀의 미래를 위해서 가슴으로 사랑해야 한다. 올해 30대 중반에 들어서는 한 여인에게는 중학교 1학년이 되는 아들과 5학년이 되는 아들, 그리고 26개월 된 딸이 있었다. 여인은 직장생활을 하는 관계로 다른 부모처럼 아이들을 정상적으로 돌볼 여유가 없었다. 그러다 보니 집안에서는 아이들이 장난치거나 놀 때면 정신이 없고 특히 아들들이 집안에서 싸우거나 하면 활극을 보는 것 같기도 했다.

그러던 어느 날 회사에 출근을 한 사이 큰 사건이 발생했다. 아들들이 사소한 말다툼 끝에 치고 박는 큰 싸움이 벌어졌던 것이다. 그런데 문제는 그 다음에 발생하였다. 싸움을 말리고 야단치던 엄마한테 뜻 밖에도 둘째 아들이 힘으로 대들었던 것이다. 덩치나 힘이 엄마보다 월등히 커져 성장해 버린 아들을 이제 힘으로 도저히 제압할 수 없는 상황이 되어 버린 것이다. 이 여인은 순간 너무나 당황했고 말문이 막혔다. 마음을 진정하고 그날 저녁 퇴근해서 돌아온 남편에게 낮에 아이들과 있었던 이야기를 했다. 남편은 아내의 이야기를 듣는 순간 뭔가에 머리를 한대 맞은 듯한 큰 충격을 받았다.

어떻게 아이가 엄마한테 대들을 수 있을까? 아이에게 무슨 문제가 있는 것인가? 한참동안 혼란스러웠고 당황스러웠지만 곰곰이 생각해 보니 셋째 딸이 태어나면서부터 둘째 아이에게 주었던 사랑과 애정을 모두 딸에게 주었던 것 같다. 딸아이가 태어나고 언제부터인가 아들에게는 안아주고, 뽀뽀해주고, 좋아한다고, 사랑한다고 말하기보다는 항상 밥 조금만 먹어라, 게임 그만하고 공부해라, 살 좀 빼고 운동 좀 하라, 싸우지 마라, 때리지 마라, 모질게만 야단치고 잔소리만 했던 것 같았다.

남편은 조용히 아내의 손을 잡았다. "여보, 미안해. 내가 당신한테만 아이들을 맡기고 강 건너 불 보듯 한 것이 당신에게까지 마음의 상처를 주게 되었어. 돌이켜 생각해 보니 우리가 직장생활 한다는 핑계로 둘째 아이에게 무관심했네. 큰아이는 첫아이라고 감싸주고, 막내는 막내라고 예쁘게만 대해주다 보니 둘째 아이 마음에 소외감이 들었던 것 같아."

여인은 아무 말 없이 남편의 가슴에 얼굴을 묻고 고개를 끄덕이며 울고 있었다. 아마도 가슴으로 품은 아들에 대한 사랑의 다짐이었을 것이다. 아무런 부족함 없이 성장해 가는 아이들이라도 부모의 사랑만큼 위대하고 큰 것은 없다. 그렇지만 지나친 사랑도 무관심한 사랑도 결코 아이들에게는 도움이 되지를 않는다. 아이들의 존재 자체를 기쁘게 여기고 가슴으로 품은 사랑이야말로 성장해 가는 아이들을 위하는 일이다.

보이지 않는 힘

나무가 계절에 따라 변하는 것을 보거나, 우리가 나이를 먹은 것을 보면서 그 에너지는 광활한 우주에서 생성되어 끊임없이 힘을 발산하고 때로는 우리가 느끼지 못하지만 소멸되어 사라진다는 것을 알 수 있다. 사람에게는 어떤 보이지 않는 힘이 존재한다고 한다. 다만 우리가 그 힘을 예측하지 못할 뿐이다.

옛날 천사들의 학교가 있었다. 천사들은 둘씩 짝을 지어 선행을 하고 매일 저녁 대천사에게 자신들의 선행을 보고했다. 어느 날 아무런 선행도 못하고 학교로 돌아가야 할 상황에서 두 천사는 두 명의 농부를 보게 되었다. 바로 그 때 한 천사가 갑자기 기쁨의 함성을 지르며 동료 천사에게 말했다. "저 두 농부에게 15분 동안 자신이 하는 말을 실현시킬 수 힘을 주고 그들이 뭘 하는지 살펴보면 어떨까?"라고 제안했다. 그렇게 해서 천사들은 두 농부에게 힘을 주고 지켜보았다.

한 농부는 집으로 가는 길에 한 무리의 새떼가 자신의 논밭을 향해 날아가는 모습을 보고 말했다. "새들아, 제발 내 농작물들을 먹지 말아다오. 그것들이 자라서 결실을 맺어야 내가 먹고 살 수 있단다." 농부의 말이 끝나기가 무섭게 농작물들은 순식간에 수확하기 알맞게 익어버렸다. 놀란 농부는 너무 피곤한 나머지 헛것이 보이는 거라 생각하고 걸음을 재촉했다. 농부는 몇 발자국 못 가 우리에서 도망친 새끼돼지와 부딪쳐 넘어졌다. "이 녀석, 또 우리에서 도망쳐 나왔구나. 이번 기회에 네게 튼튼한 우리를 지어주어야겠다." 그러자 농부의 눈 앞에 다시 한 번 놀라운 광경이 펼쳐졌다. 집 앞에 있는 돼지우리가 순식간에 타일로 된 내부 마감에 수도시설까지 완비되어 있는 깨끗하고 아늑한 공간으로 바뀌었던 것이다.

농부는 이번에도 자신의 눈을 믿지 않고 빠른 걸음으로 집에 도착했다. 농부가 현관문을 열자 문 위에 걸려 있던 빗장이 머리 위에 떨어졌다. "또 맞았군. 매번 그러면서 고치지는 않으니, 나도 참. 하긴 수리할 시간이 없긴 했지. 새 집을 지으면 아내와 좀 더 편안히 생활할 수 있을 텐데." 바로 그때 기적이 또 일어났다. 허름한 집이 순식간에 으리으리한 저택으로 변했다. 모든 것을 착각으로 생각한 농부는 너무 피곤하여 곧 잠이 들었다. 얼마 후 몇 시간 전에 헤어진 친구가 자신의 집 앞에서 울고 있는 것이었다.

농부는 우는 친구에게 "왜 우느냐"고 물었다. 친구의 말을 들어보니, 친구는 자신이 말했던 것과는 정반대로 말했고 그로 인해 농작물도 잃고 새끼돼지도 잃고 집까지 모두 불타 버린 것이었다. 두 천사에게서 두 농부의 사연을 전해들은 대천사는 이제부터 모든 인간들에게 15분간의 보이지 않는 힘을 누릴 수 있게 하기로 결정했다. 다만 그 15분이 언제 그들에게 주어질지에 대해서는 깨닫지 못하도록 했다. 당신에게 있어서 보이지 않은 15분의 힘은 언젠 찾아올지 모른다. 항상 미래를 생각하며 자신에게 찾아올 15분을 위해 떠돌아다니는 에너지를 자신의 것으로 만드는 작업에 충실해야 한다.

4 승리의 길을 걷다

탈무드에 이런 말이 있다. 성공하는 사람의 주머니에는 항상 꿈이 있고, 실패하는
사람의 주머니에는 욕심으로 가득 차 있다. 성공한 대다수 사람들은 실패의 아픔 속에
서도 반드시 성공하겠다는 꿈을 가지고 고통과 좌절을 딛고 일어섰다.
인생이라는 신은 우리에게 결코 성공만을 주지는 않는다. 실패라는 선물을
지속적으로 줌으로써 자신의 시험에 들게 하고 이를 극복하지 못하는 사람에는
영원히 성공의 문을 열어주지 않는다.

가치를 부여하라

혹시 직장 내에서 당신은 당신의 지위 때문에 사람들이 당신을 따르지는 않은지 조금 숨을 돌려 생각해볼 일이다. 그저 맹목적으로 아무런 느낌 없이 당신이 직장상사이기 때문에 어쩔 수 없이 따르는 사람들이 많다면 당신은 스스로가 영향력을 잃고 있다는 증거이다. 겉으로는 지시하는 대로 따라오는 것 같지만 사실은 당신의 뒤에서 하잘 것 없는 상사로 생각하고 있기 때문에 언제가 사람들은 당신을 인간이하로 취급하게 될 것이다.

물론 그중에는 당신의 왜곡된 모습조차 정말 훌륭하다고 입에 침이 마르도록 치켜세우며 충성을 하고자 하는 사람도 있을 것이다. 그러나 사람들은 바보가 아닌 이상 추종하는 그 사람조차 점점 거리를 두고 경계하게 되고 결국 똑같은 사람으로 보게 될 것이다.

조직의 궁극적인 목표가 무엇인지도 모르는 채 업무를 제대로 해야 한다고 하면서 사람들을 경악케 하는 상사들이 우리 조직에도 너무 많은 것 같다. 치열한 경쟁시험을 치르고 들어온 사람들은 각자 나름대로 책임의식과 행동철학을 가지고 있음을 알아야 한다. 섣부른 리더의 모습으로 무조건식의 강요는 스스로를 천천히 자멸시키는 결과를 초래하게 된다. 부하들에게 동기부여를 통한 미래적 가치를 부여하는 일이 무엇인가 진지하게 고민하는 상사야말로 조직 내에서 존중받을 수 있는 리더이다.

유용한 도구

우리의 삶은 시간, 공간, 인간이라는 3요소의 입체공간속에서 이루어진다. 그렇다면 우리에게 주어진 시간이란 어떤 의미가 있는 것인가? 태어나는 그 순간부터 아니 어쩌면 이미 모의 체내에 잉태되는 순간부터 우리는 필연적으로 시간을 피해갈 수 없는 숙명을 갖고 태어날 수밖에 없었다. 산다는 것의 의미는 아름다운 여성을 볼 때 사랑하고 싶다고 느끼는 감정, 음식이 나왔을 때 먹고 싶은 욕망, 쇼윈도위에 진열된 새로운 브랜드 옷을 보았을 때 입고 싶은 생각들이다.

선택되고 리더가 되려면 고통이 따른다. 대장간에서 선택된 호미가 불구덩이에서 가열되고 망치로 두들겨 패지고, 물속에 들어갔다 나왔다 수십 번 반복되는 과정을 거쳐 마침내 손잡이가 될 나무를 끝으로 사람에게 유용한 호미가 되듯이 어느 조직에 리더가 되기까지는 결코 그냥 이루어지는 것이 아니라는 사실을 우리는 깊이 깨달아야 한다.

부자 되는 연습하기

주위에 돈 많은 사람들을 보면 그저 그렇게 사는 나로서는 부럽기만 하다. 한 직장에서 20년 이상을 근무해오면서도 남들이 철따라 여행을 가는 것을 보고 매번 나도 한번 저들처럼 여유롭고 마음 편하게 가고 싶은 곳을 갈 수는 없는 걸까 생각해 본적이 한두 번이 아니기 때문이다. 사실 직장생활을 하는 샐러리맨이라면 비단 나뿐만이 아니라 누구라도 한번쯤은 대박으로 부자가 되는 꿈을 가졌으리라.

그러나 어디 세상이 그리 녹록한가? 아무나 돈을 벌수 있다면 무엇 때문에 돈을 벌기 위하여 그토록 많은 사람들이 아우성을 치겠는가. 이 돈이라는 놈은 마력이 있어서 한번 붙었다면 가속도가 붙어서 엄청나게 앞으로 달려 나가다가도 잘못하면 천 길 낭떠러지로 떨어져 파멸을 불러오기도 한다. 참으로 무서운 놈이다. 그래서 그런지 옛날부터 우리사회는 공조직에 있는 사람들이 돈을 사랑하는 이야기만 하면 마치 더러운 구정물 속에서 돈만 아는 모리배로 자격 없는 사람으로 치부하곤 했다. 그래서 그런지 가진 게 있어도 내놓고 있다고 하지 못하고 없는 척하는 것을 당연시 했다.

그럼에도 돈의 위력이 어떤 것인지를 아는 마님들께서는 알게 모르게 부동산을 통해 돈을 많이도 사랑한 탓에 무능한 남편을 탓하지 않고 경제적 윤택을 누려왔다. 시대가 빠르게 변하고 돈에 대한 생각도 달라진 탓인지 이제는 특별한 직위를 이용하여 돈을 벌고자 하는 사람들 말고는 투자라는 명목 하에 어느 정도 자유롭게 돈을 버는 것을 용인하는 세상이 되었다. 참으로 좋은 현상이다.

과거 조선시대 황희 정승은 청렴한 정승으로서 그 지위를 떠나 다른 것을 생각하지 않고 오직 나라와 백성의 안위를 위해 자신의 부귀

영달은 생각지도 않던 분이었다. 그러다 보니 집안 살림살이가 어떻게 돌아가는지는 아예 남의 일처럼 생각했다고 한다. 어느 날 여름에 지붕이 새는 것도 모르고 집에서 책을 읽을 정도였다니 가히 그분의 훌륭한 인품을 짐작할 것이다. 그런데 만약 현대판 황희 정승이 있어 그 상태에서 고고하게 책만 읽는다고 생각해보라! 아마, 십중팔구는 다 '저 사람 정신이 어떻게 된 거 아냐. 나라일만 하더니 머리가 돌았나 봐. 미쳐도 단단히 미쳤어.' 하며 비웃음만 칠 것이다.

이제는 돈을 알고 돈 있는 사람이 타인도 행복하게 해줄 수 있는 기반을 갖게 되었다. 요즘 말로 경제의 메커니즘을 아는 자가 모든 것을 지배할 수 있는 세상이 되어버린 것이다. 우리도 내숭떨 것 없이 지금부터라도 부자 되는 연습을 해보자! 자신 스스로가 돈의 유혹에 빠지지 않도록 하기 위해서라도 기본적인 생활을 할 수 있는 돈은 있어야 하기 때문이다. 그렇다면 어떻게 돈을 벌 것인가. 그 숨은 비결을 공개 하겠다.

자기가 진정 좋아하는 일을 하자! 사람은 자기가 좋아하는 일을 하다 보면 에너지가 넘친다. 평소에 말없이 얌전한 사람도 자기가 좋아하는 음악 이야기만 나오면 달변가가 되는 것을 본 적이 있을 것이다. 좋아하는 일을 하면 지치지 않기 때문이다. 또한 좋아하는 일을 하기 시작하면 흥분과 의욕을 느끼는 동안에 내부에 잠들어 있던 재능이 자연스럽게 눈을 뜨기 때문에 엄청난 재능을 발휘할 수 있다. 따라서 재능이 발휘됨과 동시에 마치 샘물처럼 아이디어가 잇달아 떠오르고, 즐거운 일을 하고 있기 때문에 스트레스 따위는 느껴지지 않는다. 그 결과 설렘과 충족감과 행복한 느낌으로 매일의 생활이 풍요로워진다. 좋아하는 일을 하게 되면 정열이 발산되면서 주위 사람들에게 많은 이야기를 하게 된다. 이 과정에서 주위 사람들은 그 사람의 정열에 공감하고 흥미를 느낀다. 그리하여 당신이 의욕과 정열을 갖고 살다 보면 그 일을 응원해주는 사람들이 모여들고 당신이 팔고 있는 상품이나 서비스를 사고 싶다는 사람들이 스스로 찾아오는 것이다. 결국 좋아하는 일에 대한 정열의 파워가 강할수록 사람을 끌어들이는 힘은 강해지고 돈은 당신에게 모인다. 자신 스스로가 지금 돈이 없다고 생각이 된다면 진정 좋아하는 일을 하고 있는지 한번 생각해보라! 지금부터라도 부자 되는 연습을 하기 위해서는 워밍업을 해야한다. 당신이 진정 좋아 하는 일을 위하여….

출산이 장려되는 사회

동서고금을 막론하고 사람이 많이 모이는 곳에는 집단거주지가 생기고 촌락이 조성되어 점차 나라를 구성하는 요인이 되었다. 모계사회 속에는 늘 여성이 우위를 점한 것은 결국 생존의 법칙에 따라 종족을 보존하고자 하는 신성한 힘이 있었기 때문이었다. 현대사회로 오면서 물질이 풍요로워지고 경제적 여건이 남성 위주로 넘어오면서 생활 속에서 종족보존의 인식은 사라지고 여성을 단순히 성에 대한 쾌락의 도구로 상품화하는 경향이 일기 시작했다. 또한 전통적으로 대를 잇는다는 생각에 우리나라는 남성을 선호하는 남성선호사상에 빠져 한때는 아들 낳은 방법에 대한 속설이나 비법을 찾아 수많은 여성들이 마음고생도 했다.

먹고사는 문제가 힘들었던 시절 그래도 우리 여성들은 많은 어려움을 딛고 이 땅에 출산을 통하여 기여했다. 그러나 국가로서는 재원이 부족한 상태에서 늘어나는 인구를 빈곤으로부터 해결해야 하는 어려운 직면에 부딪치게 되었다. 이러한 돌파구를 찾기 위하여 1970년대 한국 사회에서는 새로운 바람이 불기 시작했다. '아들딸 구별 말고 둘만 낳아 잘 기르자'는 캐츠프레이즈를 걸고 산아제한정책을 실시하게 된 것이다.

한국인들이 기억하는 산아제한은 국가의 정책이었고 새마을운동같이 동원되고 전 국민이 동참하는 정책이었다. 산아제한정책이란 사망하는 인구에 비해 출산하는 인구의 비율이 높을 때 국가에서 일시적으로 인구 감소를 위해 쓰는 통제법이다. 이러한 산아제한은 원래 여성의 건강을 지키고 권리를 찾기 위한 여성운동에서 시작되었다.

산아제한이라는 말을 처음으로 사용한 사람은 미국의 마가릿 생어(1883-1966)이다. 그는 아일랜드 이민 2세인 노동자 집안에서 11남매 중 6번째로 태어났다. 19번의 임신과 11명의 아이들을 낳은 그의 어머니는 49세에 건강상의 이유로 사망한다. 이 비극적인 경험 속에서 그는 산아제한의 필요성을 절감하고 '여성스스로의 결정권'을 내세워 〈여성의 반란〉이나 〈가족제한〉 등의 책을 내고 1916년 최초의 산아제한 클리닉을 열었다. 그러나 그는 피임에 대해 언급할 수 없는 블루로우즈법에 의거 풍속교란을 이유로 곧 체포되었다. 하지만 물러서지 않고 치열한 법정투쟁 끝에 1936년에는 의사들이 피임법을 처방할 수 있게 하였다.

한국의 산아제한 정책은 중국과 더불어 가장 성공적인 사례로 꼽힌다. 우리나라의 대표적인 산아제한 정책은 정관, 난관수술과 더불어 인공임신중절수술(낙태)을 통해서 인구정책을 의도한 1973년 제정된 모자보건법이다. 한해에 150만이 이 법의 대상이 되었다. 30년을 넘게 진행해왔으니 엄청난 영향이다. 그에 따라 1973년 전체

3,100만 명 인구 중 1,500만 명이나 되었던 미성년층은 이제 4,800만 명중 1,300만 명에 불과하여 거의 절반으로 비율이 줄어들었다.

20여 년 후에는 또다시 절반으로 줄어든다고 한다. 따라서 정부는 시대과제가 된 출산율 저하를 막기 위해 산아정책들을 포기하기로 했다고 한다. 대표적인 것이 12월부터 정관수술에 대한 보험적용의 폐지이다. 지금까지 남성들은 수술시 예비군 훈련면제라는 혜택을 누리기도 했다. 불과 20~30년 후를 생각하지 못한 개발독재시대의 발상, 그리고 잘못된 정책이더라도 관행으로 계속하는 관료체제 등이 업보가 되어 우리의 미래를 어둡게 만들고 말았다.

이제는 출산을 장려하는 사회가 되었지만 누구나 쉽게 아이를 가지려고 하지 않는다. 인간의 출산은 생물학적인 현상이면서 동시에 사회 현상으로 문화의 영향을 크게 받는다. 그 중 하나가 바로 환경호르몬의 영향으로 임신을 할 수 없는 여성이 많다는 것을 참으로 놀랄만한 일이다. 환경호르몬이란 인간의 산업 활동으로 만들어낸 여러 가지 화학물질 중에서 사람의 몸에 들어가면 성호르몬 흉내를 내는 것들로서 인체에서 정상적으로 분비하는 호르몬이 아니면서 성호르몬인 것처럼 위장해 인체를 헷갈리게 만드는 화학물질이다. 인가이 좀 더 편하기 위하여 만들어내는 화학물질의 수는 이미 10만 종을 넘어섰고 해마다 급증하고 있다. 1억 마리 정자 중에서 딱 한 마리만 수정에 성공한다니, 수정에 성공할 확률은 1억분 1인 셈이다. 로또복권의 1등 당첨률은 대략 800만분의 1인 것에 비교해볼 때 한 사람의 인간이 태어나는 것이 얼마나 어려운 것인가를 단적으로 알 수가 있다. 이럼에도 이성 간에 우월성을 주장한다는 것 자체가 모순이다.

이제는 갈수록 임신이 어렵다고 하니 출산을 장려해도 이로 인한 스트레스를 받은 사람들이 더 많이 생긴 세상이 된 것이다. 현재 중국과 북한도 산아제한 정책을 수정하거나 폐지하려고 한다고 하니 사필 귀정이다. 인구가 적은 것을 걱정하는 사회에서 사는 우리들이 오늘 외쳐야 할 것은 '아들딸 구별 말고 많이 낳자'이다. 많이 낳아야 한다. 왜냐하면 그것이 애국하는 길이고 국력을 키우는 일이 되었기 때문이다.

나이테로 대접받기

우리는 사람들을 만나면 통성명을 하고 나서 빼놓지 않고 물어보는 것이 있다면 상대방의 나이다. 이 과정이 끝나고 나면 자연스럽게 아랫사람은 윗사람을 예우해주고 윗사람은 그때부터 말을 놓고 대화한다. 너무나 당연한 것처럼 관행적으로 이루어지고 있는 모습들을 보면 때로는 동방예의지국 같다는 생각도 들지만 이런 것이 다 좋은 것만은 아니라는 생각이 든다.

탈무드에 이런 말이 있다. "늙는 것을 재촉하는 네 가지가 있다. 그것은 두려움, 노여움, 아이, 악처이다." 좀 더 젊게 살려면 이런 부정적인 것들을 우리들의 마음속에서 몰아내야 한다. 그런데 나이가 들수록 순수를 잃고 고정관념에 휩싸여 남을 무시하려는 생각을 하게 되고, 남을 섬기기보다는 기대려 하고, 대우를 받으려는 생각만 하게 된다. 나 역시도 때로는 자신도 모르게 무의적으로 나이를 들먹이고 알량한 자존심을 내세울 때면 정말 내가 이렇게 내세울 것이 없고, 나 약해져가고 있고, 누군가의 말에 쉽게 상처를 받으며 이해하려는 노력보다 심통을 부리는 형편없는 사람인가 하는 생각도 하게 된다. "남자는 마음으로 늙고, 여자는 얼굴로 늙는다"라는 영국 속담이 있다.

우리는 이를 부정하거나 두려워해서도 안 되지만 젊은 날을 아쉬워하면서 나이테만으로 폼을 잡아서는 안 된다. 내 주위에서도 자신의 젊은 시절 이야기를 하면서 내가 왕년에 잘나갔던 사람이라며 묻지도 않은 이야기를 하는 선배들을 보게 된다. 말하는 입장에서는 건방 떨지 말고 자신을 잘 알아서 모시라는 무언의 압력인 것이다.

이런 선배들을 보면 나이가 들수록 그만큼 경륜이 쌓이므로 더 많이 이해하고 배려하고 너그러워져야 하는데 오히려 고집만 늘어나고 속이 좁아진 것은 아닌지 걱정이 된다. 이루어놓은 일이 많다고 생각하는 사람은 자신의 삶에서 성취감을 느끼며 감사하며 살아가고 그런 사람은 나이가 들수록 넓은 마음과 여유를 갖는다. 반면 늘 열등감에 사로잡혀 패배의식으로 세상에 대한 불평불만을 늘어놓는 사람은 작고 닫힌 마음으로 살아가다 보니, 한잔 술에 취하거나 혹은 나보다 어린 사람에게 대우를 받으려 하고 편협해진다. 나이가 들수록 더 대우받고 인정받고 싶은 마음들을 갖고 대우를 받으려고 하면 할수록 매사에 충돌이 일어나게 된다.

나는 아무리 절친한 후배들에게도 대접받기 위하여 거들먹거리거나 한 적이 없다. 일상적으로도 예를 갖추어 대화를 하다 보니 일부 후배들은 나의 행동이 서로간의 마음의 벽을 넘지 못하는 장애로 작용하고 인간적인 교감을 얻지 못할 뿐만 아니라 때로는 무척이나 부담스럽다고 한다. 지천명의 나이를 먹은 나는 지금의 20대의 젊은이들이 누리는 젊음을 이미 누렸으며, 그런 시절을 모두 겪었다는 사실에 만족하며, 적절하게 처신해야 한다는 사실에 씁쓸하다.

어떻게 살아왔든 지금의 이 삶을 기왕이면 감사하게 받아들이고 만족하며 살아야겠다. "주름살과 함께 품위가 갖추어지면 존경과 사랑을 받는다"는 위고의 말처럼 마음의 향기와 인품의 향기가 자연스럽게 우러나는 삶을 살았으면 좋으련만 자신도 모르게 왠지 뻔뻔스러워지고 우연한 행운이나 바라고 누군가에게 좋은 대접만을 받기를 바라니 참으로 나이를 먹는 것이 딱한 일이다. 제대로 된 대접받기를 원하는 사람들은 나이가 든 만큼, 살아온 날들이 남보다 많은 사람일수록 더 오랜 경륜을 쌓아왔으므로 더 많이 이해하고 더 많이 배려하며 넉넉한 마음으로 이웃을, 아랫사람들을 포용함으로써 나이 듦이 얼마나 멋진지를 보여주며 살았으면 좋겠다.

리더는 어디든 존재한다

사람과 사람이 모여 사는 공간에는 알게 모르게 그 공간속에서 지도력을 발휘하는 사람이 있게 마련이다. 우리는 이런 사람을 나쁘게 빗대어 말하면 잘난 척하는 사람이라고 말하고 좋은 표현을 빌리면 리더십이 있는 사람이라도 평가한다. 그럼에도 가족단위 생활 속에서 흔히 일어나는 지도력에 대하여는 별다른 생각 없이 당연시하는 것처럼 받아들이고 있다. 아마도 가족 간의 일들은 별다른 생각 없이도 하루하루가 편하게 이어지기 때문일 것이다.

그러나 생각해보라. 아버지가 아버지로서의 역할을 못하고 어머니가 어머니로서의 역할, 자식이 자식으로서의 역할을 못할 때 그 가정은 어떻게 되겠는가. 한마디로 가족 간의 질서는 무너지고 그 가족 간에는 불신의 골이 깊어져 결국은 정상적인 가족 관계를 유지 못한 채 풍비박산이 될 것이다. 한 가정을 이루어 가는 데도 각자의 위치에서 지도력을 발휘해야만 모든 것이 원활하게 돌아가게 되는 것이다. 하물며 집단화되고 조직화 되어있는 사회생활 속에서 누군가의 지도력은 필요불가분한 것이다. 그러기에 어느 때와 장소를 막론하고 사람이 모여 함께 하는 곳에는 리더가 존재하기 마련이다. 리더는 주어진 환경과 사회적 여건에 따라 다양한 모습으로 변화되어 왔지만 지금과 같이 변화의 속도가 빠르고 누구나 쉽게 정보를 공유할 수 있는 시대에서는 성장 형 리더의 역할이 중요하게 강조되고 있다.

리더십 사관학교 GE의 아시아 최고 교육담당자 당크포트 네벨 CLO(Chief Learning Officer)는 성장형 리더에 대한 중요성을 강조했다. 성장형 리더란 리더 본인의 성장은 물론 기업과 지역사회를 함께 성장시킬 수 있는 리더를 말한다. 성장형 리더가 갖춰야 할 5가지

덕목을 소개했다.

첫째, 외부에 대한 관심을 항상 갖고 있어야 한다. 기업 외에도 자신이 속해있는 지역공동체 환경문제 등 다양한 부분에 관심을 가져야만 시장기회를 창출하고 지속가능한 성장을 가져올 수 있다. 둘째, 전략을 실행에 옮기고 신속하게 결단을 내리는 한편 최우선적으로 처리해야 할 과제를 조직원들에게 간단하고 명료하게 전달할 수 있는 명확한 사고능력을 가져야 한다. 셋째, 창의적인 상상력과 용기를 가지고 위험에 맞설 수 있는 능력이 필요하다. 상황분석이 안 돼 할 수 없다는 자세가 아니라 리스크를 짊어지고 일을 진행할 수 있는 리더가 큰 사업성과를 낼 수 있다. 넷째, 포용력이 있어야 한다. 다양한 변화는 물론 직원들이 저지른 실패도 포용해야만 부서원들에게 동기부여를 할 수 있다. 다른 사람에게 동기부여를 할 수 없다면 진정한 리더가 될 수 없다. 다섯째, 자기 분야에서 전문가가 돼야 한다. 모든 것을 꿰뚫고 있어야만 변화를 주도할 수 있다. 5가지 덕목들은 모두 상호연관돼 있으며 전문성 없이는 상상력을 키울 수 없고 외부에 대한 관심이 없으며 포용력을 가질 수 없다. 아무리 리더가 좋은 성과를 내더라도 조직이념에 부합하지 않는 사람은 내보낼 수밖에 없다.

힘도 제대로 써야지

호랑이와 담비의 이야기가 있다. 옛날 호랑이가 산짐승들을 모아 놓고 "나는 백수의 왕이다. 너희들은 무조건 나를 존경하고 따라야 한다"며 엄포를 놓았다. 그러자 가장 조그마한 담비가 토를 달고 나섰다. "존경할 만한 자를 존경하는 것은 당연하지만 무조건 힘만 세다고 존경하고 따르는 것은 치사한 졸종"이라고 말했다. 이때 호랑이는 담비의 바른 말에 반성은커녕 오히려 오기를 부려 그 힘센 앞발로 담비를 쳐버렸다. 그러나 담비는 잼싸게 호랑이의 머리에 기어올라 오줌을 갈겼다. 호랑이는 눈을 뜨지 못하고 괴로움을 당했다. 비록 담비의 체구는 매우 작지만 지혜에서는 호랑이보다 나았다. 그래서 우리 속담에 "범 잡아먹는 담비가 있다"고 전해지고 있다. 이야기 속에 호랑이처럼 우리 주변에는 자신의 부나 권력만을 믿고 사람들을 함부로 대하는 사람들이 있다. 그들은 오직 자신만이 모든 것을 해결할 수 있고 무엇이든 안 되는 것이 없는 것처럼 안하무인격으로 행동한다. 이런 사람들의 면면을 보면 분에 넘치게 많은 것을 소유하고 있으면서 인격적으로 성숙하지 못한 사람들이다. 오만하고 방자해서 가지지 못한 사람의 인격을 무시하고 공격하려 한다. 그러나 지혜로운 사람은 남의 인격을 존중하고 사랑한다. 옛말에 "군자는 하루 세 번 자기의 잘못을 반성한다"고 했다. 자신이 가지고 있는 부나 권력의 힘을 지혜롭게 쓰는 방법을 아는 것이 영원히 힘을 지속시킬 수 있다. 지혜로운 사람만이 자기 주변을 정복할 수 있는 힘을 가지고 있기 때문이다.

문제는 자신에게 있다

옛날에 어떤 할아버지 한 분이 어느 날, 낮잠을 자고 있었다. 아주 깊은 잠에 빠져 있을 때, 이 할아버지의 장난꾸러기 손자 아이가 장난 삼아 할아버지의 코 밑 수염에다 된장을 발라 놓았다. 한잠을 푹 자고 일어난 할아버지는 깜짝 놀라 소리쳤다. "방 안에서 더러운 냄새가 난다! 방 안에서 더러운 냄새가 난다!" 할아버지는 여기저기 다니면서, 이 사람 저 사람, 만나는 사람마다 붙잡고 소리쳤다. "세상이 썩었다. 세상에서 악취가 난다! 온 세상이 썩었다!" 그러나 아무도 할아버지의 외침을 믿어 주지 않고 오히려 사람들은 그 할아버지를 보고 "망령이 드셨다. 정신이 도셨다" 하고, 수군거렸다. 그러나 그러면 그럴수록 그 할아버지는 세상 사람들이 모두 "미쳤다"고 화를 냈다. 문제는 자신의 코 밑에 있었다는 사실을 모르고서 남들을 탓하고 세상을 탓하고 있는 할아버지처럼 우리도 항상 모든 잘못 된 일들은 나 아닌 다른 사람의 탓으로 돌리는 우를 범하고 있다. 이 세상의 모든 문제는 바로 나 자신에게 있고, 우리들 자신에게 있다고 하는 생각과 자세를 갖는 것이 중요하다. 이 세상의 모든 행복과 불행, 그리고 모든 사랑과 미움, 이런 모든 것들이 바로 나 자신에게서, 우리들 자신에게서 나오는 것임을 잊지 말아야 한다. 문제의 중심에는 항상 나 자신이 있다는 사실을 인식하는 순간 모든 것으로부터 자유로워진다.

누구에게나 방법은 있다

이조시대에 놀랍게도 글 한자 모르는 까막눈 판서가 한 사람 있었다. 정조 때 이문원(李文源)이라는 판서가 바로 당사자다. 판서란 지금으로 말하면 장관급에 해당하는 벼슬이므로 학식이 풍부해야 함은 당연한 것이었지만 이름 가운데 글월문자가 들어 있음에도 이문원은 일자무식의 표본이었다. 그럼에도 지존 같은 임금이 한 인사였으니 신하들이야 내 놓고 불평을 할 수가 없었다.

보기만 해도 아니꼽고 시기심이 들끓어 이웃사촌이 땅 산 것처럼 배만 아파하고 있었다. 신하들은 기회가 되면 그를 파격등용 했던 임금이나 이문원을 싸잡아 골탕을 한번 먹이고 싶었다. 마침 기회가 왔는데 그해가 과거시험을 볼 때였다. 신하들은 다른 사람도 아닌 바로 이문원을 고시위원장 격인 도시관이라는 턱없는 자리에 천거했다. 도시관은 과거시험문제를 출제하고 채점을 하는 중요한 자리인지라 당연히 학식이 풍부하고 모든 것에 지식이 있는 사람이 앉아야 한다.

이문원은 그 자리를 잘 알고 있었다. 음 이놈들이 나를 글을 모른다고, 나무 위에 올려놓고는 흔들어 볼 셈이구나. 그렇다면 나도 이놈들에게 본때를 한번 보여주겠다. 이문원은 좋을시고, 라며 그 자리를 마다하지 않고 넙죽 받아들였다. 이 사실을 알고는 인사권자인 정조가 더 걱정이 되었다. 하, 이 일을 어쩌나 하면서도 그한테도 믿은 구석이 있었다. 이문원의 아버지 이천보는 사도세자를 위한 충정에 못이겨 자결을 했다. 그 뒤 왕위에 오른 사도세자의 아들 정조가 그 아들 이문원이 무식한 줄을 뻔히 알면서도 눈 딱 감고 크게 한번 등용해 준 것이다. 그에게 낮은 관직을 먼저내리고, 곧 판서 자리까지 올려주었다.

놀랍게도 이문원은 정조의 기대 이상으로 기지도 있고 배짱도 있어 누구보다도 일을 시원스럽게 잘도 처리해 나갔다. 정조의 기쁨이 이만 저만이 아니었기에 다른 관료들의 마음이 편할 까닭이 없었다. 마침내 과거 날이 왔고 그날 아침 이문원은 시험관들을 모아놓고 "나야 보시다시피 뭘 알겠소. 믿는 것은 대감들뿐이니 요령껏 잘 해주시오." 채점관계 일들을 모두 밑 사람들에게 맡겨버리고는 채점이 끝날 무렵 에야 얼굴을 내밀고 참으로 뜬금없는 소리를 했다. "집에는 커가는 애들이 네댓 있는데 그들에게 보이려고 하니 시험지 가운데 잘된 것 몇 장을 차례대로 가려 주구려." 시관들은 멋도 모르고 그렇게 해 주었다. 그 중에서 맨 처음 받은 시험지를 장원급제로 매기고, 그 다음 받는 차례대로 시험결과를 발표해 버렸다. 참으로 대단한 지혜와 판단력이었다. 놀랍게도 그해의 과거가 조선조 오백년 가운데 비리 한 점 없던 가장 공정한 과거로 평가 받았다.

요즘 행세깨나 하는 사람들이 자신보다 못 배운 사람, 권력 없는 사람, 가진 것 없는 사람들을 얕잡아보고 자신보다 못나 보이는 사람들이 잘나가는 것을 보면 수단과 방법을 가리지 않고 그 자리에 떨쳐 내려고만 하니 딱한 일이다. 모름지기 누구에게나 그 나름대로 현실 속에서 생존해가는 방법을 알고 있으니 너무 자신이 최고라고 자만할 일은 아니다.

새로운 발상이 현실을 바꾼다

상상력에 따라 기업의 운명이 좌우된다. 경영에 상상을 접목하라. 주식회사 남이섬 강우현 사장의 말이다. 강우현 사장은 1953년생으로 홍익대 응용미술학과를 졸업한 뒤 대학원에서 광고디자인을 전공했다. 아들과 남이섬에 놀러갔다가 단돈 100원으로 연봉계약을 하고 2001년 남이섬의 대표가 되었을 때 남이섬은 손님도 돈도 없는 절망적인 상황이었다. 사장취임 이후 그는 과감한 경영혁신과 환경경영을 통해 남이섬을 한국의 대표관광지로 바꿔놓았다. 먹고 마시는 유원지를 문화예술과 자연생태가 어우러진 안식처로 탈바꿈시킨 것이다. 그리하여 취임 5년 만에 회생불가 낙인을 깨고 관광객 수를 6배 이상, 매출을 100억 원대로 5배 늘려놓았다.

이러한 성공의 원인은 어디에 있는가? 경제 혹은 경영과는 무관했던 그가 남이섬을 성공상품으로 이끈 비결은 상상경영에 있다. 문화를 진정 사랑하는 사람만이 가질 수 있는 미래 경쟁력으로 남들이 발을 들여놓지 않은 새로운 땅, 남들이 선점하지 못한 블루오션을 발견하고 항해해 나가야 한다.

블루오션으로 나아가는 방법은 상상력에 있다. 남다른 상상력만이 다른 사람이 미처 생각지 못한 나만의 신대륙으로 안내할 것이다. 고정관념을 과감히 깨부술 때, 발상은 신선해진다. 상상력이 부족하다는 것은 관습이나 규격화된 제도에 얽매어 있기 때문이다. 우리의 뇌는 신비한 체계에서 상상력을 발동시키지 않으면 창조적 기능이 퇴화될 수 있다. 벽을 깨는 참신한 두뇌와 그것을 실현코자 하는 의욕만 있다면 성공의 문은 열릴 것이다. 무한 상상하라. 그것이야말로 치열한 무한경쟁시대에 남들보다 한발 앞설 수 있는 성공의 열쇠이다.

인간에게는 개성이라는 것이 있다. 이는 다른 사람과 구별되는 고유성으로 함부로 숨길 수도 없고, 숨겨지지도 않는다. 비즈니스 사회에서 화합은 필수적이지만 개성이 존중되지 않는다면 화합은 이루어질 수 없다. 창조하고자 하는 인간의 소망이 너무 강력하기 때문이다. 우리 자신에게도 보이지 않은 능력은 잠재해 있다. 다만 그것들을 끄집어내는 방법을 모를 뿐이다. 각자가 일상생활 속에서 작은 것부터 변화시키는 훈련을 해보자.

자신의 일을 미치도록 사랑하라

스페인의 천재 건축가 안토니오 가우디. 건축역사상 유일하고도 독창적인 새로운 세계를 꿈꾸던 그에 의해 건축의 장식화, 건축기하학화, 건축의 자연은 태어났다. 스페인은 사그라다 파밀리아 성당을 비롯해 그의 17개 작품을 국립문화재로 지정보호하고 있다. 하나같이 하늘, 구름, 물, 바위 같은 자연의 모습에서 기상천외한 영감을 얻어 지은 건축물이다.

가우디는 바르셀로나 시립건축전문학교를 졸업하고 건축가의 길로 나섰는데, 졸업식 날 학장이 그에게 남긴 말은 유명한 일화로 전해 내려온다. "우리가 건축사 칭호를 천재에게 주는 것인지, 아니면 미친놈에게 주는 것인지 모르겠다." 가우디는 자유롭게 흐르는 선의 형태를 3차원의 표현력을 갖춘 건축으로 전환한 아르누보 건축가 중 가장 독창적인 인물이다. 자연은 물론이고 인체의 골격에서도 디자인의 모티브를 얻었다는 가우디의 작품은 시대와 양식을 모두 초월하고 있다. 너무 앞선 창조적 예술가인 탓일까? 가우디의 삶이 행복했던 것만은 아니다. 건축에 미친 그의 생활은 초라했다. 74세 되던 해 그는 저녁 산책을 나섰다가 전차에 치였지만 차림새가 너무 남루해 아무도 도와주지 않았다. 그 바람에 너무 늦게 병원으로 옮겨졌고 3일 후 세상을 떠났다.

로마교황청은 가톨릭 성자들만 잠들 수 있는 사그라다 파밀리아 성당에 묻히도록 특별히 배려해주었다. 사람들의 핀잔도 있었고, 알 수 없는 예술에 대한 멸시도 있었다. 그러나 끊임없이 새로운 세계를 모색하며 독자성을 잃지 않았던 가우디. 진정한 개성은 그런 것이다. 가장 많은 돌을 뒤집어 보는 자가 보석을 발견할 가능성이 가장 높은 것처럼 우리도 끊임없는 사고를 통해 자신이 하고 있는 일을 사랑하자. 21세기 무한경쟁사회에서 살아남을 수 있는 유일한 길이다.

입구와 출구 사이에는 무엇이 있나

취미생활이 다양해지면서 무언가에 대해 단순한 취미활동을 넘어 적극적인 참여를 펼치는 사람들이 점점 늘고 있다. 이들은 스스로를 마니아라고 부르고 남들로부터 마니아로 인정받는다. 스타크래프트가 무엇인지는 몰라도 임요환이라는 이름은 들어보았을 것이다. 테란의 황제라 불리는 그는 프로게이머이기 이전에 프로 마니아이다. 방황하던 고3 시절 어느 날 임요환은 인생에서 중요한 만남을 경험하게 된다. 친구 집에 놀러갔다가 게임에 열중하는 친구의 모습을 본 것이다. 친구가 하고 있던 컴퓨터 게임은 이제까지 그가 하던 오락실 게임과는 전혀 다른 전략 시뮬레이션 게임 스타크래프트였다. 이것이 스타크래프트와 임요환의 운명적인 만남이었다. 그날 이후 그는 PC방에서 온종일 게임에 몰두했다. 당연히 대입시험에도 낙방했다. 사람들은 그를 PC방 죽돌이라 불렀다. 그는 더 이상 물러날 곳이 없다고 판단하고, 자신의 인생과 미래를 게임에 걸어보겠다는 목표를 세웠다.

그러던 어느 날, 기회가 찾아왔다. 기획사로부터 프로게이머로 활동해 보겠냐는 제의를 받는 것이다. 마음 한편에서는 걱정이 앞섰지만 그는 용기를 내기로 했다. 자신이 가장 하고 싶은 일을 직업으로 삼는다면 그보다 더 행복한 일은 없을 것이라고 생각했기 때문이다. 프로가 된지 얼마 되지 않아 출전한 대회에서 그는 예선을 통과하기 무섭게 본선에서 탈락하고 말았다. 이 사건을 계기로 그는 오기가 생겼다. 자신보다 게임을 잘하는 사람은 모두가 그의 표적이었다.

어느 날 그의 도전욕구를 자극하는 또 다른 사건이 생겼다. 스타크래프트 세계에서 1인자로 불리던 STKFKA를 만나 대결을 부탁했다가 한 마디로 거절당한 것이다. 훗날 자신이 최고의 게이머가 되기로 결심한 가장 큰 계기가 그 사건이었다고 말할 정도로, 당시의 일은 그에게 엄청난 도전의식을 유발했다. 게임에만 매달리며 뚜렷한 인생 목표 없이 사춘기를 보낸 그였지만 일단 목표가 생기자 무섭게 돌변했다. 그의 목표는 세계 최고의 프로게이머가 되는 것이었다.

인정받는 프로게이머가 되겠다는 목표 아래 첫째도 둘째도 무조건 연습이었다. 프로게이머들과 연습하면서 실력이 하루가 다르게 늘기 시작했다. 아무리 좋아하는 게임이라고 하지만, 깨어있는 시간의 거의 전부를 연습에 쏟아 붓는 생활이 즐거운 것만은 아니었다. 하지만 그는 하루하루 성장하는 자신을 느끼며 프로게이머의 세계에 들어온 것에 대한 자부심과 확신을 갖게 되었다.

1999년 12월 그는 SBS멀티게임 챔피언쉽에서 처음으로 우승컵을 거머쥐었다. 스타크래프트를 시작한지 1년 6개월만이었다. 이후 주요 리그를 모조리 평정하고 e스포츠계에 일대 파란을 일으키며 게임 마니아들을 열광시켰다.

어떤 경위를 거쳤든 우리는 모두 입구까지는 서 있다. 그런데 출구는 각기 다르다. 자신이 원하는 출구로 갈 것인가? 아니면 남이 가리키는 출구를 향할 것인가? 진정한 프로마니아 기질은 정확한 출구, 나만의 출구를 찾아가는 정신에 있다. 출구를 모른 채 입구에 서있는 것은 그저 취미 활동을 즐기려는 아마추어일 뿐이다. 비록 입구는 다른 사람에 의해 정해졌더라도 출구는 자신이 정해야 성공한다. 자의든 타의든 삶의 선택된 기로에 섰을 때 출구의 방향을 정확히 찾아가는 일이 중요하다.

신념은 신화를 만든다.

여기 '신화를 이룬 사람들'이 있다. '커넬 할랜드 샌더스'도 그 중 한 사람이다. KFC의 창시자인 그는 5살에 아버지를 잃고 7살부터 삯 바느질 하던 어머니를 도와 두 동생에게 닭다리를 기름에 튀겨 배를 채웠다. 그는 초등학교를 겨우 나와 대장장이, 철도 소방원, 직업군 인, 보험외판원, 유람선종업원을 전전하며 살았고, 39세에 주유소 겸 식당을 열었으나 65세에 완전히 망해 연금생활자가 되고 말았다.

그러나, 어렸을 때부터 '닭고기 튀김 기술'은 세계 최고라 생각했 던 그는 꿈을 함께 이룰 사람을 찾아 나섰다. 하지만 만나는 사람마다 코웃음을 치고 늙은 노인의 헛된 망상쯤으로 치부해 버렸다. 그러나 그는 꿈을 잃지 않았고, 1009번째 만에 첫 재정적 후원자를 만나게 되었고, 그 만남이 전 세계 어디서나 볼 수 있는 오늘의 KFC를 탄생 시켰다. 자신을 믿고 수많은 사람들에 거절에도 아랑곳 하지 않은 채 결국은 꿈을 만들어 냈다.

세계적인 환상적 놀이공원 디즈니랜드를 세운 '월트 디즈니'도 비 슷한 경우다. '세계에서 가장 환상적인 공간을 만들어 어린이들에게 꿈을 심어 주겠다'는 꿈을 가지고 그 꿈을 함께 할 사람을 찾아 나섰 지만 주변 사람들의 조롱과 비웃음 속에 수많은 좌절을 겪다가 302번 째 만에아 첫 재정적 동반자를 만났다.

샌더스가 1009번 만에, 디즈니가 302번 만에 동반자를 만났다는 것은 1008번의 거절, 301번의 퇴짜를 당했다는 뜻이기도 하다. 꿈을 거절당하고 돌아설 때 느꼈을 그 참담함, 절망감, 수치감으로 온몸이 흔들리고 주저앉고 싶었을 것이다. 그러나 끝내 포기하지 않고 용기 를 줄 사람을 찾고, 또 찾고… 다시 일어나 또 걷고, 또 걷고… 마침내 신화를 이뤄냈다. 남들이 말하는 신화는 결코 그냥 이루어지는 것이 아니다. 꿈을 이루고야 말겠다는 신념과 무단한 노력의 결과일 뿐이다. 그래서 두 사람의 성공신화는 더욱 아름답다.

안목이 필요해

18세기 후반 영국에서 시작된 산업혁명은 교통혁명을 거쳐 20세기를 대량생산의 시대로 이끌었고, 이로 인해 전 세계는 유례없는 급속한 발전을 이룰 수 있게 됐다. 하지만 지금 21세기는 과거와는 확연히 구별되는 변화가 산업계 전반에서 일어나고 있다. 소품종 대량생산에서 다품종 소량생산으로, 지식경제의 시대에서 창의력경제의 시대로, 기술 중심에서 소비자 중심으로의 변화가 그것이다.

소비자중심의 산업에서는 창의적 디자인의 중요성이 더욱 중요시되고 있다. 과거기술에 기반을 둔 사회의 시대는 종언을 고하고 문화서비스와 기술의 융합사회, 글로벌사회, 창의적 기술개발 사회로 세계는 급격히 변하고 있는 것이다.

이를 정확히 파악하고 이에 동참하며 대처하는 것만이 지속적으로 국가의 부를 창출하고 세계일류국가 대열에 합류하는 길이다.

21세기를 주도해나갈 바람직한 인재상은 창의성과 전문성, 변화를 주도할 수 있는 역량, 성숙한 사회로 들어서며 중요시되는 도덕성 등을 꼽을 수 있다. 이와 함께 다른 사람과 좋은 관계를 만들어갈 수 있는 인성이 무엇보다도 중요한 한 시대에 우리는 살고 있다. 우리는 과거보다는 수많은 정보와 지식의 홍수 속에 살고 있다.

인터넷상에서 키워드만 치면 어떠한 지식도 쉽게 얻을 수 있는 시대가 됐지만 앞으로 누가 얼마나 많은 지식을 가지고 있는가의 중요성은 줄어들 것이라고 한다. 반면에 누가 가능한 많은 정보 제공처를 확보하고, 또 그 정보를 이해해 새로운 변화를 주도하느냐가 지도자의 중요한 역량이 될 것이라고 한다. 오늘보다 더 나은 내일을 위해 미래의 주인이 될 우리 모두는 이 같은 사회적 변화가 요구하는 자질이 무엇인지를 정확히 이해하고, 끊임없는 자기개발 교육을 통하여 미래를 보는 안목을 키워 나가야 한다. 미래를 꿈꾸며 준비하는 자만이 최후 승리의 축배를 들 것이다.

중요한 것은 사람

과거의 생산의 핵심요소는 토지였고 그 다음은 자본이었다. 오늘날에는 인간, 그중에서도 지식이다. 피터 드러커 교수는 "일하는 방법을 끊임없이 개선 개발하거나 혁신해서 부가가치를 높이는 행위"를 지식이라고 정의한다. 정보는 외부로부터 받아들이는 수동적인 성격인 데 반해 지식은 정보를 받아들인 사람이 주체적으로 가공하고 판단하는 능동적인 과정까지 포함하는 개념이다.

사례가 될 만한 우화가 있다. 옛날 어느 성의 구석에 연못이 있었고 많은 물고기들이 살고 있었다. 어느 날 성에 불이 났고 이 소식이 연못의 물고기들에게 전해졌다. 이때 한 물고기는 다른 곳으로 피신하자고 주장했으나 나머지 물고기들은 "땅위의 불과 물속에 사는 우리들과 무슨 상관이냐"며 비웃었다. 그 결과 다른 연못으로 피신한 물고기만 살아남고 나머지는 모두 죽음을 면치 못했다.

이 우화를 정보와 지식의 개념에 적용해 보면 성에 불이 붙어 타고 있다는 것은 물고기들에게 수동적으로 전해진 정보의 한 가지 형태라고 할 수 있다. 하지만 대다수 물고기들은 단순히 정보를 받아 들였을 뿐 그 이상을 생각하지 못 했다. 반면 피신을 주장한 현명한 물고기는 성에 불이 붙었다는 정보를 접하고, 불을 진화하기 위해 사람들이 연못의 물을 퍼다 쓸 것으로 판단한 것이다. 그러한 판단을 내리고 행동에 옮길 수 있었던 물고기의 마인드와 사고체계가 바로 지식인 것이다.

다이아몬드가 그 자체로는 돌멩이에 불과하지만 가공하기에 따라 엄청난 가치를 지닐 수 있다는 사실과도 일맥상통하는 얘기이다. 성공기업의 비결은 첫째도 사람, 둘째도 사람, 셋째도 사람이다. 그러나 중요한 것은 그들의 육체가 아니라 두뇌이다. 하버드 경영대학원 교수 인 로자베스 모스캔터가 한 말이다. 칼 마르크스는 자본론에서 노동자들이 생산수단을 소유하는 위대한 공산주의 사회를 갈망했다. 그러나 이러한 마르크스의 유토피아는 아이로니컬하게도 공산주의가 아닌 자본주의 사회 속에서 실현되고 있다. 오늘날 핵심 생산수단인 지식을 소유하고 있는 것은 다름 아닌 노동자들이기 때문이다. 우리 자신이 알고 있는 지식 이상으로 사회는 급변하고 있고 역사는 변화를 반복하면서 새로운 힘을 만들어내고 있다. 그 중심에 사람이 있다.

생각이 감동을 만들고

중국집의 철가방에 스타강사로 변한 중국집 배달원 조태훈. 그는 광주에서 고등학교를 중퇴하고 친구를 따라 무작정 상경했다가 중국집 배달부로 취직했다. 서울역 근처 전봇대에 붙어있는 광고를 보고 전화를 건 게 공교롭게도 중국집이었던 것이다. 그러나 지금의 조태훈 씨는 단순한 자장면 배달부가 아니다. 대학교수조차 탄복할 만큼의 고객서비스와 마케팅의 진수를 터득하여 이를 실천해 왔기 때문이다. 중국음식을 어떻게 배달하면 고객이 감동하는 지를 가장 잘 아는 사람이며 어떻게 장사를 해야 이익이 극대화 되는지에 대해서 그는 현장경험을 통해 교과서에도 안 나오는 이론과 지식을 만들어냈다.

조태훈 씨의 고객감동과 마케팅에 관한 일화는 수도 없이 많지만 그 중 몇 가지를 이야기 해보겠다. 어느 날 중국집에 연인으로 보이는 청춘남녀 한 쌍이 들어왔다. 이들은 무슨 음식을 시켜먹을까 꽤나 고심한 끝에 자장면 하나, 짬뽕 하나를 주문했다. 그리고는 서로 조금씩 나눠서 먹는 것이었다. 대부분 사람이 무심코 지나쳤을 이 광경이 조에게는 섬광처럼 다가왔다. 자장면을 늘 먹으면서도 다소 느끼한 맛만 해소하면 그만일 텐데, 하고 생각했는데 이 한 쌍의 연인에게서 그 해답을 얻는 것이다.

그 다음날부터 조 씨는 자장면을 배달하면서 서비스로 짬뽕국물을 준비했다. 고객감동 100% 빅 히트였다. 이후로 각 중국집에 자장면과 짬뽕을 동시에 먹을 수 있는 자짬이 선을 보이기 시작했다. 그가 근무하던 중국집 설성반점은 고려대 후문에서 불과 5미터밖에 안 되는 거리였지만 매상은 다른 집보다 적었다. 거리는 가까운데 왜 다른 중국집을 찾는 것일까 궁리 끝에 조 씨는 결국 그 이유를 알아냈다.

이유는 두 가지, 하나는 양, 또 다른 하나는 속도였다. 학생들은 양 많은 자장면을 좋아했다. 그러나 자장면 양이라는 건 그릇에 따라 크게 좌우된다. 큰 그릇에 담으면 적게 보이고 작은 그릇에 담으면 많게 보이는 것이다. 설성반점 자장면 그릇은 유난히 컸다. 그래서 자장면 그릇크기를 줄였고, 결과는 대성공이었다. 둘째 교수들은 속도가 문제다. 수업시간에 맞춰야 하니 빨리 배달해 오는 곳이 최고다. 조 씨는 이점을 착안해 교수들 주문은 우선적으로 만들라고 주방에 요구했다. 당시만 해도 중국집 주방에서는 먼저 주문받는 것부터 만드는 이른바 선입선출원칙이 적용됐다. 그런데 음식제작 시간의 불균형이 존재 하는 곳이 중국집이다. 예컨대 자장면을 만드는 데는 고작 2분밖에 안 걸리지만 탕수육을 만드는 데는 10분 이상 걸리기 때문에 자장면 주문을 받아도 탕수육 주문이 먼저 들어와 있으면 10분이 훨씬 지나야 자장면이 나온다. 조 씨는 주문표를 바꿔 넣었다. 탕수육 주문이 먼저 와도 급한 자장면 주문이 있으면 그게 먼저다. 이 역시 주방장이 우선이 아니라 고객이 우선이라는 판단에서였다.

요사이 경영학계의 유행이 되다시피 한 스피드 경영을 몸으로 실천한 것이다. 그는 이 덕분에 번개라는 자신의 브랜드를 얻게 된다. 세상에서 가장 빠른 중국집 배달부의 이미지로 그가 오토바이를 타고 고려대 캠퍼스를 누빌 때는 번개라고 쓰인 노란색 사각 깃발이 바람에 펄럭인다. 번개수칙도 있다. 설성반점에 자장면을 시키면 담배를 피우지 말라. 왜 담배 피우기 전에 자장면이 도착하기 때문이다.

17세의 어린나이에 광주에서 서울로 올라와 처음 시작한 철가방 인생은 첫배달이 울면이었는데 배달을 가보니 국물은 오간데 없고 국수만 있어 낭패를 봤으며 미장원 배달 때는 나가는 문을 못 찾아 마사지실로 들어가 봉변을 당하기도 했다. 그러면서 그는 배달의 노하우를 습득하기 시작했다. 그러나 그의 인생을 오늘날 성공의 반열에 올려놓은 것은 다름 아닌 고객에 대한 남다른 인식이었다.

"내가 보통의 자장면 배달부와 다른 점이 있다면 그것은 인생관입니다. 자장면 배달부 100명이면 100명이 언젠가는 이 일을 그만두겠다고 다짐합니다. 그러나 나는 언젠가는 최고 배달부가 되겠다고 생각했습니다. 그리고 그 1단계 목표로 중국집 사장이 되기로 했습니다."

그의 이 같은 인생목표는 고객에 대한 세밀한 관찰과 연구로 나타났다. 그는 고객만족과 고객감동의 차이점을 깨달았다. 만족을 제품에서 나오며 자장면이 맛있으면 고객은 만족한다. 그러나 감동은 서비스에서 나온다. 고객의 마음을 읽고 자장면을 시킨 손님한태 짬뽕국물을 갖다 주는 것이 감동이다. 푸짐한 요리를 시킨 고객에게 군만두를 덤으로 주는 것이 아니라 소주 두 병 갖다 주는 것이 감동이다. 그는 이 대목에서 "나의 경쟁자는 누군 것 같습니까?"라고 되묻고 "나는 고객과 경쟁합니다"라고 답한다. 고객이 진정 무엇을 원하는지 탐구하고 알아내는 작업은 분명 고객과의 경쟁이다. 그의 내면에서는 보이지 않는 고객과의 전쟁이 벌어지고 있는 것이다. 그가 현장에서 고객 한사람, 한사람 만나면서 터득한 경험은 자료로 축적되며 그것이 모여 데이터베이스를 이루고 부가가치로 연결된다. 본인의 몸값이 오르고 중국집의 수이이 증가하는 것이다.

박종원 고려대 경영학과 교수가 최초로 조태훈 씨의 진가를 발견해 고려대 강사로 초빙했다. 오늘날 조 씨를 스타강사로 만든 주역이 바로 박 교수다. 박 교수는 조 씨에게 누구보다도 마케팅의 기본 개념을 철저하게 실천하는 모습을 보았다고 말한다. 비록 고등학교도 못나온 그이지만 경영학을 전공한 그 누구보다도 고객감동의 요체를 알고 있었다는 것이다. 그는 또 번개라는 브랜드가 자신의 부가가치를 높일 수 있다는 점에 주목했다. 그는 일산에다 번개반점 체인 1호점을 열어 마침내 자장면집 사장의 꿈을 이루었다. 꿈을 가지는 자만이 새로운 것을 이루고 또 다른 꿈을 꿀 수 있다는 사실에 주목해야 하다. 기존 음식에 다른 기능을 첨가하여 새로운 음식을 만들어낸 조태훈 씨는 늘 생각 속에서 고객을 감동시킬 수 있는 방법을 만들어 낸 사람이다.

고통의 체험은 새로운 성공

비슷한 재능과 성장배경이 주어지더라도 누구는 성공하고 누구는 실패한 인생을 산다. 왜 그럴까? 성공과 실패를 가름하는 요소가 체험이기 때문이다. 어릴 적 기억이 쌓여 그 사람의 인격과 가치관을 형성하기 때문에 어떤 체험을 하느냐에 따라 사고방식은 물론 그에 따른 행동과 인생 전반이 달라진다. 프로마니아는 인생의 성패를 좌우할 수 있는 체험, 바로 그 결정적인 순간에 주목해야 한다.

여기 죽음을 앞에 두고 절체절명의 순간을 체험함으로서 인생이 바뀐 사람이 있다. 때는 제정러시아시대 영하 50도의 혹한 속, 그러나 사형대에 묶인 세 청년은 엄습해 오는 죽음의 공포 속에 추위조차 느끼지 못했다. 그 중 한 청년은 반체제 비밀독서클럽에 가입한 죄로 정치범이 된 28세의 문학도였다. 사형 집행을 앞두고 집행관은 죽을 준비할 시간 5분을 허락한다. 청년은 함께 묶인 동료들에게 인사하는 데 2분, 살아온 인생을 되돌아보는 데 2분, 그리고 발붙이고 살아왔던 대지와 자연을 돌아보는 데 나머지 1분을 사용하기로 하였다. 그는 인사를 시작했고 2분은 금세 흘러갔다.

마침내 삶을 정리하려던 그는 문득 3분 뒤 자신의 모습을 그려보았다. 나는 어디로 가고 있을까? 나는 죽음 이후 어떻게 되는 것일까? 라는 생각이 들자 눈앞이 캄캄해졌고 매순간 아껴 쓰지 못했던 지난 28년이 뼈아프게 후회되었다. 청년은 생각했다. 나에게 다시 삶의 기회가 주어진다면 순간순간 정말 값지게 쓰련만! 청년은 끝없이 한탄하며 이제 영원히 돌아올 수 없는 자신에 죽음을 맞이하고 있었다.

바로 그때, 말발굽소리가 요란하게 울렸다. 사형을 중지시키고 대신 4년간의 강제 노동을 명하라는 특사가 도착한 것이다. 성탄절에 운 좋게 목숨을 건진 이 청년의 시베리아에서의 유형생활은 사형 못지않게 고통스러운 나날들이었다. 하루, 하루가 견디기 힘든 고된 노동, 벼룩이 들끓는 감방, 무자비한 폭행 등은 실로 죽음과 견줄만한 가공할만한 체험이었고 1,500명의 죄수들과 함께한 4년간의 끔찍한 환경은 그로 하여금 인간의 내면과 삶의 다양한 일면을 끊임없이 탐색하고 사색하게 만들었다.

수형생활 이후 그는 놀라운 대작을 연이어 발표하게 된다. 모든 선과 악, 도덕과 양심 그리고 냉정한 현실을 날카롭게 그려낸 작품들이었다. 어떤 예술작품도 작가의 삶과 동떨어진 것은 없었다. 고된 수형생활이 위대한 명작을 낳을 수 있었던 창작의 원천이 된 것이다.

죽음을 눈앞에 두고 섰던 절체절명의 순간, 공포 속에서의 삶의 가치를 되새겨 보았던 사형장에서의 5분, 그 특별한 체험이야말로 평범한 청년을 대문호로 거듭나게 한 결정적인 계기. 인생을 송두리째 바꾼 순간이었다. 그가 바로 〈죄와 벌〉이라는 문학걸작을 쓴 세계적인 대문호 도스토예프스키이다.

삶의 경쟁이 치열하다 보니 늘 생존과 도태라는 또 다른 사형장에
놓여 있는 것이 지금 우리의 현실이다. 그 절박함을 따지면 격동기를
살았던 도스토예프스키와 다를 바가 없다. 지금 우리가 자리하고 있
는 이곳이 영하 50도 혹한 속 사형장이라고 상상해 보면 지금 이 순
간 살아있다는 것이 특별하게 느껴질 것이다.

　자신의 과거를 한번쯤 되돌아보기 바란다. 누구에게나 내면세계
깊숙이 자신의 영혼을 일깨우는 특별한 체험이 반드시 있다. 죽음이
두렵다면, 지금이라도 그 특별한 체험, 도망가고 싶은 두려운 순간 앞
에 다시 한 번 마주서서 그 체험 속에서 버려야 할 과거의 나, 그리고
새로워질 미래의 나를 발견해내기 바란다. 현실과 마주한 고통을 받
아들이고 이를 극복해 낼 때 새로운 희망과 함께 성공의 문은 열린다.

가짜로 사는 인생

김갑순 그가 나훈아가 아닌 너훈아로 인생을 산지도 10년이 다 되었다. 흔히 그가 단지 트로트의 황제 나훈아를 닮은 것이 전부라고 생각하겠지만 그의 인생은 사실과 다르다. 충청남도 논산시 양촌면에서 태어난 그는 26살에 축산업을 하다 큰 실패를 하고 서울로 야반도주를 했다. 7,000원을 들고 서울로 상경해 노가다부터 중국집 배달부, 점원 등 20여 가지의 잡다한 직업을 거쳤다. 막상 서울에서 일해 보니 농사보다 더 힘들고 어려웠던 것을 이루 말로는 표현할 수 없을 정도였지만 그에게는 한 가지 목표가 있었다. 다름 아닌 돈을 벌어 고향 부모님에게 효도하겠다는 일념 하나만으로 그 힘든 생활을 견디어냈다.

어느 날 목욕탕에서 전부 알몸인 사람들을 보고 사람이 결국 다 똑같구나 하는 생각을 했고, 이때부터 목숨을 걸고 성공을 하겠다고 다짐한 것이 노래를 하게 되었다. 그가 연예활동을 시작한 것은 1988년 김갑순이라는 이름으로 명사십리란 음반을 내면서부터이다. 힘들여 번 돈으로 첫 음반을 냈고 그 당시 가요프로그램이었던 가요 톱 텐 신곡 코너에도 소개된 적이 있고, 이후 방송활동도 했던 엄연한 가수다. 이때 당시에는 너훈아가 아닌 김갑순으로 활동했지만 뒷심이 부족해서 얼마 활동을 하지 못했다.

이러던 그가 나훈아의 패러디 인생을 살게 된 것은 고 김형곤을 만나면서부터였다. 당시 신림동에서 코미디 클럽을 운영하던 그가 나훈아를 모방하면 어떻겠냐고 조언을 했고, 이미 나훈아 닮았다는 이야기를 들어왔던 그는 흔쾌히 받아들여 그 클럽에서 전속가수로 공연을 하게 되었다.

너훈아란 이름을 지어준 것도 김형곤이었으며 김갑순에서 너훈아로 새로운 제2의 인생이 시작되었다. 나훈아를 닮긴 했지만 지금의 그가 있기까지는 나훈아를 닮기 위한 피나는 노력이 있었기에 가능했다. 머리도 파마를 하고 코도 성형수술로 조금 높였다. 나훈아를 조금이라도 더 닮기 위해 얼굴표정 하나, 손짓 하나, 목소리까지 똑같아지기 위해 정말 힘들게 노력했다. 때로는 한강둔치 맨홀 속에 들어가 발성연습을 할 때는 악취 때문에 숨쉬기도 힘들 때가 있었지만 그에게는 목표가 있었기 때문에 모든 것을 참을 수 있었다.

단순히 나훈아를 닮았다고 비슷하게 노래를 부른다고 하여 처음부터 인기가 있었던 것은 아니었다. 진짜가 아니 짜가라는 이유로 괄시를 받기도 했고 설움도 받았지만 그는 꿋꿋하게 견뎌냈다. 그가 남몰래 흘린 눈물은 결국 그를 새로운 성공의 길을 만들어주었다. 그가 유명세를 타기 시작한 것은 모 방송국에서 주최했던 나훈아 모창대회애서 1등을 하면서 부터다. 시상식에서 진짜 나훈아 씨와 나란히 무대에 서는데 참 기분이 묘했다. 이후 진짜 너훈아의 새로운 인생이 시작되었다.

각종 행사장에서, 방송국에서, 밤업소에서 출연섭외가 물밀 듯이 들어왔고, KBS 사람과 사람 특집, 뉴스투데이 MBC 임성훈입니다. SBS 임백현의 투나잇쇼, 이경규의 야한 밤 등, 영화 긴급조치119와 가문의 위기, 와이키키브라더스 등 그야말로 눈 코 뜰 새 없이 바쁜 시간을 보내야만 했다. 이렇게 바쁜 스케줄에 어느 정도 형편도 피고 남들보다 부족하진 않지만, 그는 뚜벅이 인생을 살고 있다. 공연장을 오갈 때 대중교통을 이용하고 있기 때문이다. 짜가라는 사회적 편견으로 아이들이 한때는 아빠를 부끄러워 한 적도 있었는데 열심히 하는 나를 보고 이제는 존경스럽다고 하게 되었다.

이런 그에게도 삶에 뚜렷한 목표가 하나 더 생기게 되었다. 그것은 다름 아닌 고향에 양로원을 지어 노인 분들을 모시고 남은 인생을 세상에 보답하는 마음으로 봉사하며 살고 싶기 때문이다. 오늘도 그 꿈을 이루기 위해 진짜 같은 이미테이션 인생을 산다. 진짜 같은 가짜 인생도 자신이 노력하는 만큼 얼마든지 가능성이 있다는 사실에서 사람마다 각자 주어진 능력이 다름을 알게 된다. 그들이 나와 다름을 인정할 때 우리가 살고 있는 이사회는 더욱 아름다워질 것이다.

물에서 인생을 배운다

이 지구상에서 우리 인간에게 준 가장 큰 선물 중의 하나는 두말할 것 없이 자연이다. 그 자연의 하나인 물에서 우리는 살아가는 처세술에 대한 교훈을 얻게 된다. 물은 분별하지도 않고, 욕심을 내지도 않는다. 그저 다른 것들이 모양을 갖춘 대로 담기거나 만들어진 대로 흘러갈 뿐이다. 흘러가다가 막히면 돌아갈 뿐이고 고이면 그저 머무를 뿐 부딪히는 환경을 분별하고 시비하지 않는다. 또한 빨리 가려 애쓰지도 않고, 늦는다고 조바심을 내지도 않는다. 세상의 온갖 더러움이 물에 버려져 악취가 넘쳐나도 깨끗해지기 위한 자정의 노력을 포기하지 않고 자신의 몸을 스스로 뒤져 희생할 뿐이다. 물은 맑고 깨끗한 그리고 일체만물을 살려주는 원대한 포용력을 지니면서도 결코 우쭐대거나 자랑하지 않으며 오직 낮은 곳을 찾아다닐 뿐이다. 물의 모습이 이토록 삶을 달관했음에도 우리는 강하지 않은 모습, 유순한 사람들, 우유분단한 사람들을 보통 물 같은 사람이라고 표현한다. 이것은 물에 대한 모욕이다.

물이 없는 세상을 상상해 보았는가? 우리 몸의 70% 이상이 물로 되어있다는 사실은 결코 우연이 아닌 필연인 것이다. 그만큼 물은 우리의 삶과 직결되어있다. 갈증이 나 마시는 한 잔의 물에 사랑스럽고 소중한 마음을 담아보자! 일상생활 속에서 물처럼 산다면 번뇌 없는 평상심과 함께 할 것이다. 주어진 환경을 탓하지 않은 물에서 어떻게 사는 것이 올바르게 사는 것인지 삶의 지혜를 배워야 할 때다.

싸우지 않고 상대를 이기는 힘

인류역사에서 보기 드문 기상천외한 전쟁이 하나 있었다. 13세기 후반 몽골군과 남송의 전쟁 당시 몽골의 쿠빌라이 칸은 10만 병력을 동원하여 남송의 전략적 요충지인 상양과 번성 등 두 도시를 포위한다. 두 도시와 몽골의 10만 병력, 다음에는 어떤 일이 벌어졌을까? 많은 사람들이 피비린내 나는 싸움을 상상할 것이다. 하지만 전쟁의 묘미는 지금부터이다. 몽골군은 전쟁을 하지 않고 토목공사를 시작한다. 두 도시를 온전히 두른 토굴을 파고 거기서 나온 흙으로 100㎞가 넘은 장벽을 쌓았다. 도시를 둘러싼 몽골군은 어떤 공격도 하지 않는다. 오히려 남송에서 탈주해온 병사가 있으면 치료해서 돌려보내기도 하고, 기근이 들면 식량을 원조해 주기도 하였다. 남송에 무역을 제의하기도 했다.

전장의 상황이 이렇게 되자 전쟁터 근처에 큰 무역장터가 생기게 되었다. 전쟁이 나면 도망가기 급급한데 오히려 전쟁을 구경하겠다고 관광을 하는 사람이 생기고, 그들에게 물건이나 음식을 파는 상인이 모여든 것이다. 심지어 사창가도 생겼다. 그야말로 전쟁의 산업화였다. 쿠빌라이 칸은 무슨 생각에서 그런 행동을 했을까? 그는 중국 전체를 점령하여 세계를 경영하겠다는 원대한 꿈을 꾸고 있었다. 그런 비전을 갖고 있었기에 전혀 다른 방식의 전쟁을 택한 것이다.

큰 나라를 세우려면 남송의 국가경영 노하우, 기술자, 학자, 무기 등을 송두리째 받아들여야 한다. 즉 전쟁을 하지 않는 전쟁을 해야 한다. 이런 구상이 극명하게 드러난 것이다. 장터 같은 전장에서 남송과 몽골의 대치상태는 무려 7년 간 계속된다.

당시 상양성은 남송 최고의 장군 여문환이 지키고 있었다. 그는 식량난이 닥치자 처자식들까지 성 밖으로 내쫓으면서 성을 지키기 위해 안간힘을 썼다. 그런데 남송 수도인 임안의 권력자들은 그를 중상모략하기 시작한다. 어째서 남송 최고의 장수가 몽골군을 퇴치하지 못하는가? 일부러 우물쭈물하고 있는 것은 아닌가? 엄청난 오해와 비난이 쏟아진다. 여문환은 고민에 빠진다. 원군도 없이 비난만 하는 조국이 예뻐 보일 리 없었다.

반면 몽골은 무인을 우대하고 한족이라도 능력만 있으면 제대로 평가해 주었다. 결국 여문환은 쿠빌라이칸이야 말로 진정한 지도자임을 확신하고 부하들을 이끌고 몽골에 투항한다. 항복한 여문환은 감격에 휩싸인다. 식량난 때문에 내쫓았던 처자식들을 쿠빌라이 칸이 잘 보호하고 있었기 때문이다. 쿠빌라이칸은 여문환과 그의 부하 그리고 두 도시의 주민들을 우대했다.

몽골군의 일원이 된 여문환은 자신의 인맥을 살려 남송 공격의 선봉으로 나섰다. 여문환의 행동은 교착상태에 놓인 전쟁국면을 하루아침에 바꾸어 놓았다. 1274년 각 국경선에서 몽골의 공세가 일제히 시작되었다. 남송군은 거의 저항하지 않았고, 몽골군이 지나가는 곳마다 주민들은 자신해서 문을 열고 환영했다. 그것은 전쟁이 아니고 행진이었다. 마침내 몽골군은 수도 임안에 무혈입성을 한다.

기묘한 전쟁에 기묘한 결말이다. 우리는 여기서 단순히 역사만 읽을 일이 아니다. 누구에게나 적이 있고 라이벌이 있을 수 있다. 중요한 것은 사람들을 대하고 다루는 방식이다. 진정한 프로마니아라면 쿠빌라이칸처럼 경쟁자를 관리하고 자기 편으로 끌어들일 수 있어야만 한다. 라이벌을, 적을 경쟁자를 포용하면 그들의 장점과 노하우를 함께 얻을 수 있기 때문이다.

사람을 다루는 일에 경계란 존재하지 않는다. 나와 경쟁자에 관계에 있는 사람의 장점을 인정하고 그의 마음을 얻은 길이 자신을 더 큰 성공의 길로 끌어올릴 수 있다. 경영할 것은 내가 아니라 상대방이라는 점을 늘 가슴에 두고 자신이 처한 상황이 불리하다고 비굴한 방법을 통하여 상대방을 곤경에 빠뜨리는 일이야말로 스스로 자멸하는 길이다.

약점조차 장점으로 바꾼다

인간은 누구나 약점이 없고 완벽하기를 바란다. 하지만 애석하게도 이 세상에 완벽한 인간은 없다. 그런데 왜 누구는 약점이 없어 보이고, 누구는 약점투성이로 보일까? 약점을 어떻게 극복하느냐의 차이 때문이다. 강한 사람은 약점을 장점으로 바꾸어낸다. 약점을 극복해내고야 말겠다는 의지를 불태워 약점을 장점으로 승화시켜야 한다. 약점이 거꾸로 장점의 자양분이 되는 것이다. 장점과 약점은 일란성 쌍둥이기 때문이다.

미 국민의 우상이 된 방송인 오프라 윈프리를 한번쯤은 들어보았을 것이다. 오프라윈프리 쇼를 통해 존경과 사랑을 한 몸에 받는 그녀의 과거는 온통 얼룩투성이다. 그녀는 1954년 미국 미시시피의 작은 마을에서 사생아로 태어났다. 9세였던 어린나이에 사촌오빠에게 성폭행을 당한 후 친척과 주변 사람들에게 성적학대를 받았다. 14세의 나이에는 임신해 아이를 낳았지만 그 아이조차 2주 만에 세상을 떠났다. 20대 초반에는 마약을 했고, 100kg가 넘은 비만의 몸이 되기도 했다.

그러나 지금 그녀는 인기, 존경, 돈, 모든 것을 얻은 사람이 되었고 미국을 움직이는 막강한 브랜드가 되었다. 오프라의 약점투성이가 현재의 그녀에게 아무런 영향을 미치지 않는 것처럼 보인다. 그렇다면 그의 성공비결은 무엇일까? 그녀의 삶을 성공으로 이끈 것은 물론 오프라윈프리 쇼이다. 그러나 이 프로가 많은 시청자들로부터 절대적인 인기비결은 다름 아닌 솔직함에 있다.

미국에는 오프라윈프리라는 신조어가 있다. 속마음이나 과거 철없는 행동을 만인에게 털어놓으려는 사람이 늘어나는 현상을 뜻하는 말이다. 자신의 쇼에 나오는 게스트들의 고백본능을 자극하여 마음의 상처를 치유할 수 있도록 도와주는 그녀는 국민심리치료사로도 불린다. 그녀가 오프라윈프리 쇼를 통해 만들고자 했던 것은 조금 더 건전하고 안전한 세상이었다. 그녀는 의회에 출석하여, 아동성폭행 혐의로 기소되었거나 유죄판결을 받은 사람에 대한 전국적인 데이터베이스를 마련해야 한다고 주장했다.

이를 들은 당시 클린턴 대통령은 곧바로 오프라 법안이 라고 불리는 아동보호법에 서명을 했다. 그녀의 진솔한 모습과 다양한 사회활동은 어디서 나온 것일까? 그것은 분명 자신의 어두운 과거, 즉 숨기고 싶은 약점으로부터 잉태된 힘이다. 그녀에게 치명적인 약점이 없었다면 강점 또한 없었을 것이다. 그녀의 성공은 자신의 약점의 무덤 위에서 출발하였다. 결코 운으로 빚어진 결과가 아니다.

그녀의 과거 속에는 타고난 장점이나 든든한 배경이라고는 눈을 씻고 보아도 없다. 있다면 당장 지우고 싶은 과거, 격한 성격과 가난하고 불행해서 책을 보지 못했던 치명적인 약점과 불행뿐이었다. 하지만 그녀는 용기와 신념을 잃지 않았고 치명적인 약점을 강점으로 바꾸었다. 그렇기에 그녀의 성공이 더욱 아름답다.

사람의 마음은 간사하기도 하고 위대하기도 하며 신비하기도 하다. 아무리 어려운 환경에 처해있더라도 자신을 구제할 수 있는 것은 오로지 자신뿐임을 알고 삶을 포기 하지는 말자! 죽을 용기가 있다면 그 마음을 되돌려 살겠다는 의지를 불태워야 한다. 지금을 견디고 나면 반드시 새로운 기회는 오기 때문이다.

좋은 인연의 꽃을 피우자

우리는 살면서 다양한 꽃을 피운다. 웃음에 꽃을 피우기도 하고, 분노에 꽃을 피우기도 하고, 절망의 꽃을 피우기도 한다. 매번 하루에 삶을 마감하고 잠자리에 들기 전 나는 오늘 어떤 꽃을 피웠는지 생각해 볼 일이다. 늘 삶의 향기 있는 꽃으로 사람과의 만남 속에서 좋은 인연의 열매를 맺기 위한 노력이야말로 미움을 버리고 마음이 통하여 기쁨과 행복이 넘쳐나는 샘물이 된다.

우리가 함께하는 좋은 인연의 꽃은 영롱한 아침 이슬처럼 맑고 밝은 마음으로 서로를 위로하고 배려하는 푸른 삶의 향 내음이 가득한 참 아름다운 삶으로 다가가 올 것이다. 그 꽃에 향기는 늘 함께 할 수 없지만 마음 깊이 흐르는 정으로 말을 하지 않아도 느낌만으로 삶의 기쁨과 아픔을 나누며 웃음과 눈물을 함께하는 참 따뜻한 삶의 인연이 될 것이다. 지금처럼 모두가 어려운 시기에 우리 서로에게 함께하는 마음으로 마음에 남겨지는 깊은 정으로 늘 맑은 호수같이 푸른 삶에 대한 인연에 꽃을 피운다면 그 향기는 서로가 오래 기억되어 행복한 인생을 만들어 갈 수 있다. 사람의 향기는 향수처럼 만들어진 냄새가 아니라 살아온 대로, 걸어온 대로 저절로 안에서 풍겨 나온다. 꽃향기나 향수 냄새는 바람결에 따라 떠다니지만 사람의 향기는 마음에 머물러 마음을 움직이고 그 향내는 숨길 수 없고, 멀리 가고 오래 남기 때문이다. 하루하루를 좋은 인연의 꽃을 피우기 위한 노력은 그래서 중요하다.

편견의 벽을 허물자

처음 보는 사람과의 만남! 그런데 그가 좋아 보이지 않은 까닭은 무엇일까? 왠지 이 사람과는 빨리 대화를 끝내고 벗어나고 싶다. 그런데도 상대방은 여전히 자신의 이야기를 계속하고 있다. 하지만 나는 이쯤에서 모든 것을 마무리하고 자리를 일어나려고 했지만 그 순간 그의 진지함이 나를 그 자리에 머물게 한다. 이 사람이 혹시 내 생각을 눈치 차린 것은 아닐까? 돌연 김 주사가 말했다.

"누군가에게 내이야기를 들었나 보군요! 사람들은 왜 남의 말만 듣고 상대방을 만날 때 이미 나쁜 사람이라는 편견을 갖고 대하는지 모르겠습니다. 자신들의 주장에 반대를 한다고 다들 나쁘다고만 하니, 옳고 그름을 이야기하고 자신의 주장을 강하게 한다고 해서 나를 전혀 모르는 사람들에게조차 상대 못할 사람이라고 매도를 하니 나도 답답합니다."

그는 내 행동을 충분히 이해한다면서 자신이 그동안 있었던 행정에 대한 잘못된 관행에 대하여 이야기를 한 것이 사사건건 시비만 거는 사람으로 비추어진 것이라고 말했다.

그러면서 그는 현재 지역의 실정과 공직자들의 타성에 젖은 것들에 대하여 그동안 자신이 지적해 온 것들을 하나하나 설명했다. 그의 이야기를 듣고 시간이 흐를수록 내가 가지고 있던 편견이 얼마나 무지한 것인가를 느꼈다. 단 한 번도 대화를 나누어보지 않은 사람을 타인의 말만 듣고 멀리하려 했던 자신이 부끄러워지는 순간이다.

우리는 누구나 처음부터 모르는 사람을 만나지는 않는다. 우연이든 아니면 약속을 하든 아는 사람을 통해서 사람을 소개받고 서로 간에 친밀감을 나누게 된다. 이와는 반대로 직장생활이든 사회생활 속에서 만난 사람들과의 대화 속에서 특정인에 대한 나쁜 이야기를 듣게 되면 어느새 내 머리 속 에는 그 사람에 대한 선입견이 자리하게 되고 그를 만나는 순간 '아! 저 사람은 그런 사람이야! 조심해야지', '될 수있으면 친하게 지내지 말아야지' 하는 생각을 갖게 된다. 이런 효과를 스티그마 효과라고 한다.

정갑영 연세대 경제학부 교수는 이 효과에 대하여 이렇게 말하고 있다. 과거의 부정적 기록을 낙인으로 남겨 아무리 개과천선해도 쉽게 인정해주지 않는 것이다. 이런 현상을 낙인효과라고 부른다. 낙인효과는 여러 형태로 다양하게 나타난다. 사회학에서는 일반적으로 진정한 실체와 과거의 선입관 등으로 형성된 가정의 실체 간격차를 낙인효과라 정의한다. 다시 말해 낙인 효과란 좋지 않은 과거의 행적이 만든 흔적 때문에 사회적 활동이나 경제적 거래에서 부당한 대우를 받은 것을 말한다.

물론 낙인 효과는 타인 때문에 고착되는 경우도 많다. 예를 들면, 과거에 아무런 잘못이 없었음에도 출신지역이나 학교 때문에 피해를 입는 것도 낙인 효과라 할 수 있다. 심리학에서는 실제로 낙인효과가 범죄를 유발하거나 학업성적을 낮춘다고 지적한다. '넌 안 돼' 라는 말을 수없이 듣는 아이가 어떻게 성공할 수 있겠는가? 나는 안 된다는 잠재의식이 형성돼 자신의 능력을 제대로 발휘할 수 없게 만드는 것이다.

조직 내에서도 마찬가지이다. 나름대로 최선을 다하고 있는 사람에게 융통성이 없다느니 꽉 막혀 이야기가 안 통한다고 하면서 자신은 아무렇지도 않게 상대방을 이야기하지만 정작 듣는 사람은 부정적인 편견을 갖게 된다. 사람은 각자의 고유함이 있게 마련이다. 나와 상대방의 생각이 다르다고 해서 무작정 비난할 일만은 아니다. 상대방은 나와 틀린 것이 아니라 다르다는 것을 우리가 생각한다면 편견의 벽은 쉽게 무너질 것이다.

사소한 것을 중요하게 생각하기

큰 뜻을 품고 작은 일에 충성하라! 내가 초등학교를 졸업하고 어려운 가정형편으로 고등공민학교를 다닌 지가 40년이 지났지만 지금도 기억하고 있는 교훈이다. 많은 아이들이 평택읍내로 학교를 다닐 때 나는 반대로 걸어서 원곡면에 있는 비인가시설인 중학교 과정을 배우러 다녔고 그나마 정규과정의 삼분의 일도 안 되는 수업료를 못내 삼학년 초에 그만두어야 했다.

삼년동안 늘 내 앞 파란 칠판 위 작은 액자에는 교훈이 자리하고 있었다. 사회에 나와 배움에 대한 것은 기억조차 없었고 생각나는 것은 교훈뿐이었지만 처음에는 교훈이 주는 의미를 몰랐다. 차츰 시간이 가고 세월이 흐르면서 이 교훈이 얼마나 내 삶에 소중한 것인가를 느끼게 되었다.

처음 읍내의 농기구수리센터에서 기술을 배울 때 나도 얼른 기술자가 되어야지 하면서 욕심이 앞섰다. 그래서 나보다 먼저 들어온 사람들이 잔심부름을 시킬 때 불만이 많았고 다투기도 했다. 이런 순간마다 나에게 잘못을 지적해 주고 자극을 준 것은 공장장 아저씨였다. "네가 좋은 기술자가 되려면 공구 심부름을 잘 해야 된다. 여러 가지 공구들을 가지고 오라고 하면서 일일이 잔심부름을 시키는 것이 너에게는 사소한 것 같지만 아주 별 볼일 없는 것처럼 생각되는 것들이 모여 나중에는 큰 것들을 만들어낸다는 것을 생각하고 너무 서둘지 말라"고 했다.

이때 나는 처음으로 교훈이 주는 의미를 깨달았다. 그 뒤로 나는 어떤 일을 할 때마다 교훈을 늘 생각하면서 사소한 일이라고 느끼는 것에 더 심혈을 기울였다. 우리 속담에 이러한 말이 있다. 가랑비에 옷 젖는다. 방귀가 잦으면 똥 싼다. 이 속담들은 우리보다 먼저 삶을 살다간 선조들이 사소함의 중요성을 매우 잘 인식하고 있었음을 알려준다. 결과는 반드시 사소한 원인에서 비롯된다는 것을 대변해 주기 때문이다.

1930년대 초 미국 한 보험회사의 관리감독자였던 HW 하인리히가 고객들을 상담하고 그들의 사고를 분석한 결과 1대29대300의 법칙이 있다는 것을 발견했다. 1번의 대형사고가 발생했을 경우 이미 그전에 이미 유사한 29번의 경미한 사고가 있었고 그 주변에서는 300번의 이상 징후가 감지됐었다는 것이다. 그런데 실제 국내 교통사고의 경우 최근 10년 간 교통사고를 분석해 통계를 내보니 1회의 사망사고에 35~45회 정도의 중·경상사고가 발생했다고 한다. 뿐만 아니라 수백 건의 위험한 교통법규 위반사례가 적발됐다고 한다. 이러한 결과를 볼 때 사고는 어느 날 갑자기 찾아오는 게 아니라는 메시지다. 무수한 사고의 징후를 무시했을 때 사고는 찾아온다. 상품으로 치자면 산 상품에서 치명적 결함이 드러났다면 29회의 고객 불만이 회사에 접수됐을 것이고, 고객이든 사원이든 300번 정도 이상하다는 징후를 느꼈음이 분명하다.

〈실패학의 권유〉(2000년)를 쓴 일본 도쿄대 공대 하타무라 요타로 교수는 하인리히 법칙으로 한국의 와우 아파트, 삼풍백화점 붕괴, 일본 JOC원자력발전소 사고들을 설명하기도 했다.

문학경영연구원 대표인 황인원 시인은 사소함에 대하여 이렇게 말하고 있다.

　　"사소하다는 말은 대단치 않음, 중요하지 않음을 뜻한다. 그러나 대단치 않고 중요하지도 않은 이사소함이 나를 남과 다르게 하는 결정적 요인이 된다. 그러나 사소함을 결코 사소하게 보아서는 안 된다. 사소함을 관찰하고 그 사소함에서 발견을 해야 한다. 이것이 사소한 것들을 관찰해야 할 이유다. 아무리 작아도 세상 모든 것에는 반드시 나름의 의미가 있다. 그 의미를 찾으려면 관찰을 해야 한다. 관찰을 하라고 하니 그냥 들여다본다고 생각하면 오산이다. 관찰은 그 대상의 내면의 의미를 찾는 일이다. 우리 주변에서 사소한다고 등한시 하는 일들이 결국에 가서는 돌이킬 수 없는 큰일을 만들어낸다는 사실을 깊이 생각해 볼 일이다."

내면의 거울

　　자기 자신을 보는 것처럼 어려운 것은 없다. 눈은 내 육체의 일부분에 속해있지만 정작 남을 보는 데 쓰인다. 거울을 보지 않고는 내 눈으로 나를 보지 못한다. 이는 남의 눈으로 나를 바라볼 때 객관적으로 자신을 알게 된다는 것이다. 그럼에도 사람들은 남이 보고 자신에 대해 이야기하는 것을 싫어하고 때로는 그런 사람들을 비난하기까지 한다.

　　그러나 한번 생각해 보라! 당신이 걸어온 세상의 길목에서 어느 한순간도 당신의 주변에 사람이 없었던 적이 있었던가? 그래서 세상은 거울과 같다고 하는 것이다.

내 자신이 웃으면 웃고, 자신이 울면 세상도 운다. 기쁨의 충만함으로 바라볼 때 세상도 역시 나를 향해 기쁜 표정을 보낸다. 찬란한 태양이 대지를 비추고 있는 날에도 내가 어떤 색깔의 선글라스를 끼고 세상을 바라보는가에 따라 각각 달리 보이게 된다. 안개가 자욱한 아침에는 세상이 온통 안갯속에 덮여 앞이 안보이고, 어둠속에서 사물을 보기란 쉬운 일이 아니다. 그러므로 항상 사물의 빛나는 밝은 면을 보도록 겸손하고 겸허한 삶을 살도록 노력해야 한다.

인생은 하루, 하루가 피해갈 수 없는 삶에 전쟁터로 때로는. 언덕이 있고, 물이 흐르는가 하면, 자갈길, 진흙길도 있다. 망망대해 속에서 목적지를 향해 항해하는 배가 바람과 파도를 만나지 않고 온전하게만 갈 수는 없다. 거센 파도와 풍파는 언제나 전진하는 자의 벗이므로 차라리 고난 속에 인생의 기쁨이 있다고 생각하면 모든 것을 극복할 수가 있다. 인생에서의 잔잔한 항해는 무미건조하고 단조로울 수밖에 없다. 별들은 가장 캄캄한 밤에 가장 밝게 빛나고, 포도는 포도즙에 틀에서 으깨어질 때 가장진한 향기를 발하고, 어린 나무들은 바람이 가장 세차게 불 때 더욱 뿌리를 깊게 내린다.

역설적이게도 세상 모든 것들은 가장 심한 시험을 받을 때 가장 큰 승리를 거두고, 가장 큰 고난이 닥쳤을 때 가장 큰 영광을 얻게 된다. 우리는 인생의 마지막 항구를 향해 저마다 자기 배를 출발시키고 있는 것이다. 결국은 그 종착역이 죽음이라는 것을 알면서도 처음에는 배에 사랑도 싣고, 희망도 포부도 싣고, 또 양심과 정의, 의리와 우정도 싣는다. 그러나 그 배에 너무나 많이 실었다고 느껴질 때 쉽게 나아가기 위해서 사람들은 하나 둘 버리기 시작한다. 양심을 버리고, 희망을 포기하고, 사랑도 정의도 버리며 짐을 줄여나간다. 홀가분해진 배는 그렇게 인생의 마지막 항구에 도착하고, 결국은 아무것도 가진 것이 없는 죽음의 목전에 섰을 때 비로소 후회하고 탄식하지만 이미 때는 늦었다는 것을 알게 된다. 우리가 조금이라도 후회 없는 삶을 살기 위해서는 각자 인연을 소중히 여기고 용기와 희망의 자유를 지니면서 삶을 하나의 축복으로 받아들여야 한다. 삶이 영위되는 곳이라면 어디든 정의와 우애가 뿌리 내리도록 내면의 거울로 자신을 바라볼 때 세상은 아름다움으로 가득 찰 것이다.

선택과 결단 그리고 행동

우리는 태어나서 죽음에 이르기까지 자의든, 타의든 매 순간 순간의 삶에 있어 선택과 결단의 길에 서게 된다. 그 선택의 길에서 의지와 신념을 가지고 확실한 선택으로 성공한 사람이 있는가 하면 실패한 사람도 있게 마련이다. 한국의 근대사속에서 격동의 시대에 기업인으로서 신화적인 삶을 살다간 현대그룹의 고 정주영 회장을 주인공으로 한 〈결단은 칼처럼 행동은 화살처럼〉의 책속에서 나타난 기업가로서 선택과 결단에 순간의 감동적인 이야기를 옮겨보고자 한다.

주인공은 전형적인 가난한 농촌마을에서 태어났고 가난했기 때문에 자신의 꿈인 소학교 선생님이 되는 것을 포기했다. 이후 오로지 가난을 극복하고 성공하고자 하는 일념 하나만으로 네 번의 가출을 통하여 인생의 새로운 전환점을 만들게 된다. 처음 취직한 쌀가게에서 성실과 신용 하나만을 밑천으로 시작한 사업은 자동차수리공장의 인수로 이어지고, 의욕적으로 시작한 자동차수리공장 사업이 화재로 인하여 졸지에 빚더미에 앉게 되었지만 좌절하지 않고 재기함으로써 우리나라의 자동차 역사에 현대라는 브랜드를 만드는 데 시금석이 되게 하였다.

한겨울 UN군 묘역을 파란 풀로 단장해야 하는 임무가 떨어졌을 때 보리밭을 통째로 사서 흙과 함께 보리포기를 떠다 묘지에 옮겨 심어 미군관계자들이 '원더풀 굿 아이디어'를 연발하게 하고, 소양강 다목적댐 건설시 정부 관료들의 말 한마디면 모든 것이 일사천리로 진행되던 때 자신의 소신을 굽히지 않고 인간적 모욕을 당하면서도 사업을 관철시킴으로써 사업비 30%의 예산을 절감하여 당시 정부의 최대 고민이었던 중소도시 상수도시설을 10군데나 시행할 수 있었다.

서울과 부산을 잇는 경부고속도로 건설 사업에서 최고 난제였던 당제터널 공사에서의 신속한 결단력으로 사업을 마무리 짓고, 황량한 모래벌판에 울산조선소를 착공하기 위하여 오백 원짜리 지폐에 그려진 거북선 이야기로 세계 최고의 은행으로부터 돈을 빌려 왔고, 26만 톤급 유조선 두 척의 주문서를 받은 신화 같은 사실들은 결국 주인공이 아니고는 해낼 수 없는 것들이었다.

특히 세계최대의 주베일 산업항공사 입찰에서 미국, 영국, 서독, 프랑스, 네덜란드 등 기술 선진강국 등을 물리치고 수주함으로써 오일쇼크로 위기사항에 빠져있는 한국 경제를 살린 일과 우리의 자동차를 만들기 위하여 세계자동차 메이커들로부터 세기의 바보라는 놀림을 당하면서도 내 사전에 중도하차는 없다는 생각을 가지고 자동차 산업을 일구어낸 불굴의 투지가 결국은 외국 수출로 이어지면서 포니돌풍을 넘어 포니신화를 창조했다.

서해안 지도를 바꾼 서산간척지 사업을 통하여 4,700만 평의 농토를 만들어 놓았고, 이 땅 위에 37만 평 규모의 푸른 목장을 조성하였는데 이름하여 현대서산 목장이었다. 이 목장에서 자란 한우가 1998년 6월 방북소떼가 되어 판문점을 지나 평양을 방문하는 역사적인 드라마를 연출함으로써 반세기동안 단절되었던 남북한 교류에 가교역할을 하기도 하였다.

한 기업가로서 나눔 경영을 실천하기 위하여 현대건설 창립 30주년을 기념하는 자리에서 현대건설의 주식 50%를 출연, 500억의 기금으로 아산재단을 설립, 벽지의료사업을 추진하여 벽지주민들에게 양질의 의료혜택을 받을 수 있게 하였고 극빈자에게는 무료진료를 실시함으로써 지금까지 수만 명의 환자가 무료 의료혜택을 받을 수 있게 되었다.

하나에서 열까지 모든 것이 불리하기만 하였던 우리나라가 일본을 이기고 88올림픽을 유치하기까지의 주인공이 보여준 투철한 국가관과 애국심은 결국 한국의 전통, 문화와 경제의 발전상, 그리고 한국인의 저력을 유감없이 세계에 널리 알린 20세기의 드라마였다. 어떠한 악조건 하에서도 남들이 불가능하다고 믿고 엄두도 내지 못하는 일들을 할 수 있다는 신념을 가지고 행동에 옮긴 경제 19단의 영웅도 새로운 대한민국의 건설을 꿈꾸며 노년에 정치판에 뛰어들어 대통령의 길을 택하였지만 국민들은 주인공을 선택하지 않으므로써 낙선하였고 대선패배 이후 수많은 정치적 탄압과 시련 속에서 몸과 마음은 급속도로 무너지기 시작했다. 주인공은 이 시기에 그 어느 때보다 시련의 아픔을 겪는다.

주인공은 훗날 대선에 실패한 것에 대하여 이렇게 회고했다. "혹자는 나의 대통령 출마에서의 낙선을 두고 '시련은 있어도 실패는 없다.'라고 주장하던 내 인생의 결정적 실패라 하는 모양이지만, 나는 그렇게 생각하지 않는다. 쓰디쓴 고배를 들었고 보복차원의 시련과 수모도 받았지만 나는 실패한 것이 없다. 내가 낙선한 것은 나의 실패가 아니라 YS를 선택했던 국민의 실패이며, 나라를 이 지경으로 끌고온 YS의 실패다. 나는 그저 선거에 나가 뽑히지 못했을 뿐이다. 후회는 없다."

나는 이 글을 통하여 비록 주인공과는 일면식도 없지만 자신의 결단과 행동에 대하여 책임을 지면서도 정정당당함을 가지고 있는 훌륭한 인격자임을 느끼면서 나는 생각해 본다. 한 국가의 지도자는 나라와 국민을 위해 어떤 결정을 할 것인가? 한 기업의 최고경영자는 기업과 조직의 발전을 위해 어떠한 결정을 할 것인가? 지도자는 중요한 정책결정 과정에서, 또는 기업의 신속한 운영을 위해 결단을 내리는 경우가 있다. 이때 훌륭한 지도자들은 모두 신속한 결단력의 소유자이며 한번 내린 결정을 좀처럼 변경하지 않을뿐더러 결정을 변경할 경우에는 매우 신중하게 생각하며 결정한다.

이에 반해 실패한 지도자들은 거의가 우유부단한 성격의 소유자이며, 결정의 번복이 매우 빈번하게 이루어진다는 걸 알 수 있으며 결정을 변경할 경우에만 그것이 매우 빠르고 신속하다는 것을 알 수 있다. 기업가로서의 주인공의 재능 중 하나가 바로 뛰어난 결단력이었으며 이를 신속하게 행동에 옮긴다는 것이다. 주인공이라고 왜 실패의 두려움을 생각하지 않았겠는가? 실패를 하지 않기 위하여 주인공도 수많은 불면의 밤을 지새우며 어떤 일을 결단하기까지 자신만의 고뇌가 있었을 것이다.

새로운 사업을 하기 위하여 끊임없이 생각하고 현장에서 모든 것이 이루어진다는 것을 알고 있던 주인공이야말로 지금과 같이 급변하는 변화의 물결 속에서 혁신을 실천해온 선구자라는 생각이 드는 것은 내 자신만의 판단일 수도 있다. 그러나 작금의 현실과 당시의 시간과 세월의 격차는 있고 살아온 시대적 여건은 다르다고 하지만 역사는 돌고 돈다고 하지 않았던가? 모두가 살기 어렵다고 하는 이때 우리나라가 가난 속에서 가장 어렵고 힘들었던 시대에 조국의 근대화에 앞장서 온 주인공의 기업가 정신을 되새기며 우리는 지금 역사의 어느 그늘에서 방황하고 있는지 한번쯤 되새겨 보면서 고인의 조국에 대한 사랑과 기업가로서의 사회적 나눔에 대한 실천에 다시금 고개가 숙여진다.

역사 속에 고인이 된 주인공은 평소 시간 관리의 중요성과 생활 속에서의 검소한 생활을 통해 타인들이 스스로의 깨우치도록 솔선수범 했다. 자신의 삶에 성공을 꿈꾸는 사람, 지도자가 되어있는 사람이나 지도자가 되고자 하는 사람에게는 매순간의 선택과 결단 그리고 행동이 얼마나 중요한지를 다시금 생각하게 한다.

생각이 생각을 잉태하고

〈미래는 어떻게 오는가〉의 저자 사이언 그리피스는 이렇게 적고 있다.

"도시에 사는 아이들은 왜 뱀을 무서워하는가? 그것은 아주 오래 전 수렵꾼이었던 인간이 뱀을 무서워했기 때문이다. 사람들은 왜 잡담과 수다를 좋아하는가? 다른 사람들이 모르는 것을 아는 것은 인생의 게임에서 전략적 우위를 차지할 수 있기 때문이다. 사람들은 왜 예술을 좋아하는가? 문화적 위력을 통해 신분을 얻으려고 하거나 아니면 예술이 그들의 감각회로를 건드리기 때문이다.

그리고 인간만이 가지고 있는 능력인 언어는 세상을 살아가기 위한 여러 가지 능력들 중의 하나이다. 언어는 더 나은 의사소통을 위하여 지난 수천 세대 동안 진화해 왔는데 그 목적은 인간의 생존가능성을 높여서 아이를 낳고 또 유전자를 다음세대에 물려주기 위한 것이다. 인류학자들은 부족의 추장이 뛰어난 웅변가이고, 또 여러 아내를 거느렸다는 것을 주목해 왔으며, 이 점은 우둔한 사람들에게 하나의 자극이 될 것이다. 즉 언어는 종의 번식시장에서 전략적 우위를 주었기 때문에 발달해 왔다.”

우리가 흔히 그냥 지나칠 수 있는 문제들을 생각하고 연구하는 사람들로 인하여 미래는 만들어진다고 하는 것을 말하고 있다. 이 가운데 언어는 생각의 관념 속에서 밖으로 끄집어내는 역할을 했고 사람들은 이 언어를 통하여 상대방과 의사교류를 하면서 자신들의 생각을 전달해왔다. 만약에 우리에게 말할 수 없는 지능이 없었다면 어떤 식으로 소통이 가능했을까. 예측컨대 손짓 발짓 몸짓으로 자신의 생각을 표현해 냈을 것이다. 이러한 방법의 의사소통은 오늘날과 같은 문명을 우리에게 주지 못했을 것이다. 아무런 생각 없이 사용하는 언어의 중요성이 가슴에 와 닿은 순간이다.

프로란 이런 사람

가나안 농군학교 전임강사로 국내 굴지의 기업체 전문 강사로 특유의 입담을 가지고 사람들에게 삶에 열정을 심어주는 특강을 하는 시각장애인, 임임택(52) 씨는 인생을 즐기며 사는 프로임에 틀림없다. 그는 11세 때 영양부족으로 오른쪽 시력을 실명했지만 중 1때 지인과의 인연으로 기타를 배웠고 가수들의 등용문인 전국 기타대회에서 2등으로 입상했다. 기타리스트로서 세계적인 기타 맨을 꿈꾸던 그에게 불행은 다시 찾아와 베제트 병으로 한쪽 눈마저 실명하게 된다. 의사도 포기하고 가족들조차 곧 죽을 목숨으로 여겼지만 견디기 힘든 고통 속에서도 불타는 향학열로 점자를 익히고, 밤을 새워가며 피아노와 컴퓨터 음악을 공부했다. 현재 임씨는 '인기 강사'로 입지를 굳혔다. 그는 중도실명이라는 후천적 장애를 딛고, 지난 20여 년간 기업체와 각종 단체를 돌며 4,000여 회의 강의를 펼치고 있다. 진정한 프로정신이 느껴지는 임임택 씨는 우리에게 프로란 이런 사람이라는 메시지를 주고 있다.

용인시 공직자의 팬은 용인시민이다. 시민을 위하여 가지고 있는 능력을 보여 주어야 하고 자기 직분에 대한 인식을 잃어버리고 경거망동하는 것은 곧 움직이는 식물인간이라고 할 수 있다. 프로는 똑같은 실수를 두 번하지 않으며 목표가 최고이면 과정은 최선이다. 없는 것을 만들어내는 것이 프로이며 어떤 환경에서도 꿈을 가질 수 있어야 하며 프로는 팬들에게 특별한 공을 세워야 대접을 받는다는 것을 알아야 한다. 아마추어는 환경을 보고 갈등하지만, 프로는 환경을 보고 고민하며 아마추어는 기회를 기다리지만 프로는 기회를 만든다는 것이다. 프로는 자신을 보는 청중을 위하여 자신을 포기해야 된다고 하는 단호한 생각을 가질 때 목표가 뚜렷해지고 정신력이 생긴다. 건강한 육체를 가진 우리가 마음의 장애를 갖고 있는 것은 아닌지 오늘을 치열하게 살고 있는 우리가 마음에 담고 실천해야 일이다.

자신만의 리더십을 갖자

성공을 꿈꾸는 사람치고 리더십 교육을 받지 않은 사람은 없을 것이다. 현대사회를 살아가는 우리들에게 타인과의 관계는 피할 수 없는 일이다. 이때 만나는 사람들과 좋은 인간관계를 유지하는 것은성공의 디딤돌이 될 수 있다. 특히 많은 사람들과 만남에서 자신이 주도해갈 수 있는 능력이 있다면 그는 이미 성공한 리더일수도 있다.

칭기즈칸 리더십의 경영전략 전환에서는 좀 더 구체적으로 리더십에 대하여 이야기하고 있다. 먼저 축적된 노하우와 사전정보를 통해 예상치 못한 습격전략을 사용하고 기회는 맞는 것이 아니라 잡아들이는 것인 만큼 기회를 찾아 돌진해야 한다는 것이다. 또한 전쟁의 목적은 승리를 확보하는 데 있는 만큼 경쟁은 경쟁원리로 풀어 나가야 하며 패배는 스스로 범한 모순에 의해 자초되므로 논리, 순서, 의지, 균형 등 제요소를 적절히 파악, 조직 관리에 나서야 하고 결합된 소수의 힘으로 분산된 대집단을 공격할 수 있는 만큼 집중의 원칙이 중요한데 이때는 급할수록 돌아가야 상대방이나 집단에서 비교우위를 놓치지 않을 수 있다고 말하고 있다. 다양성을 추구하는 현대사회에서 어느 특정한 리더십이 모든 것을 좌우할 수는 없다. 사람과의 좋은 만남을 통해 진정한 리더십을 발휘할 수 있는 것은 생각을 이렇게 바꾸는 것이다. 세상에서 가장 중요한 때는 바로 지금, 이 순간이고, 가장 중요한 사람은 지금 함께 있는 사람이고 가장 중요한 일은 지금 내 곁에 있는 사람을 위해 좋은 일을 하는 것이다. 각자 나름대로 자신만이 가지고 있는 장점을 가지고 이를 살려나가면서 타인을 배려할 때 진정한 자신만의 리더십이 생긴다.

멘토가 필요한 세상

사람들은 나름대로 자신이 존경하고 닮고 싶은 사람들이 있다. 우리들은 어린 시절 위인전을 읽으면서 나도 이런 사람이 되어야지 하면서 한번쯤은 큰사람이 되고자 하는 꿈을 꾼 적이 있을 것이다. 보통의 사람들은 점점 성장해가면서 그것이 허황된 꿈이었다는 것을 알게 되고 곧 현실에서 안주하면서 평범한 삶을 살게 된다. 이러한 평범한 일상 속에서도 즐겁고 신나는 일만 있는 것은 아니다. 때로는 고통의 순간도, 어려움을 극복해야 하는 순간도 있다. 이때 자신의 고민을 마음 놓고 이야기하고 그 해결책을 구할 수 있는 누군가가 있다면 얼마나 좋을까? 바로 그 상대가 평소 내가 존경하고 있는 사람이라면 하는 생각을 한번쯤은 가질 수 있었을 것이다. 내 자신의 삶에 영향을 미칠 인생의 멘토가 필요한 시대에 우리는 살고 있는 것이다.

멘토(Mentor)라는 말의 기원은 그리스 신화에서 비롯된다. 고대 그리스의 이타이카 왕국의 왕인 오디세우스가 트로이 전쟁을 떠나며, 자신의 아들인 텔레마코스를 보살펴 달라고 한 친구에게 맡겼는데, 그 친구의 이름이 바로 멘토였다. 그는 오딧세이가 전쟁에서 돌아오기까지 텔레마코스의 친구, 선생님, 상담자, 때로는 아버지가 되어 그를 잘 돌보아 주었다. 그 후로 멘토라는 그의 이름은 지혜와 신뢰로 한 사람의 인생을 이끌어 주는 지도자라는 의미로 사용되었다고 한다.

멘토(Mentor)는 조언자의 역할을 하는 사람을 말하고 조언을 받는 사람을 멘티(Mentee)라고 한다. 이 둘을 합쳐 멘토링(Mentoring)이라고 하는데 개인 차원에서의 멘토링 제도는 멘터와 멘티 두 사람 모두에게 도움을 준다. 우선, 신입 사원이 회사 생활에 신속한 적응을 하는 데 도움을 줄 수 있다. 상사나 동료와의 관계 등과 같은 전반적인 회사 생활이나 담당 업무에 대해 상시적으로 조언을 얻고 대응함으로써, 자신감 있는 조직 생활이 가능하다는 것이다. 또한, 멘토링은 멘티의 능력 개발을 가속화시켜 경력 개발 및 멘티의 시장 가치를 높여줄 수 있다.

업무 수행 과정에서 멘토와 직접적으로 상호작용하면서 관련 지식과 스킬을 보다 빨리 습득하여 단기간에 업무 능력을 향상시킬 수 있다. 이를 통해, 조직에서 높은 성과를 발휘할 수 있으며, 승진이나 높은 보상을 받는 등의 이점을 누릴 수 있다. 한편, 멘토링은 멘토에게도 많은 이점을 줄 수 있다.

가장 대표적이 것이 새로운 지식과 다양한 관점에 대한 이해와 학습이다. 신입 사원을 지도하면서, 조직 내에서는 접하기 힘들었던 새로운 지식을 배울 수 있으며, 젊은 세대의 가치관이나 관점에 대해 이해할 수 있는 계기도 된다. 또한, 구성원들을 지도, 조언하면서 대인 관계 기술이나 리더십 역량도 향상시키는 효과도 얻을 수 있다고 한다. 이를 통해, 리더들은 인재 육성 능력뿐만 아니라, 멘티가 갖고 있는 새로운 지식이나 사고의 다양성도 학습할 수 있다고 한다. 멘토링을 통해 나 자신의 인생에 새로운 목표를 추구하는 디딤돌로 삼은 것을 고려해 보는 것도 좋을 듯하다.

목적을 분명하게 하라

목적 없는 삶을 살아가는 사람들의 대다수는 그럭저럭 인생을 산다. 아무런 정해진 바도 없고 그렇다고 뚜렷하게 무엇을 해보겠다고 하는 각오도 없다. 그러다 보니 쉽게 좌절하게 되고 삶을 포기하는 선택도 한다. 이런 사람들이 주위에 많게 되면 나도 모르게 어느 순간 비슷한 상황에 처하게 된다. 지금 자신의 주변에 어떤 사람들과 함께 하고 있는지 돌아보라! 주변의 사람들이 당신의 운명을 결정할지도 모를 일이다.

1952년 7월4일 영국에 수영선수 프로랜스 체드월이 캘리포니아에 카타리나 섬에서 로스앤젤레스까지 수십 마일을 단독 수영하는 목표를 세웠다. 미국 전 지역 언론에서 취재하는 가운데 열여섯 시간동안 수영을 하게 되는데 어느 순간 갑자기 안개가 몰려와서 아무것도 보이지가 않게 되었다. 결국 그녀는 안타깝게도 기권하고 말았는데 배를 타고 해변에 도착해보니 안개 때문에 보이지 않던 도착지점이 포기한 지점에서 불과 500미터도 안 되는 거리였다. 거의 100킬로미터 가까운 거리를 하루 종일 인내심을 다해서 수영했음에도 불과 500미터 남겨놓고 포기한 것이다.

그녀는 인터뷰에서 이렇게 말했다. "내가 실패한 것은 추위나 피곤 때문이 아니었습니다. 안개로 인해서 제가 목표를 볼 수 없었기 때문입니다. 목표가 보였다면 반드시 성공을 했을 것입니다."

가장 아름다운 인생, 바로 행복한 인생은 목표를 분명하게 할 때 열정으로 신나는 인생이다. 열정이 없어질수록 실패와 불행이 찾아오게 된다. 이 열정이란 것은 저절로 유지되는 것이 아니고, 그것은 바로 희미한 목적을 분명하게 할 때 생기는 것이다. .

미국의 탬플 대학에 창설자인 러셀 코넬 박사가 백만장자 400명을 조사한 결과 이중 학벌이 좋은 사람은 10%도 안 되었다. 백만장자의 나머지 사람들에 대해서는 공통점이 있는데 첫째가 인생의 분명한 목표를 가졌다는 것이고, 둘째는 마음속에 열화와 같은 소원을 가졌고 그리고 셋째는 절대로 뒤로 물러서지 않는 의지와 기도하는 마음을 가졌다는 것이다.

자신만을 위해서 사는 인생은 대단한 열정이 필요 없다. 지칠 줄 모르는 열정 바로 이것이 다른 사람들에게 도전을 주는 것이며 또한 지금과 같이 혼탁한 이 세상을 변화시키는 데 꼭 필요한 것이다. 우리는 인간으로서 삶에 대한 정당한 권리를 요구할 수 있는 인격을 갖추고 있지만 모두 같은 생각을 가지고 있지는 않다. 각자의 주어진 현실에서 목적이 뚜렷한 사람이 되어보라! 목적이 있을 때 끊임없는 열정의 에너지가 분출된다.

촛불과 숯불의 차이

물질이 타기 위해서는 세 가지 조건이 필요하다. 탈 수 있는 물질이어야 하고 탈 수 있는 온도 이상이 되어야 하며 충분한 산소를 공급받아야 한다. 이 가운데 어느 한 가지라도 모자라면 불은 꺼지게 된다. 불꽃을 입으로 '후~' 부는 경우 숯불은 '후~' 불면 빨갛게 타오르지만 촛불은 꺼져 버리는 경우가 많다. 왜 그럴까. 그 까닭은 연소의 세 가지 조건인 그 타는 물질이 어떤 물질이냐에 따라 다르게 충족되기 때문이다. 물질에 따라 얼마나 맹렬히 연소하는가, 얼마나 많은 산소를 얼마나 급하게 필요로 하는가가 서로 다르기 때문이다. 숯은 순수한 탄소 덩어리다. 따라서 아주 맹렬히 연소하며 매우 많은 산소를 필요로 한다. 따라서 움직임이 없는 공기 중에서 탈 때보다 숨을 '후~' 불어 주거나 바람을 일으켜 공기의 흐름을 만들어 주면 산소를 더 많이 얻게 돼 더 잘 타게 된다.

반면 촛불은 숯불처럼 많은 공기를 필요로 하지 않는다. 촛불의 연소는 숯에 비해 상대적으로 완만하기 때문에 강한 바람이 불면 산소를 많이 얻는 효과보다 연소할 수 있는 물질이 바람에 날아가 버려 연소가 방해받는 효과가 더 크다. 즉 촛불은 기체상대의 녹은 양초가 '후~' 부는 순간 날아가 버려 꺼지는 것이다. 이같이 촛불과 숯불은 똑같은 연소 작용을 하면서도 바람에 대해 다른 반응을 보인다. 이처럼 똑같은 불꽃을 내지만 촛불과 숯불은 다르다. 사람도 마찬가지이다.

똑같은 일을 하면서도 어떤 사람은 빠른 시간에 처리하고 어떤 사람은 그렇지 못하는 경우가 발생한다. 여러 가지 문제가 있겠지만 업무를 처리하는 방식에서, 아니면 그 사람이 가지고 있는 습관화 된 행동에서 비롯될 수도 있다. 모든 지식근로자들은 일을 하면서 자신에게 이 세 가지 질문을 항상 하라는 것이다. 첫째, 이 일을 하지 않으면 어떤 사항이 벌어질까? 둘째, 내가 하는 일들 가운데 다른 사람이 더 잘하지 못한다 해도, 최소한 나만큼 할 수 있는 일은 어떤 것인가? 셋째, 내가 하는 일 가운데 다른 사람의 시간만 낭비 시키는 일은 없는가? 이런 물음에 우리 자신 스스로가 답하고 주어진 일을 처리한다면 빠른 시간 내에 모든 일은 저절로 해결될 수 있다고 한다.

촛불과 숯불의 차이처럼 사람마다 특성이 있다. 어떤 이는 촛불처럼 후 불면 꺼지는 사람이 있는가 하면 어떤 사람은 숯불처럼 활활 타오른다. 촛불 같은 사람에게는 좀 더 많은 격려와 배려를 숯불 같은 사람에게는 한 템포 쉬어가라는 휴식의 말이 필요하다. 가장 효율적으로 일을 처리하는 훌륭한 리더는 가장 유능한 사람들을 뽑아 주위에 두고, 그들에게 자기가 이루고자 하는 것을 말해주고 그들이 그 일을 할 수 있도록 자리를 비켜주는 사람이다.

듣는 기술이 필요하다

남의 이야기를 귀담아 듣는다는 것은 많은 인내가 필요하다. 특히 나와 무관한 이야기를 듣는 시간은 그야말로 고통일 수도 있다. 그러나 성공한 사람들의 대다수는 상대방의 이야기에 귀를 기울인 사람이라고 한다. 성공하고 싶은가? 그렇다면 지금이라도 상대방의 이야기에 귀를 기울이는 습관을 가져야 한다. 진지하게 상대방의 이야기를 경청하는 순간 당신은 이미 인생에 성공의 보증수표를 받은 것이나 다름없다. 이와는 반대로 상대방의 이야기는 무시한 채 자신의 이야기만 일방적으로 한다면 인생의 부도수표를 받을 확률이 아주 높은 위험한 상태에 있다는 것을 생각하면 된다.

우리는 상대방의 이야기에 귀를 기울이는 것보다 내가 이야기를 하는 것만이 모든 사람들에게 훌륭한 인격을 갖춘 사람으로 인식된다는 착각을 한다. 정작 대중에게 다가가는 길은 그들에게 혀를 내미는 것이 아니라 귀를 내미는 것이다.

우리가 좋은 인간관계를 유지하기를 원한다면 상대방의 말에 항상 귀 기울이고 공감을 표시해야 한다. 잘 듣는 것은 잘 말하는 것보다 효과적이고 상대방에게 감동을 주기 때문이다.

바로 여기서 말하는 듣기란 상대방을 이해하려는 의도를 가지고 내가 먼저 상대방을 이해하는 것이자 다른 사람의 관점을 통해서 사물을 보는 것, 즉 그들이 세상을 보는 방식에 입각해서 세상을 바라보는 공감적 경청을 말하는 것이다.

다른 이들에게 긍정적인 인상을 주고 싶다면 아픈 자식의 쾌유를 바라는 부모의 마음처럼 애정을 담아 잘 들어주어야 한다.

30대 후반의 직장인 김씨는 S악기 회사의 총무부장이었다. 그의 회사는 어느 날 대대적인 구조조정을 발표하게 되고 회사는 김 씨에게 구조조정에 협력하면 악기 대리점 개설권을 준다는 제안을 하고, 그는 동료의 비난을 뒤로한 채 구조조정에 앞장서게 된다. 그러나 대리점 오픈 날, 김 씨는 갑자기 쓰러지고 '들을 수 없는' 불치의 병에 걸리게 된다. 평소에 남의 말을 잘 듣지 않았던 김 씨에게 있어 그날부터 모든 삶은 엉망이 되기 시작했다. 자신만 살고자 동료들을 해고시켜야만 했던 그는 뒤늦게 후회했지만 이미 모든 것을 잃어버린 후였다. 김 씨는 상대방의 말을 들을 수 없게 된 상황에서 그냥 인생을 마감할 수는 없다고 결심하고 새 직장에 들어간다. 이곳에서 그는 귀가 잘 들리지 않기에 팀원들의 말에 더 집중하고, 또 팀원들은 이런 김 씨를 보며 서로 마음을 녹이게 된다. 즉, '마음의 소리'로 상대와 소통하게 된 것이다. '듣는 사람'보다 '말하는 사람'이 훨씬 많은 현대사회에서, 차분히 상대에게 귀를 기울여 듣는 것이 얼마나 위대한 소통의 지혜인지를 알려준다. '들을 수 없는 병'에 걸린 김 씨가 자신의 독선적인 행동을 뉘우치고, 상대의 마음을 얻어가는 과정에서 듣는 것의 소중함의 중요함을 깨닫는다.

도전하는 용기

자신의 삶을 주도하면서 인생을 성공적으로 살고 싶다면 용기를 가지고 무슨 일이든 도전해야 한다. 용기를 가지고 도전하신 것만큼 반드시 원하는 바를 이룰 것이다. 대다수의 사람들은 실패의 두려움 때문에 아무런 시도조차 하지 않으면서 마치 성공은 특별한 사람들만이 성취하는 것인 줄 알고 있다. 우리 자신도 그 특별한 사람들 중 한 사람일 수도 있다는 것을 생각하면 성공은 누구나 할 수 있는 것임을 알게 된다. 보통의 평범한 사람들은 용기를 통해서 성공에 대한 새로운 자신감을 가지고 자신의 삶을 주도적으로 이끌어감으로서 꿈을 이루어냈다. 미국의 사상가이며 시인인 에머슨은 이렇게 말했다. 위대한 열정 없이 이루어진 것은 아무것도 없다.

여기 열악한 조건에서도 열정 하나만으로 운전면허를 취득한 사람이 있다. 올해 일흔이 된 김 할머니는 작년 칠월에 어렵게 운전면허를 취득했다. 할머니가 운전면허를 취득하기까지는 많은 우여곡절이 있었다. 국문해독도 제대로 못하는 분이신데 늦게 운전면허를 취득하기 위해서 도전을 했고 필기시험을 수십 번 본 끝에 합격했는데 실기시험은 단 한 번에 붙어서 주변사람들을 매우 놀라게 했다. 그동안 필기시험에 떨어질 때마다 할머니를 아는 주변 사람들은 한 결 같이 부정적인 말만했다. 나이 먹어 주책부리지 말고 그만둬, 죽으려면 곱게 죽지 웬 사서 고생이야, 등 격려와 용기에 말보다는 핀잔과 부정적인 말들만 했다. 그래도 할머니는 이에 굴하지 않고 결국 해낸 것이다.

이 할머니는 슬하에 딸을 둘 두었는데 그중 하나가 국가고시에 합격하신 축하선물로 요즘 잘나가는 소형차, 모닝을 한 대 사주었다. 역시 딸이 최고다. 한때 사회적으로 이런 말이 유행한 적이 있다. 딸 둘아들 하나 둔 부모 금메달, 딸 둘 둔 부모 은메달, 아들 하나 딸 하나둔 부모 동메달, 아들 둘 그 이상 둔 부모 목 메달, 나 자신도 아들의한 사람으로서 이런 이야기를 들으면 민망하다. 어쨌든 요즈음은 딸들이 인기상한가이다. 물론 딸도 딸 나름이다. 어쨌든 우리 모두는 인생에 목 메달이 되서는 안 되겠다. 이 할머니의 용기 있는 도전을 통하여 나이를 먹는다고 늙는 것이 아니라 타인의 비판이나 실패가 두려워 모든 것을 포기할 때 비로소 늙는다는 것을 생각하게 된다.

우리는 한번쯤 절망과 두려움으로 인생의 벼랑 끝에 몰렸다고 생각하는 사람들이 순간적으로 선택하는 죽음이라는 것에 대하여 생각해 본 적이 있을 것이다. 누구에게나 삶의 묵직한 무게가 있다. 특히어려운 시기를 이겨내기 위하여 노력하는 사람에게는 유독 그 삶의무게가 감당하기 힘들 때가 있다.

스물두 살의 여직공 이한순 씨! 그는 평소와 같이 밤 근무를 마친뒤 피곤한 몸을 이끌고 자취방으로 돌아가는 골목길에서 갑자기 어디선가 강한 불빛이 눈을 찌르는 것을 느꼈다. 그리고는 그 순간 무언가 크고 무겁고 차가운 것이 이마를 탁치는 느낌과 함께 곧이어 피투성이가 된 자신의 모습에 대한 짧은 기억뿐, 그 뒤로 희미하게 들리던 앰뷸런스 소리, 사람들의 웅성거림과 발소리, 까무러쳤다 깨어나기를 수십 번 반복한 끝에 하얀 병상에서 눈을 뜨고 마주한 것은 왼쪽팔과 오른손, 왼쪽다리를 절단한 자신의 모습이었다. 예기치 못했던 한순간의 사고로 인해서 사지의 일부를 잃고 난 이한순 씨에게 있어 그날부터 절망과 고통속의 시간은 시작되었다.

자살을 시도하기를 몇 수십 번, 모진 생명은 끝내 죽음까지도 허락하지 않았다. 사고 후 수년 동안 삶을 포기하고 어둠과 절망 속에서 살던 어느 날 ! 우연히 어느 잡지에서 소아마비 장애로 양손을 쓸 수 없는 중학생이 입으로 글을 쓰며 공부를 하고 있다는 기사를 잃고 용기를 내서 이불개기부터 시작, 집안청소 등 소소한 일상의 삶의 기술들을 배워 나가기 시작했다. 그리고는 손목만 남은 오른팔과 턱 사이에 펜을 끼워 온몸을 움직여 글을 쓰기 시작했다. 방바닥에 엎드려 글쓰기를 하고 나면 온몸이 땀에 흠뻑 젖을 정도로 힘이 들었지만 한번 시작한 글쓰기는 자신의 생을 일으켜 세우기 시작한 날로부터 삶의 자취들을 한 장의 백지 위에 적기 시작했다. 잠시 마음의 눈을 감고 한번 상상해 보기 바란다. 두 손과 한발을 갖지 못한 사람이 바닥에 엎드려 다시 글쓰기를 시작하는 눈물겨운 장면을….

올해 일흔이 된 이한순 할머니가 혼신의 힘으로 그려낸 총30권의 일기장에서 중요한 부분을 발췌해서 묶는 한권의 책은 〈내 마음에 꽃 한송이 심고〉이다. 정상적인 사람들도 선뜻할 수 없는 일을 이렇듯하게 한 힘의 원천은 어디서 나왔을까? 그것은 바로 오직 자신의 처지를 비관하기보다는 주어진 환경을 그대로 받아들이는 진정한 용기가 있었기 때문에 가능했던 것이었다. 할머니는 팔다리를 잃고 난 이

후의 삶에서 노력하는 사람에게는 불가능은 없다는 교훈을 얻게 됐고, 이를 다른 사람에게 꼭 전하고 싶다고 한다.

생명이 다하는 그날까지 백지 위에 자신의 인생과 운명의 일대기를 계속해서 그리겠다고 하는 일흔에 이한순 할머니를 보면서 우리는 사소한 불편함과 어려움을 만날 때마다 불평과 불만을 털어놓고, 좌절과 실의에 빠져 삶을 포기하는 사람들이 얼마나 어리석은 과오를 범하고 있는지를 알게 된다. 지금껏 살아오면서 아무것도 이룬 것이 없다는 자괴감이 들 때마다 정상인이라는 사실 하나만으로도 감사한 마음을 가질 수 있게 해준 이 분에게 진정한 용기란 무엇인가를 배우면서, 자신 앞에 주어진 생을 열심히 개척해 가야 할 충분한 이유가 있음을 생각하게 된다.

실패를 극복하고 원하는 삶을 살기 위해서는 무엇보다도 용기가 필요한 것이다. 열망하는 꿈을 향한 선택과 도전 앞에서는 그 무엇도 두려울 것이 없다. 용기란 성취가 아니라 계속 시도하는 것이기 때문이다. 평범한 사람들이 자신의 꿈을 이루고 성공할 수 있었던 것은 모두가 한 결 같이 자신의 주어진 처지를 비관하기보다는 어떠한 환경에서도 꿈을 이룰 수 있다는 긍정적인 생각을 가지고 용기를 내어 앞으로 나아간 사람들이다.

지금도 늦지 않았다. 인생은 단거리 경주가 아닌 마라톤이라는 사실을 다시 한 번 기억하면서 가슴속에 진정으로 충만 된 용기와 열정의 에너지로 자신에 삶을 주도해 나갈 때 반드시 인생에서 성공하는 주인공이 될 것이다.

일을 제대로 하자

무슨 일이든 맡겨놓으면 척척 해결하고 남의 일까지 도와주는 사람이 있는가 하면, 자신의 일도 제대로 하지 못해서, 남에게까지 피해를 입히는 사람들이 있다. 자신의 일을 처리하지 못하는 사람들은 대개가 뚜렷한 목적의식이나 희망이 없는 사람들처럼 행동한다는 것이다. 하루, 하루가 전쟁터 같은 삶의 현장에서 우리는 어떤 자세로 일을 해야 할 것인가?

여기 전쟁터에 많은 병사가 있다. 그 중에는 전사도 있고 병사도 있다. 전사는 스스로 할 일을 찾고 판단하면서 실천하는 사람이고 병사는 시키는 대로만 하는 사람이다. 병사는 치열한 전쟁에서 자신의 목숨을 순간에 잃어버릴 수 있지만 전사는 순간순간 상황에 따라 움직이기 때문에 용감할 뿐 만 아니라 살아남을 확률 또한 높다. 전사와 같은 사람은 일을 할 때 이기는 환경, 이길만한 조건을 먼저 만들어 놓고 한다는 것이다. 전쟁은 다 이겨놓고 승리를 확인하는 과정이라고 손자병법에도 쓰여 있다.

이순신 장군은 임진왜란 때 단 한 번도 전쟁에서 진적이 없는 무패의 장군으로 알려져 있다. 이순신 장군은 23번 싸워23번 이겼다. 배 12척으로 300여척의 왜군을 물리친 적도 있는데. 이순신 장군은 절대로 질 싸움은 하지 않았던 것이다. 이길만한 조건을 만들어 놓고 싸웠다는 것이다. 날씨도 보고 물길, 바람길, 섬 모형 같은 지형, 이런저런 걸 다 따져보고 불리할 땐 방어만 했다고 한다.

이순신 장군을 도와 전투를 승리로 이끈 사람 중에 어영담이란 이가 있었다. 그가 마침 파직 당해 있었는데 이순신 장군은 그를 다시 쓰게 해달라고 임금에게 건의를 했다고 한다. 그 사람이 바로 뱃길 같은 바다 일에 익숙해 있었다는 것인데 이순신 장군이 어영담을 쓰겠다고 한 것은 이길 조건을 만들어 놓겠다는 것, 그 이상도 그 이하도 아니었던 것이다. 치열한 삶의 전쟁터에서 살아남은 것은 전사가 되는 길이다. 자신의 주어진 일에 이길 수 있는 환경을 만들어놓고 남보다 몇 배 고군분투해야 할 것이다.

경험은 성공의 기반

누가 시켜서 하든 아니면 본인이 알아서 하든 자신이 좋아서 하는 일은 어떤 일이든 간에 의욕적이고 즐거울 수밖에 없다. 특히 이런 일들이 성공까지 보장되는 일이라면 더할 나위가 없을 것이다. 연금술은 금속을 금으로 바꾸는 기술이다. 인공적인 수단으로 귀금속을 만들어내는 기술인 셈이다. 이에 대한 도전은 쉼 없이 진행돼왔다. 이렇듯 금을 소유하고자 하는 인간의 욕망 때문에 연금술이 나왔고 점금석이라는 정체불명의 돌멩이도 나왔다.

어느 날 한 가난뱅이 남자가 5센트를 주고 책 한권을 샀다. 그는 맨 마지막 페이지를 읽다가 점금석의 비밀을 알게 됐다. 점금석은 신비로운 자갈이다. 어떠한 금속도 황금으로 변하게 할 수 있기 때문이다. 겉모습은 일반 자갈과 큰 차이가 없지만 많지만 일반 자갈과는 달리 따뜻한 기운이 느껴진다. 그는 이 같은 비밀을 안 이후 모든 일을 내팽개치고 무작정 바닷가로 향했다. 황금을 얻기 위해서이다. 그러나 문제는 점금석을 찾는 일이었다. 그는 그동안 고른 자갈들을 하나씩 바다 먼 곳을 향해 힘껏 던지기 시작했다. 그렇게 자갈을 던지기를 수없이 반복했다. 어느 날이었다. 그날도 잡히는 자갈을 바다로 던졌다. 그러던 순간 아차 했다. 이미 습관적으로 던져버린 자갈에서 온기를 느꼈고 그것이 점금석이란 느낌이 들었다. 그러나 그 자갈은 이미 바다 속으로 사라졌고 실의에 빠진 그는 다시 도시로 돌아왔다.

그런데 어디선가 웅성거리는 소리가 들렸다. 왕이 나라에 힘을 보탤 인재를 찾고 있었다. 왕은 5kg짜리 돌덩이를 가장 멀리 던지는 사람에게 후한 상을 주겠다고 했다. 그는 자신만만하게 사람들 앞으로 걸어가 돌덩이를 번쩍 집어 들고는 힘껏 던졌다. 약속대로 왕은 그에게 관직과 함께 황금과 집한 채를 선물했다.

부자가 된 가난뱅이 남자는 지난날을 회상해 봤다. 이제 와 생각하니 이 모든 일은 낡은 책 한권 덕분이었다. 낡은 표지를 뜯어내고 깨끗한 새 표지로 바꾸기로 했다. 그런데 책의 겉표지를 떼어내고 나니 그 안에 쪽지가 한 장 있었고, 이렇게 쓰여 있었다. "이 세상에는 점금석은 없다."

당신을 진짜 황금으로 만들어줄 그것은 바로 당신의 경험이다. 성공한 사람들은 일확천금의 꿈을 실현하기 위해 미련을 두지 않았다. 현재를 낭비하기보다는 자신이 가진 것을 소중하게 여기며 차곡차곡 내공을 쌓은 경우가 많았다. 선택의 기로에 서있다면 자기스스로를 한 번 더 들여다보며 자신의 수고, 경험이 무엇인지 생각하면서 현재 자신이 가지고 있는 일에 전심전력해야 한다. 경험만이 자신을 더 큰 성공에 길로 갈 수 있도록 만들어 주기 때문이다.

선택의 순간에

한 번의 선택이 10년을 좌우한다는 어느 가전제품에 광고 문구를 기억할 것이다. 우리의 삶은 매순간마다 선택이라는 문제에 부딪치게 된다. 아침에 무슨 옷을 입고 출근할까? 아침은 먹을까 말까? 차는 마셔야 하는가 안 마셔야 하는가? 택시를 탈 것인가, 버스를 탈 것인가. 이러한 일상적인 문제는 수도 없이 선택해야 하는 문제들이다. 어느 것도 한순간을 그냥 지나칠 수는 없다.

훌륭한 리더의 자질을 가지고도 결정적인 순간에 선택의 시기를 놓쳐서 실패하는 경우를 종종 보게 된다. 우리가 어떤 선택을 하기위해서는 늘 용기가 필요하다. 그 첫 번째가 새로 시작하는 것에 대한 용기이며 두 번째는 새로 시작한일이 가능성이 안 보일 때 결단코 포기하는 일이다. 마지막으로 새로 시작한 일에 예기치 않은 시련이 닥쳐도 성공할 수 있는 가능성이 있다면 신념을 가지고 끝까지 견지해 나가는 일이라고 한다. 선택도 힘들지만 그것을 실천하고 행동하는 일도 쉽지만은 않다. 새로운 일을 하기 위한 도전 앞에서 선택이라는 용기가 필요한 것도 이 때문이다.

물 같은 세상

물은 어떤 그릇에 담기느냐, 어디에 있느냐 또한 양의 많고 적음에 따라 그 유연성을 가지고 다양한 형태의 모습으로 우리에게 무언에 힘을 보여준다. 깊은 산중의 작은 계곡물이 시냇물이 되고 시냇물은 쉬지 않고 흘러 강과 바다를 이룬다. 우리가 사는 세상도 어찌 보면 작은 출발점에서 시작해서 사회라는 큰 바다로 나오는 것이 아닌가 하는 생각을 가져본다.

이머니의 모체를 통해 하나의 소중한 생명을 얻고 가정이라는 작은 소집단의 사회에서 부모와 형제를 만나 살아가는 방식을 배운다. 이것은 더 큰 사회로 나아가기 위한 수련의 장이다. 학교생활을 통해 집단과 조직이라는 공동체적 감각을 익히고 더불어 살아가는 법을 배운다. 그리고 어느 순간 혼자 냉혹한 현실에 내던져진다. 어떤 사람은 잘 학습된 과정을 통해 별 문제없이 성공을 향해 나가지만 어떤 사람은 잘못된 길로 들어서 영원히 인생을 망치기도 한다.

그러나 물은 어떠한가? 좋든 싫든 모든 것을 포용하면서 굽고 곧은 골짜기 어디든 마다하지 않고 흘러들어 결국은 바다와 동화된다. 작은 곳에서 시작한 물줄기가 큰 바다와 만나듯이 희망을 가지고 있는 한 인생이라는 항해 속에서 언제 가는 등대를 만날 수 있을 것이다. 지금 이 순간 어느 누구도 성공에 대한 기쁨의 눈물, 패배에 대한 분노의 눈물도 흘릴 필요가 없다.

물처럼 나 자신을 낮추고 흘러가는 속에 진정한 삶에 가치가 숨어 있고 고난을 통해 우리 삶은 새로움으로 잉태될 것이다. 21세기 변화의 속도가 빠른 이 시대에 물처럼 환경변화에 능동적으로 대처하는 적응력과 상황 판단력을 가지고 살아가는 지혜가 필요하다.

기본 룰을 지키자

바쁘게 돌아가는 세상에 사는 희망이 있다면 누구나 대박을 원하고 인생에 홈런을 치고 싶어 할 것이다. 마음만 원한다고 모든 것이 해결될 수는 없다. 대박을 위해 홈런을 위해 행동하지 않으면 아무 소용이 없다. 그렇다고 무작정 행동한다고 쉽게 원하는 것을 얻기란 어렵다. 반칙적인 행동으로 지름길을 택했을 때 반드시 부작용이 뒤따른다. 당장은 먼 길 같지만 기본 룰을 지키는 것이야말로 가장 빠른 길이다. 야구에서의 홈런은 참으로 멋진 일이다. 공 하나에 온정신을 집중시켜 쳐낸 홈런은 선수가 오랜 시간 동안 간절하게 원하고 노력했던 결과이기 때문이다. 하지만 홈런을 쳤다 해도 선수가 베이스를 밟지 않고 그냥 지나치면 그 홈런은 무효가 되고 그 선수는 아웃처리가 되는 것이 야구의 기본 룰이다.

인생에도 야구처럼 기본 룰이 있다. 야구선수가 홈런을 쳐도 베이스를 꼭 밟고 지나가야 하는 것처럼 우리의 인생에도 반드시 밟고 지나가야 하는 베이스가 있다. 그것은 바로 시련과 실패, 좌절과 노력이라는 베이스이다. 그 베이스를 지나온 자만이 홈베이스를 밟을 자격이 주어지기 때문이다.

성공이라는 홈베이스를 밟은 사람들의 90% 이상은 매순간 순간의 시간들 속의 삶에서 충실하게 기본 룰을 지킨 사람들이었다. 기본 룰을 지키는 것이 당장은 손해 보는 것 같지만 반드시 더 큰 성공을 이룰 수 있는 기본이 되는 것이다.

인생에서도 배경과 돈으로 홈런을 칠 수는 있지만 시련과, 실패, 좌절과 노력이라는 베이스를 밟고 오지 않은 홈런은 득점으로 인정되지 않고 결국에 가서는 패하게 되어 있다.

야구도 인생도 이런 기본 룰이 있기에 우리가 진지하게 임해 볼 만한 가치가 있는 것이다.

두려움을 극복하는 힘

살아가는 가운데 절망을 이기는 힘은 희망이다. 희망을 마음에 품고 사는 사람은 용기 있는 사람이다. 용기 있는 사람은 절망의 늪에서도 결코 좌절하지 않는다. 용기는 두려움을 극복하는 가장 확실한 힘이다. 원래 용기라는 단어의 어원은 심장, 가슴을 뜻하는 코어(coeur)

라고 하는 프랑스어에서 유래 되었다고 한다.

우리의 마음속에는 두 가지 마음이 존재한다. 용기, 열정 등의 긍정적인 선한 마음과 두려움과 공포에 대한 악마의 마음이다. 선한 마음은 우리가 하루 세 끼 식사하듯 늘 영양을 공급하면서 보살펴야 지속적으로 유지된다. 이와는 반대로 악한 마음은 잡초 같이 식욕이 왕성하여 조금만 우리가 방심하면 선한 마음의 영양분을 다 뺏어가 사람을 피폐하게 만든다. 선한 마음과 가장 친한 친구는 끈기이고 악한 마음과 가장 친한 친구는 포기이다. 믿음이 있으면 끈기가 생기고 포기라는 악마는 슬며시 우리의 마음속에서 사라진다. 우리가 무슨 일이든 실패하는 이유는 너무나 빨리 절망하거나 쉽게 포기하기 때문이다. 용기란 단 1초를 더 견디고 한번을 더 참고 인내하는 힘이다. 그리고 그 힘에 의해 우리의 삶은 결정되는 것이다. 자신에게 좋은 일이 생길 것이라는 믿음이 있으면 진짜로 그렇게 될 것이다. 지금의 처한 현실이 어렵더라도 미래에 대한 희망을 가지면 어떠한 상황에서도 두려움은 극복될 수 있다.

호기심은 창조적 발상

새로운 것을 만들어 낸다는 것은 쉬운 일이 아니다. 누구나 발명가가 될 수 있다고는 하지만 정작 발명가로 성공하는 사람은 손에 꼽을 정도이다. 학문적인 지식의 문제보다 무엇인가를 유심히 관찰하고 평범한 것들도 의문을 갖고 다른 각도로 볼 때 새로운 생각들이 자리한다고 한다. 인간은 호기심의 동물이다. 인간에게 재앙을 초래했다는 판도라 상자 이야기도 따지고 보면 호기심의 산물이다. 끊임없이 왜를 생각하고 어떻게를 규명해야 직성이 풀리는 성격이 없었다면 아마도 인간은 만물의 영장으로 자리 잡지 못했을 것이다.

인류의 생활이 점점 편리해지는 데 기여한 것 중의 하나가 호기심이다. 우리가 커피를 마실 때 사용하는 종이컵은 한 대학생의 고민으로 인해 탄생되었다. 휴무어는 1907년 하버드 대학에 입학한 학생이었다. 그러나 한 살 위 형 때문에 공부 대신 발명에 매달리게 된다. 당시 그의 형은 생수 자동판매기를 발명했는데 한 가지 문제가 있었다. 자판기에 사용되는 컵이 도자기로 만들어져 쉽게 깨졌던 것이다. 이런 결함으로 인해 자판기의 인기는 점점 떨어졌고, 이를 안타깝게 지켜보던 휴무어는 형의 고민을 해결할 방법을 생각하게 된다. 쉽게 파손되는 도자기 컵 대신 깨지지 않은 컵을 사용하면 되지 않을까? 그는 깨지지 않는 컵을 상상하던 중 종이를 떠올렸다.

하지만 다른 문제가 있었다. 종이는 물에 젖는 데다 쉽게 찢어졌다. 그는 긴 연구 끝에 촛농을 묻혀 물이 새지 않도록 한 태블릿 종이를 발명한다. 그리고 대학을 자퇴하여 생수기 자판사업에 본격적으로 참여하게 되고 그 무렵 한 자본가가 종이컵 생산 회사를 설립하자고 제안을 해왔다. 그는 이 제안을 받아들였고 이후로 종이컵은 간편하고 안전하다는 슬로건 아래 본격적으로 판매에 들어갔다. 이러한 인간의 새로운 것에 대한 고민과 생각은 호기심으로부터 나오는 것이다. 아이러니한 점은 호기심이 매번 우연히 싹 튼다는 것이다.

길을 걷다가, 누군가를 만나다가, 무엇인가를 보다가, 상황에 관계없이 불쑥불쑥 고개를 내밀곤 한다. 여기에 한 가지만 더하면 된다. 호기심을 풀어볼 마음을 먹는 것이다. 무언가 실천해 보는 것이다. 우연을 호기심으로 발전시키고 특정한 완성품으로 창조할 수 있는 것은 인간이기 때문이다. 누구나 가능한 일이다. 작은 물방울이 단단한 바위를 뚫듯, 호기심이 막연한 불안감과 안정되지 않은 미래의 벽을 뚫고 새로운 삶으로 안내해 줄 것이다.

일초의 미학

어느 청년이 200통의 연애편지를 자신의 애인에게 보냈다. 얼마 후 애인이 집배원과 결혼했다. 어떠한 아름다운 글도 생각하는 마음도 만남을 통해 실천하는 일보다는 중요하지 않다는 것을 알 수가 있다. 눈만 뜨면 컴퓨터 앞에서 화려한 미사여구로 사람에 마음을 잡는다고 해도 그가 누구인지 어떠한 사람인지는 만나봐야 알 수 있다. 현대와 같은 지식정보화 사회에서는 모두가 한 결 같이 똑똑하고 잘난 사람들만 생존해 있는 것 같다. 박사도 많고 학사도 많은 세상이다.

박사와 학사는 식사를 많이 한다고 한다. 식사를 하면서 서로의 체험을 나누다 보니 머리에 있는 지식에 대한 생각의 크기가 커진다. 아는 만큼 보이기 때문이다. 그러나 정작 중요한 것은 빠져있다. 머리에는 지식으로 가득 차 있지만 가슴에 있는 지식은 없다. 그야말로 텅 빈 껍데기에 불과하다.

이것을 채우는 것은 열정이다. 자신만이 안다고 하는 고정관념을 버릴 때, 지식을 행동으로 옮겨 실천할 때 사회는 변화한다. '사람이 꽃보다 아름다워' 라는 노래가 있다. 아무리 아름다운 꽃이라도 시간이 지나면 져서 볼품이 없지만 사람의 마음속에 살아 피는 꽃은 영원히 아름답기 때문이다.

요즘 우리는 타인에 대한 배려가 부족한 시대에 살고 있다. 신문 배달원이 문 앞에 떨어뜨린 신문을 대신 던져주는 시간 6초, "할머님, 조심해서 가세요." 어르신과 함께 횡단보도 건너는 시간 23초, "김 대리 어제 야근했어? 쉬어가면서 해." 후배에게 커피 타주는 시간 27초. 광고에서처럼 세상을 아름답게 하는 시간은 60초면 충분하다. 머릿속에 지식만 가지고 있는 사람보다도 마음의 지식을 갖고 있는 사람은 1초라도 타인을 위해 무엇을 해줄 것인가 생각한다.

선택은 자신의 몫

인생은 B to D라는 말이 있다. B는 Birth(태어남)이고 D는 Death(죽음)을 뜻한다. 즉 인생은 태어났다가 언제 가는 죽게 되어있다. 인간으로 태어난 이상 아무도 이 불변의 진리를 피해 갈 수 없다. 그럼 B와 D 사이에는 무엇이 존재할까? 바로 Choice(선택)가 있다. 우리는 매순간 숨을 쉬고 살아 있는 한 선택을 해야 한다. 그 선택의 몫은 바로 자신일 수밖에 없다.

건장한 청년이 있었다. 군대에서 막 제대를 하고 복학 준비를 할 무렵 몸무게가 빠지고, 기침이 심해 보건소를 찾아갔다. 검사결과 결핵이라는 진단을 받게 되었다. 군대 말년부터 몸무게가 빠지고 기침은 있었지만 별 대수롭지 않게 생각했던 것이 화근이었다. 진단 결과는 아주 심각한 상황이었다. 일반적인 결핵은 육 개월만 약을 꾸준히 복용하면 완치되지만 방치한 결과 청년의 몸에 있는 결핵균은 약에 대한 내성이 생겨 일반적인 약으로는 치료가 불가능하다는 데 있었다.

청년은 보건소를 나오는 순간, 눈앞이 깜깜해지고 눈물이 핑 돌았다. 이렇게 한참 혈기왕성한 나이에 운명의 신은 가혹한 시련을 줄 수 있을까 하는 원망도 해 보았다. 그러나 모든 것은 제때에 몸을 돌보지 않은 나 자신에 대한 무지였음에 자책감과 후회감이 밀려왔다. 인생을 살면서 처음으로 절망적이라는 생각을 하게 하는 순간이었다. 하지만 몸에 맞는 약을 찾아 꾸준히 복용하면 완치될 수 있다는 의사 선생님의 말에 청년은 다소나마 희망을 가졌다.

그 후 의사 선생님이 추천한 서울 영등포에 소재한 결핵 전문병원을 다녔고 이때 비로소 결핵이라는 놈이 얼마나 무서운지 새삼 느낄 수 있었다. 먼저 약에 대한 내성이 있기에 몸에 맞는 약을 찾은 일이 급선무였다. 그래서 몸에 필요한 약을 먹는 일도 그리 쉬운 일이 아니었다. 이후 하루 수 십 가지 약을 복용해야 했고, 1주일에 3번 항생주사를 맞아야 했다. 견디기 힘든 시련의 연속이었지만 하루도 빼먹지 않고 악착같이 치료를 진행했다. 그리고 대학생활 하는 동안 친구들과 어울려 술과 당구를 치는 대신 공부에만 열중했다. 다행이 교차 투여한 약들이 효과를 발휘하게 시작했고 2년 후, 청년의 몸에서 완전히 결핵균을 몰아 낼 수 있었다. 그리고 덤으로 성적 장학금도 받았고 국가기술 자격증도 취득했다.

졸업 후 전공분야 취업을 포기하고, 곧바로 공무원 시험 준비에 들어갔다. 홀로 생활하면서 김치 담그고, 새벽같이 도시락 싸 가면서 행정 고시학원에 다닌 결과 공무원 시험에 당당히 합격했다. 청년은 당시를 회상하면서 당시 2년 동안, 그런 강한 의지와 정신력이 어디에서 생겼는지 자신도 모르겠다고 한다. 하지만 분명한 것은 자신에게 찾아들어온 병마를 이겨내기 위해 가장 열정적이고 긍정적인 삶을 살지 않았나 생각한다고 말하고 있다.

아픈 만큼 성숙해진다는 노랫말이 있다. 과거의 아픔과 상처들은 분명 미래의 삶에 있어 스승과 같은 역할을 해 준다. 그렇지만 이것 역시 스스로가 극복하고자 하는 의지가 없을 때에는 아무런 소용이 없다. 병마를 이겨내고자 하는 의지와 정신력, 열정이 없었다면 아마 청년의 인생은 끝났을 것이다. 절대 포기하지 않고 자신을 믿고 사랑하면서 열심히 살아갈 때 그 어떤 시련도 이겨낼 수 있다.

인생을 바꾸는 사랑의 힘

예병일의 경제노트에는 이런 말이 있다. 거친 것은 사포와 같지만 모진 것은 가죽과 같다고 한다. 거친 것은 까칠까칠하고 딱딱하지만 모진 것은 튼튼하고 유연하며 탄력이 있어 쉽게 찢어지지 않는 특징이 있기 때문이다. 사랑하는 자녀의 미래를 위해 엄하지만 따뜻하게, 그리고 가죽처럼 질기면서도 탄력 있게 보살펴주는 부모의 사랑, 이런 사랑이 진정으로 모진 사랑을 실천하는 모습일 것이다. 사랑은 불가능을 가능하게 만드는 마력이 있다고 한다.

렉스는 태어나면서부터 앞을 보지 못하는 시각장애인이었다. 그리고 뇌종양 수술 후 합병증으로 말도 못하고 걷지도 못하면서, 또한 작은 소리와 청각에도 과도한 반응을 보이는 자폐 아이였다. 이러한 렉스가 태어나면서부터 캐슬린의 모든 꿈과 희망은 절망과 좌절로 바뀌게 된다. 그러나 그녀는 절망과 아픔 속에서도 희망을 잃지 않고 이전까지 자신이 살아온 모든 삶의 방식을 버리고 아이를 위한 삶의 방식으로 전환하게 된다. 그가 렉스를 위해 살겠다고 결심하는 순간부터 그를 힘들게 했던 것은 장애아를 바라보는 사회적 편견과 부당한 행위에 맞서 싸워야만 하는 일이었다. 때론 그녀도 다른 정상 아이들처럼 키우려고 아이가 싫어하는 것을 강요하기도 했고 모든 정상적이고 평범한 삶을 살고 있는 사람들을 원망하기도 했다.

그러던 어느 날 렉스의 두 번째 생일 선물로 주었던 작은 피아노가 두 모자의 삶에 방향을 완전히 바꿔 놓게 된다.

음악과 피아노는 아이에게 있어 새로운 세계였던 것이다. 보통의 세계에서는 걷거나 말하지도 못하는 고장 난 세계가 있는 반면에 음악은 아이의 갇힌 세계로 들어와 웃음과 기쁨을 선사해 주었던 것이다. 이 음악의 세계를 통해서 캐슬린은 희망에 끈을 놓지 않고 렉스에 대한 뜨거운 사랑과 애정으로 자기 삶을 투자함으로써 서서히 렉스의 육체적, 정신적인 장애물을 없애 주게 된다.

그것은 앉아 있기도 힘들었던 아이의 스파게티 다리를 걷게 만들고 평생 듣지 못할 거야 생각했던 아이의 입에서 "사랑해요 엄마!"라고 말을 하기 시작한 것이다. 또한 천재적인 음악 재능과 놀라운 피아노 연주 실력은 많은 이들을 감동시키게 된다. 이렇듯 사랑은 모두가 불가능하다고 생각되는 것을 가능하게 만드는 보이지 않은 힘이 존재해 있는 것이다.

작은 관심과 애정

겨울의 쌀쌀함을 뒤로하고 봄을 알리는 향기가 난다. 우리 집 베란다에 있는 화초들이 뿜어내는 향기이다. 다른 부서로 자리를 옮기면서 지인들로부터 받은 화초들과 시장에서 아내가 사온 화초들이다. 처음에는 관심을 갖고 정성스레 돌보아 주었다. 제때 물도 주고 분갈이도 해주면서 화초들을 키웠는데, 이에 보답이라도 하듯 모든 화초들이 싱싱한 푸른 잎을 선사해 주었다. 그런데 언제부터인가 물주는 것도 잊어버리고 관심을 가지지 않게 되었다

얼마 전에 화초들을 보니 몇몇 화초들은 죽어 있었고 또 일부는 잎이 누렇게 떠서 고사 일보직전인 화초도 있었다. 다시 관심을 가지고 물을 주기 시작했을 때 예전 같지 않았지만 그래도 조금씩 화초가 살아나고 있었다. 화초에게도 관심과 애정이 필요하듯이 사람관계에서도 관심과 애정이 필요하다. 우리가 사회생활하면서 아무리 많은 사람들을 알고 있다고 해도 꾸준히 관심을 갖지 않고 정성을 들이지 않으면 자연스럽게 관계는 소원해지게 된다. 지금까지 나는 많은 사람을 만나고 많은 명함들을 주고받았지만 그 인연을 끝까지 유지해서 만나고 있는 사람은 손으로 꼽을 정도이다.

좋은 인연을 만들려면 서로에게 관심과 애정이 있어야 한다. 비판과 비난이 사람을 변화시키는 것이 아니라 작은 관심과 애정이 사람을 변화시킨다. 나의 삶에 영향력을 줄 수 있는 꼭 필요한 사람이라면 아낌없는 관심과 애정을 기울여 한다. 다양한 사람들을 만나 좋은 인연을 맺기를 원한다면 작은 관심, 표현만으로도 서로에게 신뢰와 믿음을 줄 수 있기 때문이다.

행복과 불행의 차이

긍정적인 사고는 많은 이들의 감동을 불러낸다. 말기 암과 사투를 벌이면서도 삶에 대한 긍정적 태도를 통해 미국인을 비롯한 전 세계인들에게 희망, 감동 사랑을 선사해 준 랜디포쉬 미국 카네기멜론대 교수가 2007년 9월 학교를 떠나며 학생, 동료 400명을 모아놓고 '당신의 어릴 적 꿈을 실현시키는 일'이란 제목으로 고별강의를 했다. 자신의 시한부 삶이 마감되면 들려줄 수 없는 얘기들을 모아서 아빠 없이 이 땅에서 살아가게 될 세 자녀에게 남겨주기 위해서였다. 포시 교수의 강연이 많은 사람들의 관심을 끌게 된 것은 고별 강연에 비친 그의 모습이 말기 암 투병중인 환자라고는 믿기지 않을 정도로 밝고 명랑하고 긍정적이었기 때문이었다. 그는 "나는 비록 암에 걸렸지만 그것이 불공정하다고 생각하지는 않는다." "내가 화를 낸다고 상황이 바뀌는 것도 아니다"며 긍정적인 태도로 병마와 싸워나가겠다는 의연함을 보였다.

그러나 한편으로는 샤워를 하면서도 남겨둘 가족 때문에 몰래 울음을 터트리곤 하였다. 하지만 그는 '스스로의 힘'으로 세상을 떠날 수 있게 허락해준 운명에 감사했다. 만약 심장마비나 교통사고였다면 가족과 작별을 할 기회조차 없었지 않겠느냐고 생각했다는 것이다. 그런 그가 끝내 2008년 7월 25일 자택에서 눈을 감으면서도 임종을 지켜보는 사람들에게 농담을 건네며 웃음을 잃지 않았다고 한다. 죽음을 목전에 두고도 농담을 할 수 있는 그의 마지막 삶을 통해 긍정적인 마음이야말로 모든 것을 극복 할 수 있는 인간만이 가지고 있는 최대의 에너지임을 생각하게 한다.

끝났다고 생각하지 말라

긴 여정 같지만 짧은 것이 인생이다. 아무도 앞일을 예측할 수가 없다. 그래서 사람은 희망이라는 단어를 가슴에 품고 오늘의 절망을 딛고 일어선다. 실패한 많은 사람들은 성공의 문턱 앞에서 되돌아선 사람들이다. 그 문턱을 넘어서는 순간 성공의 월계관이 기다리는지를 모르고 포기하기 때문이다. 포기하지마라! 인생은 야구처럼 9월 말 투 아웃부터이다.

지난해 월드베이스볼클래식에서 우리 국민 모두가 한 몸으로 응원했다. 많은 사람들이 스포츠를 보며 인생을 이야기하는데 야구야말로 인생과 가장 많이 닮았다. 야구는 3으로 시작해서 3으로 끝나는 경기라고 해도 과언이 아닐 것이다.

크게는 3연전을 하고, 3회씩 세 번 9회를 치르며, 3명이 이웃되면 1회가 끝나고, 타자에게는 3번의 기회가 주어진다. 야구와 인생은 몇 가지의 공통점이 있다. 야구경기를 보다보면 가끔 야구 해설자는 위기 뒤에 찬스라는 말을 자주 한다. 정상적인 삶을 사는 사람이라면 두세 달에 한 번씩은 위기를 겪게 된다. 그래서 인생은 문제와 위기의 연속으로 점철된다. 모든 사람들은 지금 현재 위기를 겪고 있거나 이제 막 위기를 벗어났거나 아니면 조만간 위기에 처할 사람들이라는 의미이기도 하다.

이러한 위기를 어떻게 극복하느냐에 따라 삶에 운명이 갈리게 되는 것이다. 위기 속에는 항상 기회를 만들을 수 있는 해답이 숨겨져 있다. 해답을 찾는 사람은 위기를 극복하기 위해서 부정적인 생각보다는 긍정적인 생각을 한다. 긍정적인 생각을 하는 순간 뇌 조절 스위치가 밝게 올라가고 명쾌한 답이 뛰어 나온다. 야구가 인생을 닮은 다른 하나는 다양한 득점 방법이 있다는 것이다. 인생을 변화시킬 홈런 한방이 있다면 다른 사람의 도움 없이 득점이 가능할 수 있다.

그러나 홈런은 자주 일어나지 않는다. 만일 야수선택이나 볼넷으로 나갔어도 누군가가 열심히 공을 쳐준다면 활짝 웃으며 홈을 밟을 수 있다. 또한 다른 선수의 희생플라이로 홈을 밟을 수도 있다.

안타를 치지 못했다고 불평할 필요는 없다. 내가 득점함으로써 우리 팀이 이길 수 있다고 생각만 하면 된다. 야구와 인생이 닮은 또 하나는 자기 자리를 잘 지켜야 한다는 것이다. 야수들이 공이 안 온다고 다른 곳을 기웃거리거나 한눈을 팔다가는 결정적인 한 순간에 무너질 수 있다. 때론 내 자리가 버겁고 때론 사소해 보여도 내 자리에서 할 일을 하면 된다.

자신의 주어진 삶에 최선을 다하는 길이 성공을 향한 지름길이기 때문이다. 어떤 사람은 불평불만의 표현으로 이렇게 말할 수도 있다. "나는 죽자고 열심히 해도 1루까지 가기 힘든데 어떤 사람은 부모 덕에 3루에서 느긋하게 홈을 밟고 있다고" 말이다. 그러나 경기에 지고 있는 9회 말 투아웃의 야구경기가 어떻게 전개될지는 아무도 모르는 것처럼 지금이 위기의 순간이라면 기회는 반드시 오게 되어있다. 인생은 연습할 수 없고 녹화가 없다. 인생은 한순간, 한순간이 생방송이다. 포기하지마라! 위기를 딛고 일어서는 순간 성공의 문은 열린다.

인생의 챔피언이 되자

두 남자가 사막에서 길을 잃고 해매고 있었다. 죽음에 대한 공포가 점점 다가올 때 즈음 어느 무덤가에 다다르게 되었다. 첫 번째 남자가 무덤을 보고 한 남자가 이렇게 흐느끼며 말했다. "거봐, 이 사람도 여기서 죽고 말았잖아! 흐흐흑." 그러자 옆에 있던 다른 남자가 그의 등에 손을 얹고 이렇게 말했다. "아니야, 누군가 무덤을 만들어 줬다면 이 근처에 사람이 살고 있다는 증거야! 찾아보자!"

살다보면 세상엔 방금 전에 말한 두 부류의 사람이 있다는 것을 알게 된다. 어떤 상황에서든지 긍정적인 사람과 부정적인 사람이 있다. 그러나 분명한 것은 행복은 언제나 부정을 넘어 긍정을 타고 온다는 사실이다. 지금 우리는 모두가 어려운 시기에 살고 있다. IMF 환란 때보다 살기가 더 어렵다고 아우성이다. 모두가 어려워하는 이 시기가 어떻게 보면 기회의 시작일지도 모른다. 누구나 마지막 카드가 있다. 그 카드를 제대로 쓰는 사람과 잘못 쓰는 사람과의 차이는 엄청나다.

자신의 인생에 챔피언이 되기를 원한다면 히든카드를 잘 써야 한다. 그러나 챔피언은 그냥 만들어지지 않는다. 챔피언이 되기 위해서는 끊임없이 도전해야 하고 꿈과 열정도 필요하다. 해당 분야에서 실력이 가장 뛰어난 사람에게 챔피언이란 호칭이 따라붙는 것도 그런 이유 때문이다. 한때 프로복싱 세계에서 온 국민의 시선을 모았던 홍수환 선수는 "내 인생에도 한방은 있다"는 말을 유행시켰다. 누구에게나 한 번의 기회가 있다는 말을 한방으로 표현했다. 물론 여기서 한방은 일확천금이나 요행을 말하는 것은 아니다. 사각의 링에서 벌어지는 프로복싱에서는 한번만 다운돼도 포기해 버리는 선수가 적지 않다. 그러나 그는 네 번이나 다운됐어도 다시 도전했다. 그의 상대는 지옥에서 온 악마라는 닉네임을 갖고 있는 강력한 상대 카라스키야라는 선수였다. 처음부터 이 경기는 홍수환 선수가 패배할 것이라고 전문가들은 말했다.

그러나 그는 링에서 다시 일어섰고 상대방을 KO시켜버렸다. 많은 사람들이 이를 두고 4전5기의 신화라는 말을 했다. 그러나 그는 이를 인정하지 않았다. 신화가 아니라 사실이라는 말을 했다. 그가 이렇게 말하는 데는 이유가 있었다. 스스로 피땀 흘려 노력하고 도전한 결과이지 누군가 만들어준 신화가 아니라는 뜻이었을 것이다. 그는 프로 선수 생활을 하면서 "땡" 하는 소리가 날 때 미친 듯이 라운드에 몰입했다고 한다. 누구도 승리를 점치지 않았던 상황에서 반드시 이긴다는 자신감, 샌드백이 ㄱ자로 꺾일 정도로 열심히 연습했다는 것이다.

평범한 복서가 히든 챔피언으로, 히든챔피언이 세계의 이목을 집중시키는 정상의 챔피언으로 등극하는 과정은 결코 그냥 이루어진 것이 아니다. 세상에는 그냥 이루어지는 것은 아무것도 없다. 열정과 노력으로 자신을 단련시켜온 사람만이 제대로 된 히든카드를 써서 인생의 챔피언이 될 수 있다.